Le bruit de la neige

Gilles Lapouge

Le bruit de la neige

Albin Michel

22, rue Huyghens, 75014 Paris

ISBN 2-226-08711-7

Le bruit de la neige

Chosroês, je veux dire Khosro Ier Anocharvan, ce monarque qui régna sur la Perse sassanide au VIe siècle et qui écrasa les Huns Hephtalites avec d'ailleurs le concours des T'ou-kiue, craignait le froid mais il ne voulait pas l'abîmer. Quand il faisait une randonnée dans les marches glaciales de son Empire, en Sogdiane par exemple ou même dans les falaises qui bordent la mer Hyrcanienne, il emportait un vizir, un peintre et de grandes toiles. Le peintre barbouillait des soleils, des verdures. Chosroês jouissait d'un été superbe et ne se privait pas des magies de l'hiver.

Les anciens Japonais étaient des rusés. Ils possédaient des collections de carillons dont le son était plus ou moins grêle. Dans les soirées étouffantes, ils agitaient une de ces clochettes. Si le timbre était bien choisi, quelle fraîcheur, aussitôt ! Malheur cependant à celui qui fait une fausse note : il augmente la chaleur. La chronique nous rapporte des farces, des vilenies, des disputes de famille fomentées par des sonneurs un peu loustics. Un certain Kotyo Hamachi, au XVe siècle, aurait si bien embrouillé les carillons du froid et ceux du chaud qu'il déclencha une guerre entre deux bourgs et fit un millier de morts.

Les Eskimos sont plus radicaux. Quand l'hiver est mauvais, ils capturent un corbeau, lui enduisent la tête de graisse, le relâchent et l'oiseau emporte le froid. S'ils ont besoin d'un vent du pôle, le plus simple est de chauffer un pénis de bouc, de castor à la rigueur.

Ces manières sont périmées mais elles méritent réflexion. Elles protègent les hommes de la fureur des ciels sans supprimer pourtant l'inconstance des saisons ou les cocasseries du ciel. Et certes on dira qu'il n'est pas commode d'être un Assyrien ou un vieux Japonais, de nos jours surtout, mais nous possédons aussi, nous autres Occidentaux, des méthodes qui permettent de maîtriser les climats sans les humilier.

Le feu dans la cheminée est une de ces méthodes. Les poètes en ont mille fois décliné les fastes et Gaston Bachelard en a fait des tartines. Le feu de bois a l'avantage de sentir le bois et le feu. Il crépite. Ses flammes font un bruit de soie. Il brille. Il mélange la lumière avec l'ombre, les fait trembler ensemble. Des grand-mères passent dans ces tremblements.

Le feu de bois est comme les peintures de Chosroês. Il n'esquinte pas le froid. Il le câline. Il ne l'exile ni ne le guillotine. La cheminée n'a pas la vanité d'anéantir l'hiver. Elle le magnifie, elle en augmente les cristaux, les beautés. Même à deux pas d'un feu de bûches, le froid conserve l'entièreté de ses droits et donne du prix à la chaleur qui nous vient des flammes. Il continue à vaquer à ses occupations dans la pièce. Il est à peine tenu en lisière, poliment regroupé au fond de la salle commune.

Le résultat enchante. La famille, accumulée autour de la cheminée dans une promiscuité préhistorique et érotique, forme une tribu de ventres chauds et de derrières froids. Autre avantage : quand vous quittez la pièce centrale pour monter dans vos chambres, vous traversez des solitudes – des Sibérie, des îles Sakhaline, des Kerguelen.

Les fanatiques du froid goûtent ainsi le plaisir de subir un hiver encore plus féroce qu'il ne l'est en réalité puisque la chaleur que dispense la cheminée augmente, à proportion, le gel des autres parties de la maison. De sorte que le feu de bois, loin d'affadir le climat, en multiplie les bizarreries et les contrastes, les foucades et les étrangetés, les conforts, les inconforts. Les flammes vous composent un été rouge et or mais l'hiver continue de rôder dans vos entours.

Ce mélange des saisons, leur addition, leurs conflits me plaisent. Je me suis longtemps demandé pourquoi, jusqu'au jour où j'ai appris du Baal Lav Tov, de Bratslav, que le Paradis terrestre jouissait des quatre saisons en même temps, à la ressemblance des langues qui, à la même époque, n'avaient pas encore subi la malédiction de Babel.

Le rabbi polonais se moquait cruellement de l'idée que le jardin d'Eden aurait bénéficié d'une sorte de printemps perpétuel. « Autant raconter, fulminait-il dans ses prêches, que le premier homme était un Ethiopien et le Jardin fortuné une forêt du Congo. »

Il expliquait à la suite que la terre de Dieu n'était pas une tiède contrée mais au contraire la somme de tous les excès du ciel. Dans le beau Jardin, l'hiver, le printemps, l'automne et l'hiver, au lieu de se succéder et de s'exclure, étaient contemporains. Pas d'incompatibles dans ces parages : chaque instant contenait toutes les splendeurs et toutes les cruautés du climat – le gel et la canicule, le froid et la pluie, le vent et le givre, le hurlement des ouragans et le silence de la neige.

Ces choses-là sont un peu ardues et nous peinons à les entendre. C'est que nos cervelles aussi ont été chassées du Paradis terrestre et ces logiques délicates les accablent. Pourtant, nous acceptons des vérités plus opaques encore. Par exemple, cette information, distribuée par la Bible mais aussi par les livres sacrés de l'Inde et de la Chine, que l'opération cosmogonique est la séparation de l'ombre et de la lumière originellement confondues. La nuit et le jour emmêlés, allez comprendre !

Quelques Eveillés, quelques initiés entendent ces complications. Sur le territoire de la Chapelle-Blanche, en Touraine, près d'une vieille route appelée « la route de Louis XI », on admire le rejeton d'un prunier qui fleurit en plein hiver, au IIe siècle, au retour des reliques de saint Martin de Touraine. Et Anton Tchekhov dit : « Ce matin, il fait moins trois degrés et la Cerisaie est en fleur. »

Dans son *Parzival,* Wolfram von Eschenbach raconte :

« Voulez-vous savoir où était allé Parzival le Gallois ? Durant la nuit, une fraîche et abondante couche de neige était tombée sur lui. Ce n'était pourtant pas, si j'en crois l'histoire, le temps des neiges. Car toutes les aventures qu'on nous rapporte d'Artus, héros printanier, se déroulent à la Pentecôte ou durant le beau mois fleuri de mai. Comme les poètes aiment à l'entourer de brises doucement parfumées ! Mais ici l'histoire nous présente des teintes contrastées : on y voit à la fois des fleurs et de la neige. »

Von Eschenbach continue. Il explique que la neige efface les routes, surtout au mois de mai, et que Parzival perd son chemin, dort dans le bois et claque des dents. Au matin Parzival découvre une plaine et un millier d'oies sauvages. Un faucon du roi Artus attaque une des oies et la blesse.

– De la blessure qu'elle avait reçue, dit von Eschenbach, tombèrent sur la neige trois gouttes de sang vermeil qui causèrent à Parzival une grande détresse.

L'émotion de Parzival s'explique : l'éclat des traces rouges sur la blancheur évoque à ses yeux le corps de la femme aimée : « Cette neige qui oppose sa blancheur au sang, dit Parzival, et ce sang qui rougit ainsi la neige, ô Condwiramour, c'est l'image de ton beau corps. » Du coup, Parzival ne sait plus où il en est. « Il demeurait immobile. On l'eût cru endormi. » La neige, comme hypnose... Le temps cesse de couler. La neige envoûte les heures. Patience dans la neige.

« Si vos péchés sont comme une étoffe écarlate, dit Isaïe, ils devront blanchir comme de la neige. »

Luis de Góngora dit : « L'Amour ne sait quelle est sa couleur, pourpre neigeuse ou neige rouge. »

R. L. Stevenson se promène à pied, en hiver, dans les districts de Carrick et de Galloway. La neige a tout recouvert. Le monde est beau, immaculé. « Je crois qu'avant le soir vous en seriez venu à l'homicide, ne serait-ce que pour voir quelque chose de rouge !... »

Les vampires sont blancs. Ils se peinturlurent de sang rouge.

Les Eskimos rêvent beaucoup au fond de leurs igloos et c'est dans leur sommeil que les jeunes gens décident de se fiancer. Noces d'hypnose. C'est pourquoi ces fiançailles se nouent en hiver qui est la saison du rêve. Didier Anzieu nous fournit une explication : il observe que, l'été, les Eskimos ont autre chose à faire qu'à se fiancer : « L'été, ils agissent, ils tuent, ils aiment, ils fécondent, ils emmagasinent, ils se disputent... »

Je propose une explication plus simple : et si la neige était un rêve ? Et si la neige était le grand réservoir de toutes les rêveries ? Les animaux qui hibernent, comme l'ours ou la marmotte, le blaireau et le hamster, la musaraigne, le serpent nous fascinent car ils sont les maîtres du rêve. Leur vie est un songe. Dans leurs chrysalides, les larves de papillons sont emmaillotées de soieries, on dirait des momies de l'Egypte et elles rêvent. Les ailes des papillons sont les couleurs de ces rêves.

Une année, à Davos, il est tombé deux mètres cinquante de neige en cent quatorze heures. A Paris, dans la nuit du 5 au 6 janvier 1709, la température descend à moins vingt et un degrés. Les prêtres laissent leur messe en plan, ils abandonnent, tant pis, car le vin gèle dans les calices. Les registres du Parlement nous disent qu'en l'année 1407, « à la Saint-Martin, il y eut une telle froidure que nul ne pouvait besogner. Le greffier même, bien qu'il eût près de lui un feu et une pellette pour empêcher l'encre de son cornet de geler, voyait l'encre se prendre à sa plume de trois mots en trois mots ».

La glace renverse les batailles. En 66 avant Jésus-Christ, un général de Mithridate VI Eupator, celui de Plutarque et de Racine, défait la cavalerie des Barbares sur les glaces de la mer d'Azov, bordière de la mer Noire. En 1458, une armée de quarante mille hommes campe sur le Danube. En 1511, les soldats de Jules II gagnent la bataille de la Mirandole en franchissant à pied les fossés glacés.

En 1608, le Grand Hiver : les hommes meurent de froid, les arbres périssent, on allume des braseros sur la Tamise. En 1621, les glaces de l'Adriatique emprisonnent la flotte vénitienne. En 1622, la moitié de l'armée des Hollandais est congelée devant l'Ecluse. Le prince de Nassau lance un assaut contre Anvers, il est repoussé par le froid. En 1658, Charles X de Suède fait passer toute son armée en Zélande sur la glace.

1684, encore un Grand Hiver. Une foire s'installe sur la Tamise. Quarante centimètres de glace à Versailles (un château enveloppé d'une armure transparente, un château de fées). En 1795, la cavalerie de Pichegru capture la flotte hollandaise coincée dans les glaces. « Le Zuyderzee, dit Thiers, était gelé. Nos escadrons traversèrent au galop ces plaines de glace et l'on vit des hussards et des artilleurs à cheval sommer comme une place forte ces navires devenus immobiles. »

Il neige sur l'histoire. Le général russe Kutuzov était un calme. Il poursuivait mollement les soldats français en débandade. Ses conseillers le secouaient : « Laissez venir la neige », disait-il. La neige arriva. Le froid était atroce. Les soldats mouraient. Les oiseaux aussi. Ils tombaient du ciel comme des cailloux.

On se moque de moi quand je rappelle ces choses-là. On me dit que la théorie des climats, c'est une vieille lune, une lune morte et du reste elle est fasciste. Pourtant, je ne suis pas fasciste du tout. Aussi je laisse dire et je ris sous cape car les prophètes de la Bible sont du même avis que moi.

Josué : « Iahvé lança contre eux de grandes pierres jusqu'à Azequah et ils en moururent. Ceux qui moururent par les pierres de grêle furent plus nombreux que ceux que les fils d'Israël tuèrent par l'épée. »

La grêle est l'une des armes favorites de Iahvé. « La grêle, hurle Isaïe, emportera l'abri du mensonge. » Dans l'Exode, l'Eternel fait usage d'une grêle perfectionnée, avec du feu dedans :

« Puis Iahvé dit à Moïse : " Tends ta main vers les cieux et qu'il y ait de la grêle dans tout le pays d'Egypte, sur les bêtes, sur les hommes et sur toute herbe des champs, au pays d'Egypte. " »

Moïse tendit son bâton et Iahvé fit éclater tonnerre et grêle sur tout le pays d'Egypte.

« Il y eut de la grêle et du feu qui prenait au milieu de la grêle : très lourde grêle telle qu'il n'y en eut jamais dans le pays d'Egypte depuis qu'il est devenu nation. Or, la grêle frappa dans le pays d'Egypte tout ce qui était dans la campagne, depuis les hommes jusqu'aux bêtes ; la grêle frappa aussi toute herbe des champs et brisa tout arbre dans les champs. Il n'y eut qu'au pays de Gessen, là où étaient les fils d'Israël, qu'il n'y eut pas de grêle. »

Et il faudrait, après de pareils textes, se gausser, avec les historiens modernes, de la théorie de Montesquieu ? Des ignorants, les historiens ! Le vent et le gel ne se contentent pas de pétrifier Napoléon et Hitler à Smolensk. Encore, ils modèlent l'esprit des hommes, des peuples, des civilisations.

« La glace, dit Ernst Jünger, fut l'un de nos grands instructeurs comme l'est aujourd'hui encore l'hiver. Elle a déterminé notre style économique, technique, moral. Elle a trempé la volonté et appris à penser. Il est probable que les temps depuis lesquels il existe de la glace sur notre planète et ceux depuis lesquels on pense sur la terre, au sens que nous donnons à ce terme, coïncident étroitement, appartiennent au même style universel. »

Jünger ne privilégie pas le Nord aux dépens du Sud. Il accorde à chaque climat des vertus différentes :

« On peut, d'une manière très générale, poser la loi que le Sud nous consume tandis que le Nord nous met en possession de forces nouvelles... [Dans le Sud] le monde de formes bien délinéées qui nous entoure contient nos méditations dans leur vieux moule éprouvé. Il en va tout autrement avec le Nord où l'esprit trouve, derrière les minces coulisses de l'être de l'homme et de l'histoire, l'élément chaotique, entièrement informe, et avec lui la plus merveilleuse occasion de prendre du repos. Je n'entends nullement par là le monde des brouillards cimmériens mais bien la profondeur bleue de l'espace métaphysique dans lequel l'esprit se refait comme en d'invisibles chambres... »

Il faut avouer cependant que le prophète Jérémie n'est pas de cet avis. « C'est du Septentrion que le malheur se répandra sur tous les habitants de ce pays. »

Sur ce point, les opinions divergent. Si la majorité des prophètes, des chercheurs, des géographes, des boucaniers et des agences de voyages situe l'Eden du côté de l'Equateur, d'autres préfèrent les paradis congelés. Saint Brendam le plantait dans les brumes de l'Atlantique Nord. Les Grecs pensaient que le Paradis était le Nord. Sans doute ils se souvenaient que le Septentrion était leur contrée d'origine, mille cinq cents ans avant Périclès. Là-haut, ils avaient connu leur « âge d'or ». Apollon, dieu solaire et maître de la Lumière, n'y avait-il pas passé sa jeunesse ? N'était-ce pas, le Nord, le lieu de naissance de sa mère Léto ? Et il n'est pas fortuit que l'oracle de Delphes ait été fondé par un Hyperboréen, Olen. Du reste, les Grecs de l'âge classique avaient la chance de posséder encore un Hyperboréen parmi eux, Pythagore.

Les Norvégiens pensent au contraire. La preuve ? Le volcan Hekla, en Islande, est la bouche de l'enfer. Feu et neige, à leur estime, voilà l'enfer. Ce n'est pas bête.

On dispute aussi sur la température de la fin du monde. Robert Frost écrit :

« Quelques-uns disent que le monde prendra fin dans le feu ;
D'autres disent que ce sera dans la glace.
Pour moi qui ai goûté au désir
Je suis du côté de ceux qui opinent pour le feu.
Mais si le monde devait périr deux fois,

Je crois connaître assez la haine
Pour savoir qu'en fait de destruction la glace
Est parfaite aussi,
Et suffirait. »

En Islande jadis, en Savoie aussi, les paysans avaient peur de se perdre dans la neige. Ils tendaient une longue corde entre le corps principal de leur ferme et l'étable. Il est arrivé que certains cultivateurs, sortis pour faire du fourrage, ne retrouvent pas leur chemin. La neige avait dissipé les maisons, les routes, les croix de carrefour. Comment se guider dans le néant ? Ils avançaient droit devant eux, à l'opposé de leur ferme, dans la direction de la mort.

La neige est, avec la mer, le plus cruel et le plus sournois des labyrinthes. Dans ces plaines blanches, sans différences, sans direction et sans stèles, les chemins sont tracés ironiquement par les pas de celui qui est en train de se perdre. Les embrouillaminis blancs sont infinis puisque vous les bâtissez vous-même au lieu de les recevoir déjà construits. Ils sont monstrueux aussi puisque vous leur ajoutez des méandres et des embranchements, des entrelacs et des corridors, des fourches et des ramifications, à mesure des efforts que vous faites pour leur échapper.

Jules Verne savait ces choses-là. Il les évoque dans *Les Aventures du capitaine Hatteras.* La banquise y fait figure de dédale au sein duquel le capitaine du *Forward* et ses passagers se débattent comme des mouches dans une bouteille. « Nous avons un peu l'air, dit Clawboy, de gens qui s'avancent dans des galeries inconnues et dont les portes se referment derrière eux. » Et quand un des malheureux aperçoit enfin des empreintes, il reconnaît ses propres pas.

Je marche dans la neige. Je laisse derrière moi, sur le voile inviolé, la trace de mes pas. Je regarde cette trace. Elle me suit comme un chien fidèle. Si fidèle qu'après un moment je croiserai mes propres empreintes, je me traquerai moi-même. Peut-être, je finirai par me rejoindre. Et, même si je ne me rejoins pas, au moins m'apercevrai-je.

Les soldats de la retraite de Russie ont subi ce supplice. Chateaubriand en parle : « Ils tombent, la neige les couvre... On ne sait plus de quel côté les fleuves coulent ; on est obligé de casser la glace pour apprendre à quel Orient il faut se diriger. Egarés dans l'étendue, les divers corps font des feux de bataillon pour se rappeler et se reconnaître, de même que les vaisseaux en péril tirent le canon de détresse... »

Chateaubriand a noté la relation secrète qui apparie la neige à l'océan. Le même paradoxe s'y observe : l'absence de routes et la profusion des routes produisent le même égarement.

Selma Lagerlöf utilise la neige pour tuer ses personnages. Par exemple, Marianne Sinclaire a accepté un baiser du séducteur Gösta Berling. Le soir, quand elle rentre chez ses parents, à Bjorne, elle trouve toutes les portes fermées. Son père l'avait condamnée à mourir de froid pour expier le péché de luxure. Marianne secoue la poignée. Quand elle veut lâcher le fer qu'elle a saisi à pleines mains, sa peau y reste attachée par le gel et se déchire.

Elle marche dans la plaine. Puis, rejetant sa pelisse, elle s'étend sur la neige, dans sa robe de velours noir, forme immobile, brillante sur la blancheur. « Elle imagina avec une âpre joie que son père, dans sa promenade matinale, la trouverait morte et gelée. »

Des vagabonds l'aperçoivent. Ce sont des gens de sac et de corde. Aussi ils frottent le corps bleu avec de la neige. La même neige qui se disposait à tuer Marianne la réveille.

Nous malmenons la chaleur. Les climatiseurs sont des tueurs : ils abolissent le chaud, tout simplement. Les anciennes manières étaient plus fines. Les maisons prenaient la précaution d'avoir des murailles épaisses. Les architectures étaient biscornues et subtiles. Elles organisaient des écheveaux de brises, des fraîcheurs tourmentées, des bourrasques de Lilliput.

Ceux qui ont séjourné en Inde savent que les grands ventilateurs des tropiques sont des voluptueux. Ils n'écorchent pas la chaleur. Ils la remanient, la touillent, la culottent, la caressent, la fardent, l'apprivoisent. Ils la remuent amoureusement, lui donnent mouvements, plaisirs et distractions, ils lui ajoutent un peu de vent et ce vent est une douceur. Vous baignez dans la canicule et il fait frais. Vous bénéficiez en même temps du chaud, du froid et du vent. Trois climats ratatinés dans un seul, comme dans les domaines du roi Artus.

Parfois, dans les commencements de l'hiver et comme Paris jouit d'une température suave, on découvre une automobile, retour de la montagne sans doute, dont le toit est couvert de neige. J'apprécie de telles rencontres. Elles disent qu'il existe toujours une réserve de neige en un lieu inconnu et que s'étend quelque part une contrée blanche.

Les amoureux de la neige, qui sont des angoissés, aiment qu'à chaque moment, et même au 15 août, des flocons tourbillonnent au-dessus du Mont-Blanc : cette assurance les comble, les aide à attendre la prochaine froidure. Au pire de l'été, une neige fantôme, une neige somnambule étincelle dans leurs songes. Ils comprennent que le climat est une géographie, plus frêle, plus vivante que celle des mappemondes, une géographie éphémère, transparente et instable.

La carte des climats recouvre, comme une sorte de cache déchiré, comme une plaque de verre, les cartes de nos livres d'école. Le climat dessine un portulan invisible, volatil, irréel et qui voyage. Les frontières du ciel, au rebours de celles de la terre, ne sont jamais reposées. Elles s'embrassent et s'enlacent, se poursuivent et se culbutent, se font des niches, s'embrouillent.

Elles sont floues, poreuses, enfantines, fantaisistes. Elles ne sont ni sérieuses ni vraies. Elles n'abouchent pas l'Autriche avec l'Allemagne ou le Maroc avec l'Algérie, mais le pays de la pluie qui est un vagabond avec celui du ciel bleu qui est un nomade, la province du brouillard avec celle du givre, et elles sont toujours en chemin puisqu'elles séparent ou unissent des espaces qui, eux-mêmes, ne tiennent pas en place.

C'est pourquoi certains voyagistes recommandent de se déplacer dans les climats et non à travers les continents. Ils estiment que le véritable terrain de l'aventure se situe dans le ciel, qui est un agité, non sur la terre qui ne change jamais.

Il y a du vrai dans ces conseils : les Seychelles ou les Maldives, il suffit de ne pas se tromper d'avion pour débarquer sous leurs palmiers avec son petit parasol, son maillot de bain et sa crème solaire, mais une tornade, mais une grêle, une canicule, allez savoir où ça se niche ! Si je visite les climats et non les pays, comment connaîtrai-je où je vais ? Je me déplace en aveugle, un bandeau sur les yeux, et j'ignore où je suis. J'arpente une géographie nomade. Le chemin chemine. Je joue à un monumental jeu de colin-maillard.

La merveille, dans le voyage climatique, c'est que je n'ai même plus le besoin de bouger. Les printemps et les hivers, les ciels de traîne et les anticyclones, les mortes-saisons et les humidités, les étés de la Saint-Martin et les arrière-saisons se démènent à ma place, viennent me dire bonjour, font leur révérence et déguerpissent. Quand on est, comme je crois bien que je le suis, d'un tempérament à la fois voyageur et casanier, aventurier et pot-au-feu, vagabond et pantouflard, cette transhumance ininterrompue des climats est bien pratique. Je n'ai plus l'obligation de sortir de chez moi pour changer de géographie, encore moins de prendre l'avion, le bateau, la pirogue ou le train, bon débarras ! Je n'ai qu'à attendre, sur le pas de ma porte ou le nez à la vitre, le passage du prochain climat.

Les ciels me distribuent leurs paquets : comme des garçons livreurs de bouquets de fleurs ou de boîtes de chocolat, ils déposent à ma porte, selon leurs imprévisibles programmes, un pays ou un autre pays. Je m'embusque, je guette. Surtout, je ne fais pas de bruit, je ne bouge pas une oreille, car les climats sont timides comme des lapins, un rien les met en panne ou en déroute. J'attends qu'un climat passe à ma portée pour le prendre au collet. Ce n'est pas moi qui le forcerais dans une chasse à courre. Je préfère les braconniers et la musique des oiseleurs !

Dans le sauvage hiver 1940, le pôle Nord a fait un tour dans les Basses-Alpes. J'étais élève du lycée Gassendi, à Digne. Chaque matin, je devais passer le grand pont de la Bléone, comme les Chinois ou les Mandchous ont franchi, voici quarante mille ans, le détroit de Behring, quand ils se sont mis en tête de devenir des Indiens.

Le pont de la Bléone était magnifique. Sa traversée était un chapitre de Jack London. Le vent nous arrachait les oreilles. On entendait le grondement des ours blancs, le souffle des phoques, le mugissement des caribous de James Oliver Curwood et d'Amundsen.

Depuis ce bel hiver de 1940, je fais comme si j'étais allé, une fois au moins, au pôle Nord. Voilà une bonne chose de faite, une économie aussi car je n'ai plus besoin de monter une expédition pour la terre de Baffing, de me congeler dans un igloo au risque d'attraper le mal de la mort ni d'acheter des traîneaux livrés avec des chiens accoutumés à découvrir des pôles Nord, ni même d'apprendre des mots eskimos.

Le 22 janvier 1494, Pierre de Médicis s'ennuie, c'est dimanche et la neige tombe. Il se souvient que son père Laurent possédait un sculpteur de première bourre, Michel-Ange, à présent retourné dans la maison de ses parents où il confectionne à longueur de temps des statues quand il ne lit pas des textes anciens. Pierre convoque ce Michel-Ange : « Faites-moi un bonhomme de neige ! »

La tête qu'il fait, Michel-Ange, lui qui passait des mois à Carrare pour choisir les blocs de marbre les plus durs, les moins corruptibles, ceux qui résisteraient le mieux aux manœuvres du temps, mais enfin, Pierre était le Prince et Michel-Ange lui fit sa statue de neige. Curieuse scène : le maître de la matière la moins périssable sculpta, une fois au moins, la matière la plus légère, la plus vulnérable.

L'éternité que Michel-Ange traquait à en mourir se métamorphosait. Elle revêtait les parures de l'éphémère. Michel-Ange promenait sa main, grâce à ce butor de Pierre de Médicis, sur la charnière mystérieuse qui ajointe l'éternité et l'instant, la mort et l'immortalité. Dans l'improbable statue des blancs jardins de Florence, l'inaliénable et le volatil s'emmêlaient, se confondaient, proclamaient leur identité et que le marbre et la neige sont bâtis du même cristal.

Matin de neige. La terre est comme un tremblement. La terre est irréelle. Elle n'est pas. Elle voudrait être, elle n'y arrivera jamais, elle est épuisée, elle se dissout, s'en va. On rêve aux Empires qui ont failli être et qui n'ont pas été. Aux grands livres qui furent à la veille d'être écrits et qui se défont comme ils naissent.

Il y a quelques années, j'ai fait une petite découverte météorologique. J'étais à Recife, au Brésil, une ville pleine de rivières et de ciels, c'était au milieu de l'été, en décembre. Je regardais les nuages. Je regarde toujours les nuages. Je m'exerce à les classer. Je compose des familles. Je mets ensemble les maigres, les gros, les effilochés, les jaunes, les interloqués, les bleus et ceux qui sont en débris.

Ce jour-là, à Recife, j'en ai repéré un qui n'entrait dans aucune catégorie : un cumulus mais c'était un cumulus effrangé, un peu flétri et même fourbu. Il était patiné par les ans, nimbé de cette pruine qui miroite sur les reliures des vieux in-folio. Moins agité que ses voisins, il allait et il venait, sérieux, serein, tranquille comme Baptiste et, à force de le contempler, j'ai compris qu'il n'était pas seulement très vieux. Il venait de très loin : c'était un nuage hollandais.

Je ne voudrais pas passer pour fanfaron. N'est-ce pas un peu prétentieux que d'annoncer ainsi, à brûle-pourpoint et d'une voix calme, que l'on a découvert au Brésil, en l'année 1976, un nuage hollandais du XVIe siècle ? Pourtant, mon mérite n'est pas grand. Comme toutes les grandes découvertes, la mienne a été favorisée par le hasard.

Ce jour-là, en effet, j'avais visité le Musée historique de Recife dans lequel figure une jolie toile d'un peintre hollandais, Van Post. Ce Van Post a vécu au Brésil au XVIe siècle (à cette époque, les Hollandais disputaient le Brésil aux Portugais et aux Français).

Van Post va donc sur le motif brésilien. Il fait des aquarelles. Il peint le Brésil qu'il contemple mais avec son œil de Hollandais, si bien qu'il invente une terre extraordinaire : une Hollande des tropiques ou encore un Brésil des mers froides.

Sur les tableaux de Van Post, on aperçoit des nègres, des *moinhos de açucar,* des cocotiers et, au-dessus, les grands ciels d'Amsterdam, des nuages de pôle Nord, des vents glacés. Van Post a su déchiffrer le caché des ciels de Recife, leur envers, comme s'il avait arraché quelques couches de ciels des tropiques pour arriver enfin au seul ciel qu'il ait jamais aimé et compris, celui des polders.

Van Post m'enseignait à voir. Et quoi d'étonnant si, après avoir quitté le joli musée de Recife, je suis tombé d'un seul coup sur ce nuage hollandais, un peu ratatiné, mélancolique mais encore vivace ?

Ce nuage m'a donné à réfléchir. Depuis, je vais le nez en l'air. Si je voyage, je ne visite plus des terres mais des ciels. Mes mappemondes sont barbouillées de nimbus et de stratus. Mes guides bleus sont écrits sur du vent. Je pratique une discipline peu développée mais de beaucoup d'avenir, l'archéologie du climat.

Ma méthode est simple : on use le ciel du regard, comme on débarrasse une vitre de sa buée et l'on désensevelit alors un reste d'azur, des empreintes d'alizé, des moussons mortes, bref, tous les modestes vestiges qu'abandonnent après elles les grandes migrations de l'Histoire.

Je me suis confectionné tout un catalogue de ciels perdus. Ma pièce la plus belle est une paire de nuages japonais du XVIIIe siècle trouvée à Digne. J'ai pu en effectuer une datation correcte car ces deux nuages, avant de s'établir dans les Basses-Alpes, ont eu le privilège d'être peints par Hai Kaïu, le maître de Kyoto, et l'on peut du reste les admirer au Musée impérial de Yokohama.

Je suppose que les deux nuages, des stratus, après que Hai Kaïu les eut dessinés, se sont égarés et c'est à Digne, trois siècles plus tard, qu'on a relevé leur trace. Ils se sont installés chez nous il y a une vingtaine d'années, à la faveur, me semble-t-il, des désordres de la Deuxième Guerre. Depuis, ils stagnent, ils vaquent.

Je les aime beaucoup car ils ne font pas d'esbroufe. Ils sont très maigres et même transparents, élimés jusqu'à la trame, depuis le temps ! Le matin, ils jouent comme des nuages japonais. Ils vous bouffent un chêne-liège, un bout de colline, une chèvre ou un lapin. J'apprécie leur discrétion. Très timides, ils ne sortent guère de leur modeste territoire, juste au-dessus de la Bléone, à la corne de l'Iscle-des-Abbés.

Je devrais parler d'eux au passé car j'ai assisté à leur disparition. Ils se sont abîmés doucement, comme un rêve s'achève. Année après année, ils perdaient de leur entrain, ils s'estompaient. La saison dernière, il ne restait au-dessus de la rivière qu'une double clarté, longue et scintillante, on aurait dit une fêlure dans une vitre, ou bien l'une de ces empreintes que les bêtes laissent dans l'argile après qu'elles sont mortes.

Il n'existe pas de musée de la neige bien que le projet en soit débattu depuis longtemps. Comme les hommes sont négligents ! Nous possédons des musées de toutes catégories, musées de vélos et de canons, de faïences et de costumes, de coléoptères et de pioches, d'ammonites et de Dogons mais les musées de la neige, bernique ! Cette distraction choque. Nous sommes nombreux, cependant, à regretter de ne jamais voir de près une neige de Sumer, celle des très riches heures du duc de Berry ou même celle des désastres de la guerre d'Estrémadure.

A notre connaissance, c'est l'instituteur de Saint-Pierre-et-Miquelon qui proposa dans les années quarante la construction d'un tel musée. Eugène Nicole, dans son beau livre *L'Œuvre des mers* (François Bourin éditeur), se souvient : « ... [Il] nous avait confié avoir rêvé d'une grande salle où sur les panneaux de bois qu'elles givraient délicatement étaient exposées des " collections de neiges anciennes ", chacune avec sa date inscrite sur son cadre. Cette confidence nous avait fait sourire. »

Les potaches de Saint-Pierre-et-Miquelon avaient tort de sourire car l'idée a fait son chemin. Et l'instituteur neigeux doit être fort aise, dans ses glaces éternelles, de savoir que, vingt ans après, un séminaire fut réuni à l'Université du Colorado pour examiner les « conditions de possibilité » d'un musée de la neige. Les discussions furent tendues. Deux thèses s'opposaient, celle d'Heinrich Burh et celle de Tanizaki Junichirô.

La querelle tournait autour du problème des faussaires. Le Dr Burh craignait que les faussaires n'exercent leur industrie sur les neiges anciennes avec d'autant plus d'insolence, arguait-il, que toutes les neiges sont semblables si bien que ce serait un jeu d'enfant, pour ces malappris, que de nous fourguer comme neige ayant recouvert le cadavre de Charles le Téméraire une neige en réalité des plus triviales, par exemple récoltée la veille dans le Grésivaudan.

On représenta au Dr Burh que sa crainte était sans objet. La protection contre les faussaires s'impose à tous les musées. Le marbre n'est pas mieux préservé des malandrins que la neige. Il conviendrait à peine de nommer des conservateurs et des experts zélés, aptes à déceler les escroqueries et les paternités abusives car, tous les experts le savent même s'ils n'en soufflent mot, un peu de technique suffit pour confectionner un faux Velázquez ou un faux Rubens aussi beau que les œuvres peintes par Velázquez ou Rubens.

« L'art, murmura même un jeune homme, n'est qu'une supercherie mais que deviendrions-nous, nous autres, historiens de la peinture si la chose s'ébruitait ? Pas un mot ! Nous formons une curieuse corporation : comment faire l'histoire de ce qui n'existe pas ? »

Les congressistes invoquèrent le nombre effrayant de tableaux et de gravures faussement attribués à Rembrandt, Picasso ou Degas et qui occupent les Offices, le Louvre ou le Met. En définitive, l'objection soulevée par M. Burh ne fut pas retenue mais la discussion sur le faux et le vrai, le réel et l'illusoire, ne s'en poursuivit pas moins et même s'enfiévra.

Un autre argument fut opposé aux alarmes du Dr Burh : en admettant même que son assertion fût exacte et que toutes les neiges fussent identiques, alors, peu importait qu'une neige du XXe siècle fût cataloguée comme une neige d'Erik le Rouge ou de la Grande Catherine à Saint-Pétersbourg : qu'il s'agisse de neige ou de peinture, de sculpture ou d'orfèvrerie, seul le label d'origine, c'est-à-dire le certificat accolé à l'échantillon, commande la qualité de l'œuvre et l'émotion du spectateur, étant bien évident qu'une neige réputée multiséculaire dans son cartouche est plus belle, infiniment plus belle qu'une neige garantie seulement de l'année.

On élaborait de la sorte, au-delà de la question du musée de la neige, une problématique plus générale qui concerne toute œuvre d'art, que celle-ci soit de neige ou de marbre, étant connu de tous les spécialistes que la tiare de Saitapherdès, si justement admirée par les visiteurs du Louvre aussi longtemps qu'elle fut authentique, vit toute beauté s'écouler d'elle, comme fuit l'eau sale d'un évier soudain débouché, le jour où l'on démontra que cette orfèvrerie était un faux façonné au XXe siècle.

Un logicien italien sauta sur l'occasion. Il avança la théorie que le musée de la neige, si toutes les neiges sont les mêmes, bouleverserait le statut épistémologique du faux lui-même : en effet, l'art du faussaire, selon ce jeune homme exalté, cesse précisément en cet instant : dès lors que l'objet déclaré faux est indiscernable de l'objet originel. Comment, en effet, si toutes les neiges sont pareilles, parler d'une fausse neige ?

« Pour violer la vérité, dit cet universitaire tourmenté, encore faut-il que les vérités soient légion. Si la vérité est unique, le faux est déchu : en pareille occurrence, tout faux est vrai. Quand tous les objets sont les mêmes, la vérité devient inaliénable. » Et il conclut devant une assistance interloquée : « Dans un monde sans différence, les notions de vérité et d'erreur défaillent. La vérité est la différence. L'erreur aussi. Donc, la vérité et l'erreur ne se distinguent pas plus que ne se distinguent le marbre et la neige. »

A ce moment, la discussion rebondit car Tanizaki Junichirô contre-attaqua en changeant dédaigneusement de terrain. Ecartant l'émergence éventuelle des fausses neiges, l'auteur des *Contes de pluie et de lune* saisit le problème en amont. Il révoqua en doute les propositions du Dr Burh et démontra non sans éloquence que, « bien loin d'être identiques », les neiges ont leur personnalité, leurs couleurs, leur style, leurs traditions.

Les neiges sont sèches, cassantes, molles, spongieuses, légères, etc. Les Canadiens ou les Finlandais possèdent dix mots pour désigner la neige. La neige qui tombe et la neige tombée sont deux matières sans comparaison, n'appartiennent pas à la même espèce, au point que nombre de langues, le grec ancien par exemple, ne les désignent pas du même verbe.

La blancheur même des neiges est une illusion. En vérité, elles sont mauves ou bleues ou jaunes ou dorées ou grises. Certes, reconnaissait le Japonais, ces nuances sont infimes, minuscules et mal discernables – elles sont indubitables cependant. Et elles gagnent en solennité, en majesté, en dignité épistémologique à proportion même de leur insignifiance. Après quoi Tanizaki, comme pour rivaliser dans le paradoxe avec le jeune épistémologue italien, expliqua :

« C'est en conséquence de leur ressemblance presque absolue que les neiges forment une catégorie contenant un plus grand nombre de variétés qu'aucun autre objet de notre terre. Les neiges défient les mathématiques : nul chiffre, même imaginaire, n'en saurait dénombrer les individus.

« Chaque neige compose à elle seule une catégorie. Notez, mes chers collègues, que Carl Linneus lui-même, enfant cependant d'un pays de neige, et le seul homme qui défia Dieu, et le supplanta même, puisqu'il incarcéra dans ses catégories l'horrible, l'infernale et l'injustifiable diaprure du vivant, notez, oui, que Linneus n'a pas osé classer les différentes espèces de neige.

« Noble Linneus ! Comme on comprend ta déroute et ce qu'il faut bien appeler ta lâcheté ! Une taxinomie de la neige ne pourrait être que délirante, infinie et dangereuse : elle se fonderait sur la ruine de toute taxinomie et risquerait, de proche en proche, d'ébranler et de démanteler la totalité de l'édifice inoubliable bâti par Linneus – je veux dire la Création même et ses dieux... »

Junichirô était lancé. Il fournissait des exemples pour établir le nombre prodigieux de neiges. Se citant lui-même, il rappela que dans son livre, *Éloge de l'ombre* (Publications orientalistes de France, traduit par René Sieffert), il propose que les neiges japonaises sont moins étincelantes, légèrement moins blanches que les neiges européennes. « Elles sont comme habitées, dit-il joliment, d'une indicible tristesse bleuâtre. »

Le Japonais cita le grand Anaxagoras qui parle de « neige noire » et Descartes qui n'est pas loin de donner un fondement scientifique – encore que paradoxal puisqu'il dit rigoureusement le contraire d'Anaxagoras – à la formule du Grec : « Pour la clarté que la neige rend de nuit, dit le philosophe français, elle ne vient que de ce que la neige réfléchit mieux les rayons qu'elle reçoit d'un autre corps qui soit moins blanc : car il y a toujours de nuit en l'air quelque lumière. »

Avec un peu de coquetterie, il appela en renfort un poème de Saint-Amant que les congressistes français eux-mêmes ne connaissaient pas et qu'il lut :

> *« Ces atomes de feu qui sur la neige brillent,*
> *Ces étincelles d'or, d'azur et de cristal,*
> *Dont l'hyver, au soleil, d'un lustre oriental*
> *Pare ses cheveux blancs que les vents éparpillent. »*

Ensuite, il conclut bizarrement, en citant Rimbaud : « L'azur qui est du noir. »

L'intervention de Tanizaki Junichirô impressionna. Elle déblayait les obstacles théoriques qui freinaient la création d'un musée de la neige de sorte que le conclave put voter tranquillement une motion assurant que rien ne s'oppose, en rigueur, à une telle institution puisque toute neige est différente de toute neige : la neige de la Corée n'est pas celle de l'Australie et les écarts sont encore plus gigantesques si l'on compare une neige mérovingienne à une neige de la Renaissance.

Le Dr Burh, humilié et mécontent, souleva derechef l'objection des faussaires. Le Japonais répondit avec un rien de discourtoisie et lui porta l'estocade finale.

– C'est la possibilité de faire des faux, trancha-t-il, qui constitue le seuil de crédibilité d'un musée, d'une collection. C'est elle qui institue la vérité : un musée n'abritant aucun faux n'est pas un musée...

Junichirô observa un silence puis martela ses dernières propositions, qui s'en prenaient, elles, aux paradoxes du jeune logicien de Padoue.

– Oui, dit-il, un musée n'est concevable, n'est scientifiquement fondé, qu'à partir du moment où des faux peuvent se faufiler dans les collections, mais des faux si habilement exécutés, bien entendu, que nul expert, cet expert fût-il Dieu lui-même, ne soit apte à les déceler. Je vous le demande, chers collègues, lequel d'entre nous aurait-il le goût, l'envie ou le désir de visiter un musée dans lequel aucun faux ne pourrait se mêler aux objets authentiques ?

Cher Junichirô ! Il parut décontenancé par sa propre audace, désarçonné, et sur le point de vider les étriers. Quand il eut retrouvé son assiette, il ajouta, mais à voix basse, contrite et presque épouvantée, une voix de sacrilège dit plus tard l'un des participants du colloque :

– Sans doute, chers amis, la part la plus authentique de l'art est-elle le faux. Sans doute toute création artistique, poème, peinture ou musique, est-elle un faux ! Et le faux est plus vrai que le vrai précisément d'être un faux – un peu comme cette planète sur laquelle nous faisons mine de vivre, nous faisons semblant de mourir, n'est réelle que d'être une planète fausse... Comme la mort n'est mort que d'être fausse...

Je revois la petite main presque diaphane de Tanizaki s'élever devant son visage, picorer timidement l'air à la manière d'un bec de sansonnet, comme si le maître japonais avait souhaité *in fine* dénier tout sérieux à ses vaticinations et j'entends son rire aussi, d'une telle gaieté, d'un tel chagrin ! Un rire ténu, si grêle qu'il nous rafraîchit, un peu comme ces clochettes desquelles les anciens Japonais écoutaient le son aigrelet pour lutter contre les étés trop lourds. Après un silence, Junichirô demanda une fois encore la parole.

– Je veux dire... Je veux dire : êtes-vous assuré que Rembrandt n'a pas peint de faux Rembrandt ?

Encore un silence, bref, et qui nous parut interminable :

– J'oserais même proposer que Rembrandt a peut-être peint une fois ou l'autre de vrais Rembrandt !

Et avec un rire étrange, un peu fou :

– Par inadvertance, bien entendu. Par inadvertance. *Nobody is perfect !*

Le jeune Padouan réclama la parole. Avec un sourire de fiel, il dit :

– Si nous suivons les chemins aventureux de notre collègue de Kyoto, la bataille de Waterloo n'a pas eu lieu.

– Je me serai mal expliqué, répondit Tanizaki d'une voix douce, et je demande son indulgence à notre respecté collègue italien. La bataille de Waterloo a bien entendu eu lieu. La question que je soulève est différente. Je suis tout bêtement incertain si cette bataille de Waterloo ne fut pas un faux. Je confirme ainsi ma proposition et mon épouvante : le faux appartient bien au vrai. C'est même ce qui le fait abominable.

(Roger Caillois, s'il ne participait point au congrès du Colorado, n'en a pas moins effleuré les mêmes thèmes. Dans son superbe *Pierres réfléchies,* il évoque le jardin polaire. « Après, que reste-t-il à inventer sinon le jardin arctique, quasi immatériel, fait de frimas et de gel, de reflets d'étoiles sur la banquise et de draperies de lumière après une nuit si longue que le jour en est oublié ? »)

Martin de la Soudière, qui est sans doute né d'une chute de neige, a feuilleté les dictionnaires des pays froids – le Québec, la Sibérie, le Groenland, les Alpes, l'Auvergne, la haute Ardèche... Il en a exhumé des neiges inconnues.

« Neigé » se dit d'une robe de cheval sur laquelle se remarquent des taches blanches peu étendues.

En Champagne, quand on parle des « écoliers de Paris », il s'agit de neige abondante (par analogie avec le nombre des enfants dans les rues de la grande ville).

En Pays basque, *elur mara mara* signifie que la neige tombe lentement. On dit *elur malo malo* si la neige est rapide.

Au Québec, la « follette des prairies » est une neige transportée par le vent.

Si un Auvergnat vous dit : « Il neige comme le père du loup », il neige beaucoup. On dit aussi : « Il neige des quatre vents. » Une neige tardive est « neige du coucou ». Au Canada, une « peau de lièvre » est une neige tombant à gros flocons humides, etc.

La neige est comme la mer : un grand créateur de mots. Peut-être pour les mêmes raisons : son apparente, sa douce et périlleuse monotonie. Dans ces étendues indiscernables et qui font labyrinthe, l'homme manque de repères, craint de se perdre, son cerveau s'égare. Les mots forment des jalons, des stèles, des chemins, des fils d'Ariane grâce auxquels le spectacle devient lisible.

On aimerait que de la Soudière étende ses curiosités à tous les éléments du climat. Pour l'y encourager, je lui confie cette étrangeté : au XVIIe siècle, le froid « bande ». On dit : « Le froid est plus bandé aujourd'hui qu'hier. »

Je n'apprécie pas du tout la thèse, hélas incontestable, de Junichirô Tanizaki. Je préférerais que la neige soit toujours identique, décidément monotone. Je dirai même que mon amour de la neige se fonde précisément sur cette monotonie. C'est pourquoi je m'applique à faire « comme si » toutes les neiges étaient les mêmes. Avec un peu d'entraînement et un minimum de mauvaise foi, la tâche n'est pas insurmontable.

Les différences entre une neige et une autre sont si menues, si mal discernables, si proches du rien, de l'aveu même de Tanizaki, qu'on peut les négliger, les tenir pour illusoires, pour peu que l'on s'y emploie avec énergie ou que l'on considère la neige d'un peu loin. A distance, une neige sur l'Empire State Building vaut une neige tombée sur les chevaux d'Attila.

La fascination qu'exerce la neige sur les esprits puise à cette propriété : comme elle paraît semblable en tous temps et en tous lieux, même si elle diffère en rigueur, la neige est à la fois hors lieu et hors temps. De même qu'elle nous apporte le pôle Nord dans l'hiver des Basses-Alpes, elle nous fait glisser sur la surface miroitante des siècles ou, plus exactement, les siècles glissent sur ses étendues étincelantes. On peut l'utiliser comme un véhicule apte à nous déposer dans l'âge de son désir. Elle m'emporte, à mon invite, à Mourmansk ou sur l'Hekla, dans les pas de Pouchkine et de sa mort blanche ou dans les forêts du néolithique. « Personne ne semble être venu ici depuis les commencements de la terre », dit Ramuz après une averse de neige.

Dans son livre sur Saint-Pierre-et-Miquelon, Eugène Nicole, qui a eu une enfance de neige, soutient cette idée : « Pour remonter aux sources du temps, écrit-il, il suffisait aux enfants de regarder la neige. Au matin, la bourrasque nocturne avait englouti la ville. On aurait pu croire que l'île n'était pas encore découverte. Les marchands de portulans n'étaient pas nés, les explorateurs n'avaient pas dressé, de la *terre de bacallos,* leurs planisphères extravagants où Terre-Neuve a la forme d'un archipel... »

Qui n'a partagé cette expérience délectable ? C'est le matin. Je pousse mes volets. La neige s'est introduite dans la nuit. « La terre a été changée d'une façon étonnante en deux heures de temps, dit l'écrivain russe Konstantin Paoustovski. En deux brèves heures, la froidure a ensorcelé les champs, les forêts et les jardins. »

Rainer Maria Rilke dit : « La neige cependant recommençait à tomber en silence et à présent c'était comme si tout, jusqu'au dernier trait, avait été effacé, comme si l'on conduisait dans une page blanche. Il n'y avait rien que le son des grelots et l'on n'aurait pu dire exactement où ils se trouvaient. Vint un instant qu'il cessa même, comme si le dernier grelot avait été dépensé. »

La neige enduit la plaine. De la terre, elle a effacé tout ce que les hommes, les générations, les siècles ont ajouté à l'œuvre de Dieu. Le monde a fait un incompréhensible bond en arrière. Je me découvre rangé du côté des mammouths. Une géographie inédite, douce et périssable, une mappemonde de soie abolit la géographie épaisse, dure et raide, entêtée comme un mulet, des livres scolaires, des douaniers, des rois et des journaux. J'entre dans une terre sans calendrier.

La blancheur a enseveli les signes du siècle. Je suis à la fois hors du temps et dans tous les temps à la fois. Tout à l'heure vont déboucher, dans ce chemin creux, des attelages gallo-romains. Les soldats de Napoléon qui n'en peuvent plus sont à peine discernables sous la tempête de flocons mais je devine qu'ils sont en train de mâchonner les entrailles de leurs chevaux.

Par la neige, me voici contemporain des Huns, des loups de Charles le Téméraire, comme du président Clinton : c'est que le champ de neige, parce qu'il est incorruptible et semblable, s'étend dans l'éternité. Comme il est étranger au temps, il enferme tous les temps, tous les siècles dans lesquels les hommes passent, pourrissent et se défont (la neige incorruptible et mourante déjà, encore un casse-tête ! N'est-ce pas ce qui donne une beauté désespérée au spectacle d'un cimetière sous la neige ?).

Les sentiers disparaissent puis les routes, à leur tour noyées. Les haies, les barrières tremblent et s'estompent. J'emménage dans une campagne sans cadastre ni propriété, sans frontières ni guerres. Jean-Jacques Rousseau serait bien content. Caïn enragerait : comment diable s'y prendre pour tuer Abel si les lisières des champs sont gommées ? Pas de notaires de la neige !

Quand la couche est assez épaisse, mais il y faut de très violents hivers, le dessin des choses se transforme. Les angles vifs s'adoucissent. Les boursouflures s'aplatissent. On dirait d'une érosion douce : au lieu que le temps creuse, décharne, fouille et gratte, il comble, il restaure, il caresse. Il efface les cicatrices que la cruauté des vents et des pluies, l'action des hommes ont laissées sur la terre.

La neige des villes me promène également dans le passé. Certes, elle est moins douée que la neige des champs qui est capable de vous déposer brusquement en plein milieu de la préhistoire. Elle permet néanmoins de couvrir sans fatigue quelques dizaines d'années, parfois un siècle ou deux. En ville, quand une petite neige pluvieuse tourbillonne vers les cinq heures du soir, je me retrouve au XIXe siècle et à Londres. Dans la clarté jaunâtre des quinquets, David Copperfield court comme un fou avec un grand cache-nez autour de son nez rouge et découragé. Sous une porte cochère, Jack l'Eventreur piétine dans une boue glacée. Il a l'air assez méchant.

Ainsi explique-t-on généralement un phénomène

curieux : quand la neige tombe, elle tombe toujours dans un temps révolu, à la fois dans ma propre enfance et dans l'enfance du monde. Toutes les neiges sont d'antan. « La neige sent la pomme, dit Mandelstam, comme autrefois. »

On comprend donc la part du lion que se taille la neige dans la mémoire de tout humain un peu sensible. J'ai oublié le nom et la tête de mon professeur de latin en classe de sixième, ma première randonnée dans le métro, le spectacle de Copacabana quand je suis arrivé à Rio de Janeiro en 1950, mais les neiges qui descendaient dans l'hiver de Mont-sous-Vaudrey en l'hiver 1942, celles qui tournoyaient sur la trappe de Thamié en 1937, elles n'ont jamais cessé de tomber dans mes yeux. Elles obtiennent ce résultat : mon présent est ma mémoire.

Je privilégie la neige, comme instrument de la mémoire (ou plutôt comme un élément apte à abolir la mémoire puisque le passé devient du présent grâce à elle) mais il va de soi que la règle s'applique à toutes les expressions du climat – chaud, froid, mouillé, sec... Malraux, dans son *Lazare,* dit qu'il confond les femmes qu'il a aimées, non les rivières, les nuages ou les nuits qu'il a connus. Il nous rapporte cette confidence d'Hemingway : « Mes souvenirs sont groupés par la chaleur et par le froid. »

En 1985, j'ai passé huit jours à Moscou. J'étais en reportage. J'ai vu des dignitaires, des maisons historiques et même Mikhaïl Gorbatchev il me semble, je ne sais qui encore, et j'ai oublié tout ça... J'ai vu d'immenses forêts de Noël. Des enfants multicolores jouaient dans la neige.

Il y a une ville que je déteste. Elle s'appelle Kuchin ou Kuching. On la trouve au nord de Bornéo, dans la province de Sarawak qui appartient à la Malaisie-Orientale. Cette ville ne m'a rien fait, je ne la connais même pas, mais je sais que les météorologistes ont renoncé à représenter la courbe de ses températures car elles sont rigoureusement égales tout au long de l'année. Parfois, je me dis que je l'ai échappé belle : quand je pense qu'il y a des enfants, qui n'ont rien fait de mal, les pauvres, et qui naissent à Kuchin ! Non ! J'ai beau faire, j'ai beau me raisonner, je n'arrive pas à pardonner à Kuchin. Si j'étais aussi chrétien que je crois que je le suis, j'aurais pitié plutôt. Eh bien non : pour une fois, je hais ! Je veux dire : j'ai peur.

La neige a été façonnée spécialement à l'intention des enfants. Le premier flocon annonce, à l'école ou dans les maisons, une révolution de palais. Du royaume de la Neige, les princes sont les enfants. Les adultes tanguent maladroitement dans les congères, bougonnent et se cassent des pattes. Les gamins sont des papillons, des colibris.

Ils prennent le pouvoir. Ils se nomment ministres, officiers, plantons, majordomes ou cornettes. Ils mettent en scène des opéras fabuleux, des randonnées polaires, des retraites de Russie, des fêtes pour tsarines, des monts et des merveilles, des bois dormants, des reines de glace et des marchandes d'allumettes.

Si l'on veut apprendre à des gamins qu'ils sont français, que Louis XIV était un roi, Euclide un spécialiste des triangles et que Notre Père est aux cieux, il faut des années d'études, des piquets et des règles sur les doigts mais pour savoir que la neige appartient aux enfants, ce qui est cependant plus compliqué, nul besoin d'un instituteur. Ces vérités-là, les bébés les ramassent dans leur berceau. Dès qu'une neige tombe et même s'ils sont trop minuscules pour patauger dedans, ils la regardent à travers les vitres et ça les fait rire.

Ces complicités de la neige avec l'enfance intriguent. Les enfants aiment le théâtre et les masques et c'est pourquoi la neige les comble. La neige troque une terre pour une autre. Elle abolit le temps, elle arrache les enfants à un présent « aveuglé d'astres domestiques ». Sur le sempiternel décor de leurs minces destins, la neige applique de nouvelles images, un peu comme on applique une décalcomanie, et ces images sont plus anciennes que leurs propres souvenirs, plus anciennes que le monde dans lequel le caprice infini de Dieu les a jetés. Dans la neige, les enfants prennent « un bain de tertiaire », loin des familles, des métros, de la règle de trois, de l'histoire ou des « en rang par quatre ». Ils sont au ciel.

Aux Pôles, l'année contient un long jour et une longue nuit, ce qui prouve que ce lieu virtuel est libéré du temps. L'oiseau hyperboréen par excellence, le cygne, accomplit ses migrations annuelles entre l'éternité qui régente les Pôles et le temps qui étreint nos géographies.

Le blanc – des Pôles, du cygne, du lépreux... – signifie le deuil, la pureté, la mort, l'aube, l'éternité, le néant, en somme tout ce qu'on veut... La science des symboles est une auberge espagnole. Dans chaque objet, chaque couleur ou chaque forme, les spécialistes entassent des significations, comme les chiffonniers emplissent leur sac. Le renard est une horreur en Chine, une bénédiction en Laponie.

Malgré tout, il faut reconnaître que les communiantes et les mariées portent des robes blanches. L'hermine a une telle horreur de l'impureté qu'elle choisit de mourir si une tache macule son pelage. Les condamnés à mort montaient à l'échafaud enveloppés d'une robe blanche.

Rilke dit : « Le jour trop blanc prend un aspect d'éternité. »

La neige ne se contente pas d'effacer, d'abolir, de voiler le réel. Elle révèle. D'un côté elle occulte et de l'autre elle dévoile. Et dévoile plus qu'elle n'occulte. Elle enlève un rideau pour le remplacer par un autre. C'est un metteur en scène ou un prestidigitateur. Elle joue au bonneteau : en l'espace d'une matinée, elle retire un décor pour le remplacer par un autre, avec une agilité effarante, comme dans les cirques. Elle offusque les couleurs et les formes qui nous entourent. En échange, et grâce à sa fragilité, elle montre ce que nous ne connaîtrions jamais sans son concours, elle assure la promotion de l'infime, de l'indicible, de l'interdit, du clandestin. Elle donne à voir l'invisible (comme elle permet d'entendre l'inaudible).

Sur le suaire qui enveloppe le jardin, ce matin, je découvre tout ce qui, dans le soleil, est escamoté. Des animaux plus légers que des songes, modestes et comme transparents, ont tracé leurs gribouillis dans la belle neige nue. La neige, que l'on croirait bêtement spécialisée dans l'absence ou dans la mort, grouille de vie au contraire. Elle ne recouvre pas. Elle découvre. Elle ne voile pas. Elle dévoile. Elle m'apprend que, cette nuit, des hôtes venus de nulle part ont fait leurs cabrioles sous mes fenêtres, des chats de contes de fées, des belettes et des souriceaux de Ma mère l'Oye, des ailes d'oiseaux ou des pattes d'insectes, des amusements du vent, des krolls, du vide, des tonnes de vide... La neige a écarté le rideau du tabernacle. Nous voyons luire le trésor.

Si l'on est d'humeur pensive, et la neige toujours pousse à la rêverie philosophique, on en conclut que l'homme éveillé ne discerne, du réel, qu'une frange dérisoire, un reflet ou un spectre, un rai de lumière sous la porte. Le réel est une pellicule photographique impressionnée mais que l'on ne peut pas développer dans la brutalité des belles saisons. Il y faut la « chambre blanche » de la neige. C'est pourquoi, du réel, personne n'a jamais vu le dessin ni les couleurs. La neige, seule, développe le cliché (un peu comme la nuit dévoile les arcanes du paysage et les invisibles étoiles).

La mort est une neige. Elle illumine le paysage que la vie, avec ses gros soleils, ses bariolures et ses tohubohu, nous défend d'apercevoir. C'est aussi cela qui émeut, dans la neige : elle nous enseigne à déchiffrer les splendeurs que nous découvrirons outre tombe.

James Agee écrit : « Il entendit remuer les lèvres de sa mère d'un bruit aussi doux que le silence du monde entier sur lequel tombe une neige... et pour la première fois il connut le poids particulier de la mort... et il aperçut les lèvres neigeuses de sa mère et il lui vint le désir qu'elle ne souffre plus jamais. »

Je crois que ma première neige est tombée en 1928. Cette année-là, nous avions passé l'hiver en France, à Digne, car notre grand-mère était très malade et elle allait mourir. Je ne suis pas sûr de me souvenir de ma grand-mère. Je la vois petite et gentille, c'est tout, mais je me souviens de sa mort.

Sa mort était le papillotement des flocons au-dessus de l'if et des glycines défeuillées, le jardin blanc, surnaturellement blanc, la grande route obscure entre les collines luisantes, et c'était comme si le monde était en train de finir.

Mes frères et mes sœurs me disent que je me trompe. J'aurais forgé une légende : ma grand-mère est morte au printemps mais je ne m'incline pas. Cette légende est une vérité. Je réitère que la campagne était couverte de neige, le mois de janvier se terminait. Le jardin était blanc, très beau et très blanc. Est-il preuve plus convaincante des accointances de la mort et de la neige ? Un petit enfant fit tomber de la neige sur le jardin, par une belle matinée de printemps, parce que sa grand-mère était morte et qu'il était désespéré.

Plus tard j'ai lu Emily Brontë qui écrivait à propos de sa sœur Maria : « Transie dans la terre et sur toi cet amas de neige. »

Un de mes plus jolis vents, je l'ai rencontré dans le Mato Grosso avec ma femme. Nous avions une chambre dans le petit hôtel, très propre, très convenable, de la fazenda Itamaraty, non loin de la frontière du Paraguay, près de Pontapora.

Nous avons vite compris que les mappemondes nous avaient trompés, quelle chance ! Nous n'avions pas débarqué du tout dans le Mato Grosso. Nous étions arrivés dans le vent. Par l'effet d'une singularité géographique, ça soufflait sans interruption sur la bourgade. Le vent ne se reposait jamais. Le soleil pouvait bien se coucher ou se lever, l'aurore se montrer claire ou cendreuse, ces choses-là ne l'intéressaient pas, le vent. C'était un vent consciencieux et même un peu bête. Un bûcheur, ce vent. Un naïf. Dieu lui avait dit de souffler et il soufflait. Rien n'aurait pu le distraire de sa besogne. Il était fait pour mugir et il mugissait, voilà tout.

Il était là, fidèle, indécrottable, fastidieux, doux et puissant, sans commencement et sans fin, éternel. Pourtant, par on ne sait quelle magie, cette tempête inépuisable n'avait rien de désagréable, au contraire. Nous avons passé huit jours et huit nuits ravis, à écouter la rumeur morne, fixe, étale, à jouir du vent, à rêver sur ses périples.

Les nuits étaient des fables. Le monde s'estompait. Nous étions hébergés dans le néant. Le globe terrestre n'était même plus un souvenir. Il ne restait que le vent. Il n'y avait plus que ce froissement infatigable du ciel. Immobiles dans notre lit et sidérés, et sidéraux, nous écoutions le bruit toujours recommencé. Grâce à lui, nous recomposions le périple du vent, de sorte que jamais sans doute nous ne fîmes voyages aussi fantasques qu'au cours de ces nuits sans sommeil. Nous voyions défiler, sous nos paupières closes, bien fermées à clef, toutes les géographies dans lesquelles la tornade avait traîné avant de caracoler au-dessus de notre hôtel.

De minuscules indices, des différences indicibles au sein de la monotonie – une pause, un tourbillon infime, une respiration, une violence retombée, l'écho d'un enragement – nous disaient les itinéraires que le vent avait suivis. Nous lisions « les annales diaphanes du vent » pour reprendre la splendide expression de Luis de Góngora. Très vite nous avons soupçonné, à l'odeur, que c'était un vent des Aléoutiennes.

Des Aléoutiennes, oui. Il s'était mis en verve en longeant le Kamchatka puis il avait commencé sa migration américaine. Dans le Canada, il avait survolé des loups, des caribous et des coureurs de bois, Jacques Cartier et des Sioux. Au-dessus des Grands Lacs, il s'était gorgé d'humidité pour se sécher, dans la suite, en traversant les grands espaces du Middle West, avec tout ce blé et ce maïs, avant de foncer vers le Mexique. Là, il avait fait l'ouragan pendant quelques jours, dans la région des Caraïbes, il avait démoli des palmiers et des installations portuaires, soit à Key West où se disputaient comme des chiffonniers Edward G. Robinson et la belle Bacall, soit à Port-Royal de la Jamaïque, nous avions un doute, avant de se calmer, sa partie la plus énergique s'engouffrant à l'ouest des Andes, au-dessus du Pérou et du Chili, alors que l'autre partie, la nôtre, assagie à présent, avait choisi le versant oriental des Andes.

J'imaginais la fin de l'aventure et qu'après avoir agrémenté nos nuits du Mato Grosso, il continuait à descendre en perdant à mesure une partie de ses forces, dans la direction de la Patagonie, pour se cogner finalement à d'autres orages, à la hauteur du cap Horn, et exploser comme une bombe. Jamais vent ne m'avait donné de pareilles extases et, aujourd'hui encore, après dix ans, il arrive que, dans une nuit de Paris, j'entende à nouveau le hurlement du Mato Grosso, ce qui prouve que le maître Robindrinoth Mesingh n'a pas tort de prétendre qu'il existe des spectres de vent.

Le vent excitait nos esprits et nous avons enfin compris le mot si dérangeant, si mystérieux de saint Augustin : « Qu'y a-t-il avant le vent ? » Et Hérodote, quand il veut placer le pays des Hyperboréens, donne cette indication précise : « Au-delà de la naissance du vent. »

Vieille obsession que de découvrir la tête du vent ou bien le nid du vent et qui m'a parfois poussé, à certaines époques de ma vie, moi qui ne suis pas plus voyageur qu'une moule, à écouter les bulletins météo que les radios diffusent à l'intention des navigateurs. Comme j'aurais aimé, si mon cœur avait été plus fantasque, m'installer au large du Groenland dans l'œil d'un cyclone ou bien entre les lignes d'un isobare ! Ils sont bien à plaindre, ceux qui n'ont jamais rêvé de demeurer dans un diagramme ombrothermique ou même dans un millibar !

(Au sujet de ce vent du Mato Grosso, les itinéraires que nous lui avions prêtés étaient faux, bien entendu, stupides et incroyables. Les vents soufflent vers l'est ou vers l'ouest. Du Nord au Sud, on ne signale que des bouts de vent, des restes ou des fragments. Mais peu importe : celui-là avait une odeur d'Aléoutiennes et voilà tout.)

La neige fait du bruit. Un bruit petit, très petit ! La fin du bruit.

Le plus souvent, on ne prête pas l'oreille à un bruit aussi faible. Le plus souvent, on est tellement sensible au formidable silence qu'installe la neige qu'on n'entend même pas la rumeur infime qu'enveloppe ce mutisme. Le silence de la neige est si épais, si glorieux, si agréable aussi qu'il avale, si l'on peut dire, le bruit de la neige.

Paoustovksi écrit : « Une étrange sensation me réveilla une nuit. Il m'avait semblé que pendant mon sommeil j'étais devenu sourd. Allongé, les yeux fermés, je demeurai longtemps l'oreille tendue puis finalement je compris que je n'étais pas devenu sourd mais que tout simplement un calme singulier s'était fait à l'extérieur. On appelle un tel silence un " silence de mort ". Morte était la pluie, morts étaient le vent, le jardin tumultueux et turbulent. On n'entendait que le chat ronfloter. J'ouvris les yeux. Une clarté blanche et uniforme remplissait la pièce. Je me levai et m'approchai de la fenêtre : derrière les vitres, tout était neige et silence. »

Mais Jean Giono : « Le grésillement imperceptible de la neige quand le nuage a déjà lâché sa neige mais qu'elle n'est pas encore arrivée à terre. » Voici un bruit plus difficile à surprendre que le rayon vert de Jules Verne. Jean Giono avait l'oreille fine.

La neige a une odeur. Elle sent le loup, la forêt et le guerrier franc. Du moins dans nos pays. En Islande, les paysans disent que les ciels de neige sentent le fer, le cuivre ou le bronze. Jean Lorrain renifle dans la neige d'imperceptibles parfums d'éther. C'est pourquoi la neige rend folles les âmes sensibles.

La neige a une couleur. La Bible dit que la lèpre vous fait la peau blanche comme neige, comme de l'argent. Mais quand la neige fond, au printemps, que devient tout ce blanc ? Où passe-t-il ? Des tonnes de blanc, et puis, plus rien !

Les oiseaux migrateurs sont la providence des chercheurs : leurs manies, leur génie du voyage, la régularité de leurs itinéraires, leur entêtement et leur robustesse, la malice avec laquelle ils protègent leurs secrets, des dizaines de laboratoires en font leurs délices.

De temps en temps, un savant dit qu'il a trouvé. Il nous raconte que le cygne et la sterne, le chevalier gambette et le courlis corlieu ont une très bonne mémoire, que leurs cervelles contiennent un bout d'aimant, ou bien une batterie de radars, que les pères et les mères oiseaux, enfin, enseignent la géographie à leurs enfants.

Je respecte les chercheurs mais je préfère les paysans des bords du lac Mytavn, en Islande, qui ont des milliers de canards, de pipits des prés et des cygnes à leur disposition. J'ai ainsi appris que ces oiseaux, quand ils quittent le lac Mytavn, à la fin de l'été, grimpent jusqu'au haut du ciel. Là, ils se mettent à la recherche d'un vent. Quand ils ont repéré ce vent, ils montent dedans, un peu comme nous prenons un métro ou un tramway. Ce stratagème permet au cygne de gagner l'Ecosse en vingt-quatre heures. Par le même moyen, la sterne arctique parcourt 30 000 km chaque année. Les paysans islandais ont ajouté cette précision que certains passereaux, quand ils ont trouvé leur vent, s'endorment et naviguent, les yeux clos, jusqu'à leur résidence d'hiver.

Quelques oiseaux se trompent de vent : la tête qu'ils font, alors, quand ils croient se réveiller au Pérou et qu'ils aperçoivent les déserts d'Arabie ! On les reconnaît à leur air triste, émacié et prématurément vieilli.

On les appelle « les égarés ». S'ils veulent rentrer dans le droit chemin, ils doivent remonter au ciel et changer de vent comme nous changeons de train.

Ceux qui réussissent à retourner en Islande, au printemps suivant, renouent avec leurs congénères et clabaudent. Ils décrivent le pays extraordinaire dans lequel ils ont hiverné. Les autres les regardent, un peu interloqués, les prennent pour des fanfarons et pensent : « A beau mentir qui vient de loin ! » mais si l'égaré a du bagout et un peu de charisme, comme on dit, il séduit quelques congénères. Un nouveau lieu d'hivernage est colonisé, suite à cette erreur de vent, comme Christophe Colomb découvrit l'Amérique en cherchant les Indes.

Je n'ai pas grande confiance dans la science des paysans, même collecteurs d'œufs, du lac Mytavn, mais leur thèse est plus jolie que celle des savants. On imagine des ciels glacés, des bourrasques, des brises légères et diaphanes, des frontières et des grands larges, des tourbillons et des fleuves, de grandes plaines de neige, des collines de givre et de brumes, on imagine une géographie céleste, tout à fait inconnue des hommes et desquelles le plus écervelé des étourneaux a la science.

Thomas Mann est à Davos. La régularité des flocons de neige le méduse, le jette en extase mais il en pressent aussi le caractère inhumain et que leur parfaite géométrie les associe à la mort.

Dans *La Montagne magique*, Hans Castorp recueille quelques flocons de neige. « Il savait parfaitement de quels précieux et précis petits joyaux ils se composaient, des bijoux, des étoiles, des agrafes de diamants, comme le joaillier le plus appliqué n'eût pas su en composer de plus riches et de plus minutieusement sertis... Ce n'était pas de grains de pierre qu'elle [la neige] se composait mais de myriades de parcelles d'eau, concentrées en une multitude uniforme et cristalline, de parcelles de la substance inorganique qui faisait surgir le plasma vital, le corps des plantes et de l'homme – et parmi ces myriades d'étoiles magiques, dans leur impénétrable splendeur sacrée, invisible et nullement destinée au regard humain, aucune n'était semblable à l'autre ; une ardeur infinie d'inventeur dans la transformation et le développement raffiné d'un seul et même thème fondamental, de l'hexagone à côtés et à angles égaux, régnait là ; mais en eux-mêmes, chacun de ces froids produits était d'une uniformité absolue et d'une régularité glaciale et c'était même là ce qu'il y avait d'inquiétant, d'anti-organique et d'hostile à la vie ; ils étaient trop réguliers, la substance organisée ne l'était jamais au même degré, la vie répugnait à une précision si exacte qu'elle jugeait mortelle, c'était le mystère même de la mort et Hans Castorp croyait comprendre pourquoi les constructeurs de temples de l'Antiquité avaient exprès et en secret prévu certaines infractions à la symétrie dans la disposition de leurs colonnades. »

Le texte de Thomas Mann m'a suggéré ceci. Quand on regarde au microscope des cristaux de neige, on se demande s'il n'y a pas là une première tentative, un test, pour mettre au point des formes vivantes qui viendront longtemps après les formes minérales, les fleurs par exemple ou les rameaux des sapins. Or, la première ébauche, c'est-à-dire le cristal de neige, était si parfait, si affreusement parfait, comme le dit bien

Thomas Mann, qu'il ne pouvait pas évoluer. Une fleur mort-née et pour cela immarcescible. Mais le modèle qui a inspiré à la fois la fleur de glace, le cristal de neige et la rose, où est-il le modèle ?

Tanizaki Junichirô a écrit un beau texte sur les lieux d'aisances japonais, dans les monastères, des endroits à demi obscurs et construits à l'écart du bâtiment central, à l'abri d'un bosquet et dans des odeurs de mousse ou de feuilles vertes.

L'écrivain Natsume Sôseki comptait, parmi les agréments de l'existence, le moment où il allait se soulager chaque matin. Junichirô approuve son confrère mais il précise que ces plaisirs ne sont extrêmes que si les cabinets sont érigés dans la nature et, en quelque sorte, au milieu des saisons.

« Lorsque je me trouve en pareil endroit, écrit-il, il me plaît d'entendre tomber une pluie douce et régulière. Et cela tout particulièrement dans des constructions propres aux provinces orientales où l'on a ménagé, au ras du plancher, des ouvertures étroites et longues pour chasser les balayures, de sorte que l'on peut entendre, tout proche, le bruit apaisant des gouttes qui, tombant du bord de l'auvent ou des feuilles d'arbre, éclaboussent le pied des lanternes de pierre, imprègnent la mousse des dalles avant que ne les éponge le sol... C'est l'endroit le mieux fait pour goûter la poignante mélancolie des choses en chacune des quatre saisons... »

Tanizaki reconnaît loyalement que de tels lieux d'aisances exposent l'usager à quelques périls.

« Les inconvénients, dit-il, s'il faut à tout prix en trouver, seraient l'éloignement et l'inconfort qui en résultent lorsqu'on est obligé de s'y rendre en pleine nuit, et d'autre part le risque, en hiver, d'y prendre un rhume. Si toutefois, pour reprendre un mot de Saitô Ryoku.u, “ le raffinement est chose froide ”, le fait qu'il règne dans ces lieux un froid égal à celui de l'air libre serait un agrément supplémentaire. Il me déplaît souverainement que, dans les toilettes de style occidental des hôtels, l'on en soit venu à dispenser la chaleur du chauffage central. »

Le 11 février 1995, la justice autrichienne a condamné la Brésilienne Ana Rita Aparecida à six mois de prison pour avoir obligé son fils de onze ans à marcher tout nu dans les rues neigeuses de Vienne pour le punir d'avoir traîné sur le chemin de l'école.

La jeune femme brésilienne a reproduit un très ancien épisode. Dans l'Empire des Huan, en Chine, la mère de l'Empereur châtie son petit-fils, qui avait fait une bêtise, en l'obligeant à se tenir nu et agenouillé dans la neige, sur les marches du palais. L'Empereur découvre son enfant. Il éclate en fureur. Il ordonne qu'on inflige le même supplice à sa propre mère.

La neige sert d'écrin à la cruauté. La comtesse Báthory enrobait les jeunes filles dont elle convoitait le sang dans une bulle de neige ou de glace (les gouttes de sang dans la neige de Parzival...).

La neige, le néant... Dans *L'Iris de Suse,* Jean Giono, grand écrivain de neige, a inventé un beau personnage, une jeune femme silencieuse et qu'on appelle l'Absente. Un jour, par forte tempête de neige, un homme aperçoit une silhouette dans le rideau des flocons.

« Il jetait de temps en temps des coups d'œil de biais sur cette forme immobile derrière le grillage noir des flocons... Il arriva à sa hauteur ; en la croisant, il rencontra un regard lumineux. Il s'arrêta net ; il voulut parler, il cria. C'était une femme debout. La neige s'accrochait sur son visage comme sur un mur ; des cristaux de givre s'attachaient à ses cils et au léger duvet brun de sa lèvre.

« " C'est l'Absente ", se dit-il... Il essaya de se faire entendre : elle était hors du monde... Il n'osait pas la toucher... »

La biographie de Charles Dickens dans la Pléiade est très drôle. Ratatinée en quelques pages, elle est distraite et oublie des épisodes essentiels. Elle perd son temps. Par exemple elle nous apprend que le père de Dickens, John Dickens, fut nommé à Somerset House en 1814, si bien que la famille quitte Portsmouth et gagne Londres. Charles est âgé de deux ans. La Pléiade précise que ce déplacement s'est fait « par un jour de neige ». Qu'est-ce que c'est que cette neige ? Pourquoi le rédacteur de la Pléiade a-t-il relevé une information aussi futile ? La réponse est simple : cette neige est en effet absurde et inutile et pourtant, ses reflets blêmes, autour de la diligence où vagit un écrivain de deux ans, nimbent toute l'œuvre à venir. Tous les livres de Dickens, que des flocons les recouvrent ou non, sont des livres neigeux.

Patrice de La Tour du Pin parle de la fin du monde. Les survivants se groupent autour d'un « Christ géant de neige... Les cris montent vers le Dieu glacial ». Et c'est la fin car « le Beau Dieu de neige est tombé ». Le même poète dit, à une autre occasion : « Il fait trop froid pour n'être pas. »

Quand j'ai voulu être un saint, vers les treize ans, et que j'ai raté mon affaire du reste, j'avais choisi la trappe comme un raccourci pour aller au Ciel. Mais j'étais difficile en matière de trappes. Il me la fallait terrible et qu'elle soit plantée dans l'au-delà. J'avais envie d'ascèses inhumaines, de nuits sans sommeil, de macérations. Je rêvais vents noirs et silences interminables, messes d'aubes et matines jusqu'au soir, nuits, neiges. Pour mieux débarrasser les chemins du ciel, j'avais résolu de décliner les honneurs de la prêtrise. Je serais frère convers, je serais un de ces domestiques, un de ces anges bourrus qui vont pieds nus dans des sandales de tableaux du Moyen Age et qui traient les vaches à perpétuité, dans des étables glaciales, en offrant leur misère, leur joie, au Christ.

J'ai fait de longues recherches. J'ai enfin trouvé une trappe digne de mes excès. C'était celle de Thamié, en Savoie, où ma troupe de scouts avait fait escale, retour d'un camp d'hiver à Albertville. Les murs, les toits de l'abbaye étaient bâtis de neige, tout cela étincelait. Les moines fabriquaient du reblochon et il y avait un tas de frères convers. La Jérusalem terrestre, ou bien céleste, je l'ai connue ce jour-là et jamais je ne me suis trouvé aussi près du bon Dieu, aussi heureux. Je me dis parfois que j'ai été bien bête. J'aurais dû insister. Maintenant, c'est bien tard.

Dante peint la montée des élus à travers la huitième sphère : « Une neige qui tomberait vers le ciel. »

Le jour où j'appris que Voltaire, interrogé sur la vente du Canada aux Anglais, supplia qu'on ne fît pas tant d'histoires sous le prétexte que la France perdait « quatre arpents de neige », j'exultai. De savoir que s'étendait quelque part un pays fait en neige et non en poussière ou en cailloux m'exaltait. J'entrais dans ces quatre arpents comme chez ma mère l'Oye. La phrase de Voltaire était plus belle qu'un chaperon rouge. Elle neigeait. Elle était hantée de traîneaux et d'étincelles.

Longtemps, j'ai rêvé sur cet empire de contes de fées. Je comprenais clairement que Dieu l'avait taillé à l'intention des enfants. Il y avait déposé des grizzlis, des cabanes de rondins, des fumées bleues sur les toits, des pièges, des traces de caribous, des champs de carottes pour fabriquer les nez des bonshommes de neige, de grosses boules blanches déjà toutes faites et prêtes à être lancées...

Au surplus, cette neige ne fondait jamais, quelle merveille ! Voltaire l'avait bien précisé : la neige, loin d'être un épisode annuel, au moment de Noël, était une permanence, une éternité. Elle formait la texture même du Canada. Là-bas, me disais-je, la neige n'a même plus besoin de tomber. La neige est là, une neige immuable. J'allais jusqu'à imaginer que ce pays de neige pouvait même se permettre, sans fondre pour autant, de connaître, comme les autres provinces du monde, des automnes, des étés et des printemps (c'est pourquoi je fus si content, bien plus tard, d'apprendre en lisant le Baal Lav Tov que le Paradis terrestre était fait de quatre saisons emmêlées). Je peuplais ce

Canada voltairien de créatures que j'ai reconnues plus tard dans un tableau de Breughel, des femmes de neige mais vêtues de toutes couleurs, des nains de neige et, par-dessus tout, des petites filles et des petits garçons de neige. Surtout des petites filles, d'ailleurs.

Le 4 octobre 1883, l'Orient-Express quitte la gare de Strasbourg (gare de l'Est) à Paris. Valery Larbaud est âgé de deux ans. Bientôt, il écrira : « Prête-moi ton grand bruit, ta grande allure si douce, ton glissement nocturne à travers l'Europe illuminée, ô train de luxe, et l'angoissante musique qui bruit le long de tes couloirs de cuir doré, tandis que, derrière les portes laquées aux loquets lourds, dorment les milliardaires... »

Les milliardaires sont variés si l'on en croit le livre remarquable de Jean des Cars, *Sleeping Story* : jeunes seigneurs osmanlis, pachas coiffés de fez, agents secrets et même doubles, diplomates gâteux, femmes belles comme des ciels, avides comme des lamproies, financiers et marchands de fusils, académiciens inutiles, seigneurs russes à vingt châteaux et cent mille âmes mortes, milords retour d'une chasse au coq de bruyère en Ecosse, prêtres en falbalas, imprésarios et ténors et divas, madones, putes, négociants en zibeline, Persans si riches qu'ils mettent leurs diamants aux bagages...

L'hiver de 1929, la Turquie est sous la neige. Une grosse neige. Le train superbe avance en soufflant dans le néant, puis à trente kilomètres de Tcherski, il n'avance plus. Un mur de glace coupe la voie. Le froid : moins vingt-cinq degrés, et dans les voitures : moins dix.

Le maharadjah de Rana Baha-dur est bien embêté car ses sept femmes, qui sont coquettes comme des rouges-gorges, n'ont emporté que des robes légères, transparentes. Elles hurlent. Elles grondent leur époux. Le maharadjah parcourt le train, achète au prix de l'or des capelines et des couvertures.

Après quarante-huit heures, les milliardaires ont très faim. Ils montent une expédition, avec mission d'acheter des victuailles dans le village proche de Tokhlu. Comme le village est sous la neige, ils le cherchent longtemps.

Ils le trouvent enfin mais les paysans, qui ont faim et peur, sont désagréables comme tout. Ils consentent pourtant à vendre à la colonne de milliardaires un mouton vivant. On repart avec ce troupeau minuscule. Sur le chemin du retour, une horde de loups entend les bêlements du mouton et le boulotte, comme dans une fable de La Fontaine. Les milliardaires tirent. Le soir, les voyageurs de l'Orient-Express mangent des biftecks de loup.

Le sixième jour, le train de luxe est un radeau de la *Méduse,* un *Titanic.* Il naufrage dans la blancheur. Les messieurs et les dames les plus distingués de la Belle Epoque cèdent à la panique. Ils s'insultent, se tirent les cheveux. Ils sont grossiers comme du pain d'orge et prêts à s'étriper. Une comtesse autrichienne s'efforce de s'ouvrir les veines. Deux jésuites en profitent pour obliger les milliardaires à faire leurs prières.

Une nouvelle colonne est dépêchée vers le village. Les paysans sont de plus en plus en colère. Heureusement, le maharadjah avait pensé à emporter sa cassette. Il propose des prix si mirobolants que les Turcs cèdent à la pitié. La loi de l'offre et de la demande joue à plein. Dans la neige de Turquie, un œuf vaut cinquante francs-or, un mouton deux cent mille francs-or. Ensuite, le temps se radoucit et les prix, comme une neige, fondent. L'Orient-Express se remet en route. Il arrivera à Istanbul avec quinze jours de retard.

Voltaire écrit à Constant d'Hermenches, le 13 décembre 1758 :

« Lausanne sera toujours mon séjour favori, tant que vous y serez. J'attends les neiges et les glaces comme les autres attendent le printemps. Il faut qu'il gèle bien fort pour que je vienne vous voir. Je prendrai à peu près le temps où les trois Rois vinrent d'Asie. J'arriverai avec toute ma colonie et je serai à vos ordres quand il gèlera à pierre fendre. »

Il existe des puritains de la neige. Un de mes amis l'aimait tellement qu'il ne s'intéressait pas trop aux premières chutes de flocons. « Elles sont encore embrouillées d'automne », disait-il comiquement. Ce qui lui convenait, c'étaient les chutes de neige plus tardives car elles étaient protégées des autres saisons par les précédentes chutes de neige. Elles étaient comme le donjon du château, ou bien sa chambre forte, comme la chambre secrète au cœur de la Pyramide.

Thomas de Quincey, parmi les adorateurs de la neige et du froid, est l'un des plus sectaires :

« Que toutefois ne règnent point le printemps, ni l'été, ni l'automne, mais l'hiver, sous son aspect le plus rigoureux, c'est là un point très important en science du bonheur. Je suis surpris que certains le négligent, se félicitent de voir l'hiver s'en aller ou, s'il approche, s'annoncer clément. Je fais au contraire un vœu chaque année pour qu'il y ait autant de neige, de grêle, de gel et de tempêtes que les cieux peuvent nous en accorder. Assurément, chacun connaît les divins plaisirs hivernaux du coin du feu : les chandelles à quatre heures, les chauds tapis de foyer, le thé, une belle faiseuse de thé, les volets clos, les rideaux ondulant en amples plis jusqu'au parquet, tandis que, distinctement, le vent et la pluie font rage au-dehors... »

« La plupart des plaisirs délicats, comme les sorbets, exigent une atmosphère d'une très basse température : ce sont des fruits qui ne sauraient mûrir que le ciel ne soit tempétueux ou inclément de quelque manière. Je ne suis pas regardant sur le choix, comme on dit, dès lors que j'ai soit de la neige, soit un froid noir, soit un vent assez fort pour qu'on puisse " s'y adosser comme à un poteau "... Oui, donnez-moi pour mon argent un hiver canadien, ou encore un de ces hivers russes où l'on partage avec le vent du Nord la propriété de ses propres oreilles !

« Je suis en vérité tellement épicurien en la matière que je ne puis goûter pleinement une soirée d'hiver qui vienne trop longtemps après la Saint-Thomas et qui dégénère en dégouttantes tendances printanières, non, elle doit être séparée par une épaisse muraille de nuits sombres du retour de la lumière et du soleil. »

Je suis très frileux et certains se moquent de moi. Je m'en tire comme je peux, je dis : « Comprenne qui pourra ! » ou bien, avec un air de malice : « Alors ce serait un comble, ça ! Non seulement j'ai l'incommodité de craindre le froid mais en plus il faudrait que je le haïsse ! » Plus sérieusement, je dis : « Vous savez, mes flocons, ils tombent surtout dans les livres. Daniel Defoe a écrit *Robinson, Moll Flanders* et l'*Histoire générale de la piraterie* mais il n'a guère quitté l'Angleterre. Et Jules Verne ? »

En cas d'urgence, je convoque Julien Gracq : « Si vous demandez à quelqu'un, n'importe qui, quel moment de l'année il préfère, il se sentira toujours, spontanément, sans hésitation aucune, un goût particulier pour une saison, goût qui n'a presque rien à voir avec le plus ou moins d'agrément apparent qu'elle vous apporte, la préférence par exemple pour le chaud ou le froid. Il aura peine à dire le pourquoi de cette préférence. »

Pour être tout à fait sincère, je me prends parfois à douter si j'aime la neige autant que je crois que je l'aime. Un jour, par distraction ou bien par jeu, on déclare qu'on aime les poires, et ensuite le pli est pris, on s'accoutume, on mange des poires toute sa vie et tant pis pour les bananes qu'on adore cependant !

Quand j'étais enfant, nous habitions en Algérie. Je trouvais que cette contrée avait trop de cailloux et de soleils. Mon père nous parlait souvent de son enfance à Annecy. Comme il parlait très bien et que je l'aimais, ces montagnes immaculées, ces prairies blanches, ces luges me servaient de Paradis.

Et si aujourd'hui j'aime tellement la neige (que peut-être je déteste), est-ce par respect de la mémoire de mon père ou bien par fidélité à l'enfant que je fus ? Mais quelle différence ?

(J'ai toujours été très influençable, par mes parents surtout. Tout ce qu'ils disaient était parole d'évangile.

Quand j'avais quatorze ans, les professeurs du lycée Mignet à Aix et même mes amis me trouvaient un peu gourd, un peu bête. Mes résultats étaient nuls bien que je travaillasse comme un petit bœuf. Il était question que je quitte le lycée et que j'entre en apprentissage soit dans la cuisine, soit dans la métallurgie. Je ne détestais pas la métallurgie mais j'étais triste à l'idée de ne plus voir mes amis du lycée. Aussi ma mère prit les choses en main. Pendant toute une saison, elle me dit que j'étais intelligent : j'étais si bête que je l'ai crue. Au bout de l'année je suis passé en seconde.)

Quand j'étais enfant, nous allions passer la Noël à Digne. Une fois, dès notre arrivée dans notre maison de la Sèbe, c'était le soir et je vis que le jardin miroitait d'une neige neuve. J'ai ôté mon manteau, ma veste, mon pull-over, ma chemise et je suis allé me rouler plusieurs minutes dans la neige. Ma mère m'a grondé. J'avais treize ans, je crois.

Henry Miller écrit à Anaïs Nin que Sylvia Beach a « de la neige dans les veines ».

Les dames disaient que Voltaire était « un amant de neige ».

Daniel Boulanger parle d'une « neige féminine ».

Au IVe siècle à Rome, il fut enseigné aux hommes qu'ils auraient à bâtir une église à l'emplacement exact où tomberait une neige d'été.

Par un soir étincelant, et comme le soleil illuminait la Ville sainte, une chute de neige se produisit sur le mont Aquilin, délimitant exactement le plan d'une église. Dès lors, il n'est plus question de discuter. On désigne un architecte, on embauche des ouvriers et l'on construit l'église de Sainte-Marie-des-Neiges, ou Sainte-Marie-Majeure.

Cette histoire n'est pas exceptionnelle : la neige d'été a bonne presse dans la religion chrétienne. La Vierge en est friande. Au IIIe siècle, vivait en Auvergne une femme atteinte de la fièvre. La Vierge lui apparaît et lui dit de s'étendre sur une pierre au sommet du mont d'Anis. Elle sera guérie et, le lendemain, elle devra aller trouver saint Georges, évêque du Puy, pour lui dire qu'il doit édifier une église sur le mont d'Anis.

L'évêque obéit. Le 11 juillet il se rend au mont d'Anis. Là, il s'assied sur un rocher et remarque que toute la campagne est couverte de neige. Soudain un coup de tonnerre retentit. Un cerf court et ses empreintes dessinent l'enceinte d'une église. Le territoire ainsi délimité est enclos d'une haie d'épines. Le lendemain, ces buissons sont des églantines fleuries. On construira une église. D'autres disent un dolmen.

Dans la Rome antique et en Russie, un abominable fait divers nous est rapporté par les chroniqueurs. Un couple ne peut pas avoir d'enfant. La femme est triste. Après bien des déceptions, l'homme dit : « Ecoute. Nous ne pouvons pas avoir d'enfant. Mais il neige, je vais confectionner une petite fille de neige. »

La petite fille est un peu pâle mais jolie et gentille. Elle va en classe, fait le bonheur de ses parents. Arrive le 23 juin, le solstice d'été. La petite fille va à la fête avec ses camarades. On a allumé un grand feu. Les enfants se donnent la main et bondissent à travers les flammes. La petite fille de neige fait comme les autres. Elle fond.

L'infante du Danemark avait épousé un prince du Portugal. Le pays lui plaisait mais, quand novembre fut là, elle guetta la neige et son cœur fut brisé. Chaque matin, elle faisait claquer ses volets et rien, désespérément rien ! Elle passa un hiver mélancolique bien qu'elle fût très éprise de son époux. Le prince souffrait. Il comprenait que la jeune fille jamais ne s'habituerait à un pays sans neige et qu'elle regagnerait ses brumes danoises. Pourtant, dans les premiers jours du printemps, la jeune fille découvre un matin qu'une neige est tombée pendant la nuit et recouvre le jardin du château. Le prince se garde de dire que cette neige est un tapis de fleurs d'amandiers, d'une parfaite blancheur et qu'un coup de vent a secouées dans la nuit. Le couple est sauvé.

Toujours ce désir de mélanger les saisons, neige et printemps ensemble. Le Japon connaît ces mêmes envies. Un poème dit :

> « *En toute saison mon jardin est aussi beau*
> *Que ce soit en hiver*
> *Sous les pétales de cerisiers de la neige*
> *Ou au printemps*
> *Sous la neige des pétales de cerisiers.* »

Il arrive que le mélange soit détonnant. En Chine, un empereur de la dynastie Han est un étourdi. Il fait jouer en plein été une « musique d'hiver », ce grand fou ! Résultat : une tempête de neige calamiteuse.

Les timbres-poste de l'exotisme

Longtemps, j'ai confondu l'exotisme et les timbres-poste. Leurs baobabs et leurs oiseaux de paradis, leurs bariolures et leurs papillons m'exaltaient. Ils m'emportaient au désert de Gobi, vers des Guadeloupe et des Virginie, dans les chaleurs du sable ou l'ombre des palétuviers. Cet exotisme philatélique m'intriguait. Comparés au timbre, tous les autres modes de locomotion faisaient de pauvres véhicules. Les orchidées du douanier Rousseau, les dames tahitiennes de Gauguin, pourtant toutes nues, ou les femmes d'Alger de Delacroix ne tenaient pas la route. Le plus vilain timbre-poste du Sénégal m'emmenait plus loin que le plus beau des portulans.

Je flairais un mystère. Je m'interrogeais si la petite taille de la vignette ne jouait pas un rôle. Enclos dans sa fine dentelure, le timbre prélevait un objet lointain, un seul, dans le décor chatoyant du monde, et cet objet infime se débrouillait pour contenir tout un pays, des milliers de routes et de caravanes, des tornades et des maelströms. Sa dimension lilliputienne me donnait la puissance et la gloire. De posséder un timbre, je possédais tout un continent, des frontières et des seuils, des climats et toutes les senteurs de l'Arabie. Je me fabriquais des pays. Je les gérais. Je les organisais. Il suffisait que je tripote une dizaine ou une centaine de timbres pour me balader à une vitesse de foudre dans les régions les plus dissemblables.

Le mélange des timbres jouait un grand rôle, c'était le mélange du monde, la sortie de la rigoureuse géographie à laquelle les voyageurs même intrépides sont condamnés. C'est pourquoi je n'ai jamais imaginé de faire une collection de timbres-poste. Elle eût découpé le globe en compartiments, tracé des limites, respecté des distances, composé des continents, sacrifié à la notion d'Etats. Surtout, elle eût colmaté les vides entre les pays, démarche contraire, pensais-je alors, à la jouissance exotique qui réclame une planète truffée de *terrae incognitae* et dans laquelle l'Atlantique, avec un peu de bonne volonté, baigne les rivages du Sahara ou les vallées himalayennes.

J'étais très jeune. Quelques années plus tard, j'ai noté qu'un timbre oblitéré formait un véhicule plus perfectionné qu'un timbre vierge. Le timbre ne déployait toutes ses délices qu'après qu'il avait été collé sur une enveloppe. Je considérais les tampons. Je me disais que ceux-ci avaient été appliqués, quelques années plus tôt par un postier mozambicain ou indien, dans un bâtiment un peu abandonné, en tout cas très chaud, ou au contraire par un facteur suisse muni d'une haute casquette noire à galons peut-être rouge et or, face au Mont-Blanc. Ce tampon bavardait beaucoup. Il disait que l'enveloppe avait été glissée dans une boîte aux lettres, qu'elle avait pris des bateaux ou des chemins de fer, qu'on l'avait placée dans des sacs postaux et confiée enfin à un facteur rural qui l'avait délivrée à un destinataire aujourd'hui trépassé.

Un immense périple était ratatiné dans ce tampon. Si par bonheur l'oblitération portait le nom d'une ville inconnue, j'en induisais que le trajet de la lettre avait été long, compliqué et hasardeux. Le comble de l'exotisme eût été le timbre d'une lettre perdue mais comment découvrir un timbre inexistant ? A défaut, je rêvais d'enveloppes écrites dans des villes ténébreuses dont le service des postes était délabré, avec des facteurs paresseux comme tout et qui n'eussent relevé le courrier que tous les quinze jours ou tous les quinze ans, si possible à des dates imprévisibles.

Je suis resté fidèle à ces menus vertiges. Je me persuade qu'il n'est point d'exotisme sans PTT, sans lettres ou sans relation écrite, étant bien clair que les récits de Marco Polo ou de Bougainville, de Plan Carpin ou de Jean de Léry composent des lettres un peu longues dont le mérite est de voyager durant des siècles et de m'atteindre après cinq cents ans. Telle est la voie que les timbres-poste traçaient et dont la leçon m'est demeurée : le voyage est de la littérature. Mieux : le voyage n'est voyage que s'il est littérature. Ou encore : un voyage n'est qu'un livre de voyage (j'aimerais proposer davantage et que tout livre est un voyage, mais ceci est une autre histoire).

Quand j'ai un peu bougé, dans la suite, je me suis dit que l'enfant que je fus avait assez raison. Au moment même où je fais un voyage, je traite déjà celui-ci comme une lettre pleine de timbres-poste, une lettre adressée à moi-même ou à un autre. Je voyage seulement pour me dire que je suis en train de voyager, que je suis au loin, que j'ai largué mes amarres. Des mots sont collés à ce déplacement, des mots pareils à des timbres-poste, des mots chargés de maintenir une distance infinie entre le lieu d'où je viens, le lieu où je suis et le lieu où je vais. Le timbre est un grand producteur d'espace.

Ma première entrevue avec le fleuve Amazone fut tendue, presque ronchonne. Elle eut lieu à Belem do Para. Je courais au fleuve. Il y avait des bancs publics, comme au bord du lac Léman ou du lac d'Annecy. Des retraités amazoniens prenaient le frais du soir, ils avaient des têtes de retraités. L'exotisme n'arrivait pas. Je tentais d'abord de croire que j'étais moi aussi un retraité de la Caisse des dépôts et consignations de Belem do Para. Un peu d'exotisme souffla, peu de chose, une brise. Aussi décidais-je de contempler le fleuve : je voyais une étendue d'eau interminable et morne. L'exotisme ne suivait pas.

Alors, j'ai utilisé les grands moyens et je me suis dit : « Je suis sur le bord du fleuve Amazone ! » Cette phrase n'était pas terrible mais elle fit merveille : l'exotisme déboula à toute allure. Il avait obéi comme un bon petit soldat à ces quelques syllabes. Je le voyais s'épanouir, comme les ailes d'un papillon se défroissent au sortir de la chrysalide. Federico Fellini, à un admirateur des soleils de ses films, répond à peu près : « Je déteste les couchers de soleil. Jamais je ne les regarde, c'est fastidieux. Mais, un coucher de soleil dans un film, ah, c'est incomparable, je ne m'en lasse pas. » Et si Emma Bovary a des palpitations mortelles lorsque Rodolphe ou Léon caressent sa blanche peau, c'est qu'elle a lu les romans de Walter Scott ou de Richardson. Ce n'est point Rodolphe qui la fait jouir. C'est du papier. Ce sont des mots. Quand elle a échangé ses premiers petits baisers avec Rodolphe, elle se répète avec délectation : « J'ai un amant ! J'ai un amant ! », comme je m'étais dit : « Je suis sur le bord de l'Amazone ! Je suis sur le bord de l'Amazone ! »

Une question plus compliquée surgit à ce point. S'il est vrai, comme je crois que je le crois, que l'exotisme a besoin de la lettre, c'est-à-dire du livre, il ne suit pas que tout livre écrit dans un pays lointain procure le frisson exotique. Quelques précautions s'imposent, des malices, des tricheries, des astuces, bref, encore une fois, de la littérature. Et notre époque porte ces nécessités au comble, compte tenu du progrès technique, de l'arpentage implacable de la mappemonde, de la photo et du cinéma, de l'uniformisation qui épuise les différences, ratatine la planète, mutile les distances, et de l'énorme savoir historique, géographique et ethnologique que notre siècle de haute culture a accumulé, bref compte tenu de cette modernité qui barbouille les paysages de la terre. L'exotisme du XXe siècle est une bête subtile, il faut tendre ses filets assez haut pour l'attraper.

Pour moi, j'obéirais volontiers à quelques règles. La première est celle du non-savoir. Rien n'est plus ennemi du sentiment exotique que l'érudition : préparer un déplacement, lire la notice de l'*Encyclopaedia universalis,* le *Guide bleu* ou des ouvrages d'histoire ou de géographie sur le pays convoité, voilà de quoi je me garderais. Je fais mine que le pays où je débarque a échappé par miracle à toute science. Dans cette direction, je m'avance assez loin. Je rêve d'un livre de voyage qui nous épargnerait non seulement la science de ce pays, mais même la description des paysages surtout dans ce siècle de la photographie. Décrire un pays, c'est le rendre familier, banaliser l'insolite, faire du « même » avec de « l'autre », rapprocher le lointain, supprimer les gouffres. Chateaubriand qui décrit tout le temps laisse filer le lointain comme une passoire laisse passer l'eau. Il nous livre à peine un tombereau de mots du reste admirables. Nicolas Bouvier, qui n'utilise presque pas de mots, nous plonge dans de superbes étrangetés. Stevenson, qui n'était pas la moitié d'un voyageur, a écrit des textes théoriques lumineux contre les descriptions. Voilà la difficulté : enfermer le voyage dans des mots, sans pourtant réduire le mystère du pays visité.

La deuxième règle est la lenteur et l'égarement. Rien n'est plus hostile au voyage que l'avion. Cet engin déteste la patience des choses. Le train même est un peu précipité, haletant, nerveux. Et comme on n'a pas toujours une pirogue ou un cheval sous la main, il faut ruser de manière à soumettre son déplacement à la lente et capricieuse horloge du monde. C'est ici que l'égarement joue son petit rôle. On peut faire l'effort de s'embrouiller dans les routes et de voyager comme un éberlué. Un bon truc est de se tromper de gare, mais sans le faire exprès bien entendu.

Quand on échoue à se tromper de train ou de capitale, du moins doit-on avoir la prudence de ne pas chercher à comprendre le pays où l'on arrive : je ne vais pas dans un pays pour le connaître mais pour l'ignorer un peu mieux, non pour le trouver mais pour le perdre, et me perdre en prime.

Ne pas négliger enfin les ressources de l'un des ingrédients essentiels du voyage : l'ennui. Et Dieu sait s'il arrive que l'on s'ennuie en voyage. Je me souviens de soirées terrifiantes dans des petites villes du Congo alors belge ou du Nordeste brésilien. Un autocar vous dépose après une journée de cahots, de paysages idiots et de bruits de ferraille. A toute allure, on entreprend de s'ennuyer. Un bon ennui est celui du petit hôtel dans lequel on est tombé, avec des ampoules électriques jaunâtres, un lit misérable. On se sent seul comme un ver, triste, absurde et « mon Dieu, qu'est-ce que je suis venu foutre dans ce coin où il n'y a strictement rien à voir, où je ne connais âme qui vive, où les silhouettes qui passent dans la rue sont celles de la routine, de l'ordinaire ». Si l'on s'y prend bien, cet ennui-là peut mettre à feu de beaux délires exotiques. On ne sent rien, on ne voit rien, on ne comprend rien. On est seulement loin, loin de tout, loin de chez soi, loin des circuits, loin même de la petite ville endormie où l'on tue le temps, où le temps vous tue. C'est le sommet de l'exotisme. Les mots affluent et ces mots fascinent car ils n'ont rien à dire, rien à décrire, rien à éprouver, rien à sentir. On réside au milieu du vide avec des mots autour de soi. L'ennui, quand il est porté à incandescence, vous ouvre les portes d'or, de corne et de bronze des énigmes du monde. « Pour pouvoir supporter sa vie, dit Nabokov, un homme a besoin de connaître des moments de vacuité absolue. »

Dans son livre sur les explorateurs extravagants, *Voyageurs excentriques,* John Keay raconte l'aventure de James Holman qui voyagea toute sa vie, de Russie en Patagonie, sans se lasser jamais, qui couvrit des milliers de kilomètres en traîneau, à cheval, à mulet, à pied et qui avait la particularité d'être aveugle, complètement aveugle. Comme au surplus il ne connaissait que sa langue maternelle anglaise, il ne pouvait guère parler. Il voyageait pour changer de nuit. Voyage à la limite du voyage, ce qui ne l'a pas empêché d'écrire quatre mille pages sur ses périples, pages décevantes d'ailleurs et dans lesquelles il ne cherche jamais à expliquer son invraisemblable passion.

Sans doute ne la connaissait-il pas lui-même. J'ai donc le droit d'imaginer à sa place et de prétendre que cet homme avait réussi le déplacement absolu. La nuit ininterrompue qui l'enveloppait filtrait le voyage, ne retenait de celui-ci que l'indispensable, ce qui sépare le voyage de l'immobilité ou du rien : le souffle des vents, le froid ou le chaud, les odeurs, le bruit de la pluie, celui des icebergs en marche, le picotement des sables sur la figure, la fatigue des pieds et des jambes. Débarrassé de ses oripeaux, le voyage était réduit à sa pure essence : de l'espace et du temps. L'explorateur aveugle se promenait entre des fuseaux horaires et des longitudes.

Des esprits chagrins diront que la littérature de voyage que j'ai tenté de dire est un art compliqué. C'est encore peu dire, cet art est impraticable, ce qui satisfait mon intuition d'enfant : c'est parce qu'il est indicible que le voyage est littérature.

Nous irions à Innsbruck

Cette année-là, je me suis dit que nous irions à Innsbruck. J'avais déjà pas mal bourlingué. Je connaissais une mare couverte de fleurs blanches à Maraba en Amazonie, un dromadaire dans les dunes de Taghit au Sahara, une pluie diluvienne à Lourenço-Marquès et le pic d'Oise à côté de Digne. Mais tous ces voyages commençaient à se flétrir. Pour ne prendre qu'un exemple, le dromadaire était sans doute décédé depuis longtemps, et l'idée m'est venue de me rendre à Innsbruck.

Dans l'impatience où l'on est généralement à la veille des grands départs, je m'étais muni d'une documentation carabinée. C'était une imprudence. Je m'attache d'ordinaire à me passer de cartes, d'estampes et de matériel touristique. Mais on sait ce que c'est : un instant de distraction et l'on fourre dans son bagage un *Guide bleu*.

Nous étions entrés en Autriche par Salzbourg et nous avions roulé toute la journée en nous extasiant énormément. Le soir, nous étions à Innsbruck. Rien ne nous parut plus glorieux que cette cité quand nous avons vu palpiter ses lumières dans un crépuscule autrichien. Pour qui a un peu de sensibilité historique, il était émouvant en outre de savoir que des Illyriens et des Celtes, bien avant Jésus-Christ, avaient ressenti la même émotion que la nôtre en découvrant, comme le dit si bien le *Guide bleu,* la « rude nature de la configuration de ce sol ».

Nous avons cherché le Zentrum. Il nous a échappé. Et où pouvait-elle bien se nicher, cette Maria-Theresien-Strasse qui regorge pourtant de monuments, avec le palais Sarnthein, le palais Fugger, la colonne Sainte-Anne et la Spitalkirche ? Pas de Maria-Theresien-Strasse ! Les informations du guide étaient approximatives. Ses plans étaient des gribouillis. Ils nous parlaient d'églises englouties et de rues disparues. A l'inverse, ils oubliaient complètement de signaler des édifices certes modestes mais bien jolis, par exemple un musée des mines de sel que nous nous sommes employés à admirer énergiquement.

Dans la voiture, une petite émeute grondait. J'ai dit qu'il fallait être indulgent aux guides : leurs rédacteurs sont des lyriques. Ils augmentent la majesté, la bizarrerie et même les dimensions des sites qu'ils décrivent. Je m'étais déjà fait cette réflexion, quelques années auparavant à Rio de Janeiro : le Christ du Corcovada est moins grand dans la réalité que sur ses photographies.

A Innsbruck, ces effets de rétrécissement étaient effrayants. Par exemple, quand nous avons enfin déniché, du reste par hasard, la Hofkirche qui possède, si l'on se fie aux notices, trois nefs gothiques, il ne restait plus qu'une seule nef et elle n'était pas gothique. Heureusement, Innsbruck n'était pas en peine de présenter d'autres trésors ; le guide en était farci mais il fallait en faire son deuil ce jour-là, on les visiterait le lendemain, car pour l'heure ils étaient fondus dans les ténèbres.

Ces ténèbres étaient belles. Innsbruck était digne de sa renommée. J'appréciais sa modestie : sa vétusté, la médiocrité de ses éclairages, ces venelles qui avaient pris la place des « larges avenues » répertoriées dans le guide, ces ombres qui dévoraient les châteaux et les temples, le lacis de ruelles incompréhensibles, l'émouvante pauvreté d'une cité d'un tel prestige, sa simplicité, son innocence, tout cela parlait en sa faveur : voilà un haut lieu qui ne faisait pas de manières.

Mes compagnons n'étaient pas de mon avis. Ils me traitaient de naïf. Je l'ai pris de haut. Je me suis flatté de cette naïveté : nous autres, les voyageurs, nous avons une vertu première, le goût de l'émerveillement, et j'ai un peu pesté contre le peuple français qui ne sait que dénigrer les réussites des étrangers, Montaigne déjà le notait. Un peu d'aigreur se fit jour. Je fus accusé de ne pas savoir lire une carte, et même, étions-nous vraiment à Innsbruck ?

Ce n'était pas le tout. Il fallait un hôtel. Le guide en signalait une vingtaine mais ils étaient extrêmement cachés. Après être repassés une dizaine de fois devant notre musée du sel, la fatigue nous assommait et nous avons été bien aises de voir étinceler les quinquets d'une auberge menue, biscornue et délabrée. Toute la poésie de la vieille Autriche était dans ses murs.

La nuit fut douce. Le matin aussi. On nous a servi de la confiture de myrtilles. C'est même en savourant cette confiture que la vérité nous a sauté dessus sous la forme d'une affiche de l'office de tourisme étalée sur les murs de la salle à manger et il fallut se rendre à l'évidence : nous avions raté Innsbruck de dix kilomètres. Nous étions dans la cité de Solbad Hall, qui est estimable, mais enfin ce n'est pas Innsbruck et elle ne compte que dix mille habitants.

Mon embarras était extrême. Je ne savais plus que faire. J'allai au plus pressé et je résolus de me vexer. Dès que j'eus fini d'être vexé, j'ai réagi. Le bon voyageur sait tirer profit des adversités et c'était bien le cas. Mon Innsbruck à moi était plus magnifique que celle du guide. Elle avait l'avantage de ne pas exister, de sorte qu'elle pouvait se plier à nos rêves. Nous avions visité une cité imaginaire, des avenues fantômes, des palais en allés. Les passants, même, qui hantaient ses rues avaient de bonnes têtes de spectres.

Elle avait d'autres mérites et d'abord celui de la miniature. C'était une sorte d'Innsbruck mais contemplée, si l'on peut dire, par le gros bout de la lorgnette, délicieusement rétrécie. Je retrouvais des impressions d'enfance. Jadis, quand je faisais la crèche de Noël, je confectionnais un mont Sinaï sur une infime feuille de papier kraft. Le lac du Jourdain clapotait dans un bout de miroir. Toute une Samarie se logeait sur un buffet de cuisine, une Samarie complète, avec ses ingrédients, ses chameaux et ses rémouleurs, ses neiges et ses palmiers, ses Balthazar, ses Gaspard et ses Melchior, mais plissée et ratatinée, ne demandant qu'à s'épanouir comme une rose des sables pour peu qu'on la plonge dans une eau lustrale. Cette eau, ai-je dit à ce moment-là, c'est le regard du voyageur.

L'univers s'élargissait. J'avais mis la main sur l'or « philosophal » du bon voyageur. Dans le monde trop bien balisé de la modernité, je pouvais confectionner des quantités illimitées de *terrae incognitae*. Je patrouillais dans les géographies magiques qui sont la vraie destination du voyageur un peu inspiré.

J'aurais pu continuer ces réflexions. Ma bévue nous avait fait remonter dans le temps : la bourgade que nous avions visitée ne ressemblait-elle pas à Innsbruck telle qu'elle était, en gros, à l'époque de la Renaissance ? Mes compagnons ne sentaient-ils pas cette bonne odeur de vieux temps ? Oui, j'aurais pu dire beaucoup de choses de ce genre mais je ne les ai pas dites. Elles me paraissaient un peu faciles, et surtout, je me mis à comprendre brusquement pourquoi une anecdote que j'avais lue dans mon manuel d'histoire au lycée m'avait tellement frappé. Je me suis mis à penser à cette anecdote.

En 856, les Normands faisaient pis que pendre en Europe. Le chef danois Bjorn Jarisida, avec ses Vikings, ravage l'Italie. Il vise Rome, dont les splendeurs sont célèbres. Mais il s'égare et confond la « ville des villes » avec un village voisin qui s'appelle Luna. Il pille Luna. Il dévalise une étable qu'il prend pour un Colisée et il commande à ses soldats d'admirer un ruisseau qu'il nomme le Tibre, un tas de fumier qu'il nomme l'Aventin. Je ferais volontiers de ce Bjorn Jarisida le saint patron des vrais voyageurs.

Je me suis attardé sur Innsbruck, car de tous mes ratages, il est le plus réussi. Mais il n'est pas le seul. Je peux dire que j'ai raté bien d'autres voyages, peut-être huit ou même dix. Un de mes préférés a eu lieu à Djibouti.

En ce temps-là, je travaillais à São Paulo dans un journal brésilien et je faisais un reportage sur les cafés africains (qui menaçaient les cafés brésiliens). L'étape éthiopienne était bien entendu essentielle mais au Brésil l'Ethiopie n'avait pas de consulat. On m'avait conseillé de me rendre à Djibouti. Là, j'obtiendrais un visa.

A Djibouti, personne n'a voulu tamponner mon passeport et comme les avions étaient rares, j'y suis demeuré quinze jours avant de pouvoir retourner au Brésil. J'habitais dans un hôtel terrible. Je me souviens que les portes des chambres étaient coupées à mi-hauteur, comme dans les saloons des westerns, ce qui encourageait une grande convivialité entre les êtres qui partageaient mon exil. Ces êtres étaient tristes. Je me liai d'amitié avec un jeune Marseillais, totalement absurde, et qui ne savait pas du tout ce qu'il faisait là.

La chaleur, l'abandon, l'ennui, la monotonie furent mes compagnons. Comme je m'adapte assez facilement, je me suis mis à ressembler à toute allure aux habitants de Djibouti. Dans les crépuscules d'abricot et de suie de la mer Rouge, je déambulais sous des palmiers sans ombre, inconsolé, solitaire et vieilli. Quand un navire chargé de légionnaires, malheureusement très grossiers, faisait escale, retour d'Indochine, j'étais avec les badauds sur le port et cela me faisait un peu plaisir.

Parfois, j'allais voir l'Ethiopie. Je regardais dans sa direction : elle était infinie et énigmatique, peuplée de montagnes atroces et de caravanes désolées, avec des tourbillons de cendres, au loin, dans lesquels passaient des rezzous, des onagres, des « rois des rois », des esclaves, des Ménélik et des Rimbaud. Oh, là ! là ! que de sable étrange j'ai rêvé ! En repensant à ces journées consternées, je me dis que mon plus beau ratage n'est pas nécessairement Innsbruck. C'est mon Ethiopie de poussière et de songes.

Les géographies de Giono

Il y a quelques années, entre Forcalquier et Lurs, j'ai pris en auto-stop un jeune homme qui s'était mis en tête de parcourir les Alpes et la Provence à l'aide des romans de Giono, drôle d'idée. Ce jeune homme m'a dit :

– J'ai commencé par *Le Hussard sur le toit*. Je me suis perdu à chaque paragraphe. Pauvre Angelo ! Comme s'il n'avait pas assez de tribulations avec le choléra et madame de Théus, Giono le fait trotter dans un pays qui n'existe pas, un pays qui contient des montagnes en trop, des vallées introuvables. Si vous lisez *Le Hussard* comme un *Guide bleu*, vous passez votre temps à rebrousser chemin, vous faites dix kilomètres pour gagner deux cents mètres.

» Ce n'est pas désagréable. Je n'aurais pas donné ma place pour un boulet de canon. Je croyais que je parcourais deux pays en même temps. La carte du pays réel devenait transparente et je voyais défiler sous elle, comme dans un jeu d'enfants, une autre carte, celle de Giono, bien plus savante, pleine de couleurs. Oui, les paysages de Giono sont, comment dire, le rêve des paysages véritables. A la fin, vous n'y voyez plus que du bleu : le chemin d'Angelo est devenu, en catimini, un labyrinthe et Giono rigole, il fait semblant de vous aider et il vous égare encore. La Provence du *Hussard,* c'est une Provence en perdition, ce n'est pas une géographie, c'est un tourbillon.

J'ai dit à mon passager qu'il ne fallait pas exagérer. Les coups de pouce de Giono étaient discrets, minuscules, presque invisibles. Giono était un géographe très averti, il connaissait toutes les figures du terrain sur le bout du doigt et il ne les rectifiait qu'en cas de nécessité absolue car enfin, il faut se mettre à la place du romancier : supposons que Giono ait besoin d'une rivière qui coule du nord au sud, et non du sud au nord comme dans la réalité, eh bien, c'est que le bon Dieu avait fait une bourde, il n'avait pas prévu qu'un jour Angelo devrait gambader dans ces écarts et Giono se donne le droit d'améliorer un peu l'état de la création, c'est tout.

J'ai ajouté que Giono ne ment jamais au hasard. Ses géographies imaginaires sont des trompe-l'œil, non des bêtises. Il frôle la réalité, il tourne autour d'elle comme une abeille sur une fleur, il la caresse, il la fait jouir, la réalité, mais il ne l'offense ni ne la massacre. Ses inventions sont réfléchies. Dans *Voyage en Italie,* Giono ne peut pas voir une église, une ferme ou une ruine sans avoir envie de la posséder. Et il l'achète. Mais pas n'importe comment ! Il est parcimonieux et modeste. Il fait ses achats d'église comme une ménagère fait son marché, en comptant ses sous. S'il met dans son cabas une chapelle romane, il se méfie, il se renseigne : est-ce que la toiture est en bon état et combien faut-il compter pour refaire la charpente ? Et les impôts locaux ? Et les frais de chauffage, dans ces bâtisses pleines de courants d'air ? Giono est si prudent qu'il lui arrive de céder une de ces églises dont l'entretien lui coûte les yeux de la tête. Et comme il est très avisé, il revend son église avec une plus-value, ce qui lui permet d'acheter à la place une colonne romaine ou un bosquet d'yeuses. Tout ce petit commerce de songe obéit aux lois du marché. Non, Giono ne triche jamais.

– Justement, justement, vous apportez de l'eau à mon moulin. Les mensonges de Giono sont lilliputiens, je vous l'accorde, respectueux de la réalité, précautionneux, c'est pourquoi ils vous embrouillent. Ils n'ont l'air de rien. On ne les distingue pas à l'œil nu. Giono n'est pas un écrivain fantastique. Ou plutôt si, Giono est un écrivain fantastique, dans la mesure précisément où sa réalité et la vraie réalité se ressemblent comme deux gouttes d'eau mais si vous placez ces deux gouttes d'eau sous la lame d'un microscope, elles sont aussi différentes qu'une girafe l'est d'un lion ou d'une virgule.

« C'est ainsi qu'il nous méduse. Cette série d'erreurs infimes ouvre une brèche dans le paysage et par cette brèche s'engouffrent des pays inconnus, des pays inouïs, splendides, atroces, des Tropiques et des voies lactées, des steppes du grand Mogol. La Provence de Giono, ce n'est plus une géographie, c'est un bric-à-brac qui emmêle la Durance et l'Amazone, le Luberon et les volcans du Ténériffe, des lochs d'Ecosse et le plateau de Ganagobie. J'ai bêtement gravi la montagne de Lure, parce que Giono prétend qu'elle culmine à mille mètres au-dessus du Tibet et qu'elle permet de voir à la fois le mont Blanc, la Méditerranée et, plus loin, Samarkand et les premiers contreforts des Andes. Je n'ai pas vu Samarkand et les Andes m'ont paru un peu floues. Et le Trièves, près de Lus-la-Croix-Haute ! C'est du joli, le Trièves de

Giono ! Une chatte n'y retrouverait pas ses petits. Giono a ajouté une montagne, des forêts, et ces forêts, il me semble même qu'elles bougent...

– Les forêts de *Macbeth* aussi et on n'en fait pas une histoire...

– Aucun rapport ! Shakespeare vous prévient que ses forêts bougent. Giono ne prévient jamais. Il fait son numéro sous vos yeux, en pleine lumière, et vous n'y voyez que du feu. Lisez le *Roi sans divertissement.* C'est un récit parfait, simple, clair, presque enfantin. Mais si je vous demande de le résumer, je vous fiche mon billet que vous vous plantez. C'est un roman sans queue ni tête. Transparent, loyal, innocent, mais sans queue ni tête. Giono lui-même n'a sûrement pas su ce qu'il y racontait (sans parler de cette montagne qui sert à envelopper de neige le pauvre M. V. et que Giono est allé chercher je crois en Romanche pour la piquer là, au hasard, dans les entours de Chichilliane).

– Et Faulkner ? Vous pouvez dire ce qui se passe dans *Le Bruit et la Fureur* ?

– Faulkner ? Voyons ! Quand vous lisez *Le Bruit et la Fureur,* vous coulez tout de suite, à pic, tandis que le *Roi sans divertissement,* c'est un diamant. L'inconvénient, c'est que ce diamant est entièrement noir, un bout de nuit, et vous n'y comprenez rien... Giono est un romancier plus inquiétant que Faulkner...

J'ai protesté que Giono ne nous prend jamais par surprise. Il s'escrime à avouer ses mensonges et, du reste, ces mensonges sont des vérités. Ce que Giono veut dire est très simple : « Rien n'est vrai, prévient-il dans *Noé,* même pas moi, ni les miens, ni mes amis. Tout est faux. » *Les Ames fortes* sont le heurt non pas de deux mensonges, mais de deux vérités. *Naissance de l'Odyssée* est un traité sur le peu de réalité de la réalité. *Les Grands Chemins* montre un menteur professionnel, un garçon qui triche aux cartes, si habile dans ses manigances, qu'afin de jouir un peu plus il se débrouille pour que ses dupes s'aperçoivent qu'il les trompe. Il faut être honnête : Giono a passé sa vie à expliquer que ses paysages sont des boîtes à malice, que les chemins n'y sont tracés que pour se perdre, qu'*ici* est *nulle part,* que la géographie, la terre ou le cosmos, ça n'existe pas, ça n'existe pas...

– Tout ce que vous dites aggrave encore son cas. Je vous accorde que Giono nous prévient, c'est une malice de plus. Giono est un diable, si les diables sont roublards : il vous dit qu'il ment mais il le dit d'une telle façon que vous êtes persuadé qu'il ment quand il assure qu'il ment et donc, il ne ment jamais. C'est Démocrite.

– Démocrite ?

– Démocrite dit que tous les Albaritains sont des menteurs. Mais, comme Démocrite est albaritain, il ment, si bien qu'il n'est pas vrai que les Albaritains sont des menteurs. Et puisque les Albaritains ne mentent pas, Démocrite dit la vérité quand il assure que les Albaritains sont des menteurs, de sorte que Démocrite ment... de sorte que... Vous voyez, on ne s'en sort pas.

Restait à comprendre pourquoi Giono ne pouvait pas s'empêcher de jouer avec le réel. Le jeune autostoppeur a dit que Giono s'ennuyait comme un rat mort et qu'il tuait l'ennui avec ses songes. Giono était le M.V. du *Roi sans divertissement,* en plus gentil car M.V., pour se désennuyer, assassine des jeunes filles dont il dépose ensuite le beau corps blanc dans un hêtre de Chichilliane. Giono est moins féroce : il se contente de manipuler les cartes de géographie, d'injecter dans Chichilliane le sang des oies sur la neige de Perceval, les forêts de basalte du vieux Mexique, et de raconter que le Grésivaudan est à un jet de pierre de Valparaiso.

Ce fut à mon tour d'objecter. Cette tête farcie de rêves, comment se fût-elle ennuyée ? Au contraire, Giono ne cesse pas de jouir, de s'extasier, de désirer, de s'amuser, il est insatiable et s'il a un regret, ce n'est pas que la vie soit trop longue, trop lente, c'est qu'on n'ait pas le temps d'en consommer toutes les merveilles :

– Giono ne s'est jamais consolé de n'être que Giono. Il trouve injuste de n'être pas également Œdipe-roi, un pêcheur grec, un notaire de Banon, un médecin fou, un ouragan des Caraïbes, Bougainville, Gengis Khan ou une femme très méchante de la montagne de Lure. Il veut être tout, absolument tout. C'est un goinfre.

» L'écrivain albanais Ismaïl Kadaré m'a dit un jour des choses de ce genre et qu'il était inconsolable de n'avoir qu'un seul destin à sa disposition, de vivre seulement au XXe siècle quand il serait tellement mieux de vivre dans tous les siècles en même temps. Par exemple, il envie Tirésias qui a eu le privilège fabuleux d'être tour à tour un homme et une femme... Etre une femme, ne serait-ce que quelques secondes...

Cette fois, mon passager a acquiescé. Il m'a même un peu félicité. Je venais de tracer le portrait-robot du parfait romancier :

– Oui, c'est là le malheur, la fatalité et l'énergie de tous les romanciers honorables : le refus d'être incarcéré dans un seul destin. C'est leur malheur. C'est aussi leur bonheur, ce bonheur est terrible.

Ensuite, il est revenu à sa géographie :

– Avez-vous remarqué que Giono, quand il corrige ses cartes d'état-major, c'est pour dilater les espaces : il ajoute plus qu'il ne retranche. Il convoque des montagnes imaginaires, il trace des routes dans un pays sans route, il augmente les distances. Là où les cartes comptent en kilomètres, il vous débite des immensités. C'est un homme chaussé de bottes de sept lieues et il se taille un paysage exprès pour bottes de sept lieues. L'avantage, c'est que la terre est plus vaste, elle est moins encombrée, plus merveilleuse. Dans ces interminables plaines et vallées qu'il ajoute au réel, il se ménage des solitudes, des silences, du rien, et c'est ici que je crois que je voulais arriver, mais, cela j'ose à peine le dire, à peine le penser.

« Giono a vécu dans le néant. Son dernier roman, *L'Iris de Suse,* il voulait l'appeler *L'Invention du zéro.* Un des personnages de ce roman s'appelle l'Absente. Giono est un “ absent ”. Ses récits n'ont qu'un seul décor, c'est le néant, mais il peinturlure le néant car, voyez-vous, même si vous êtes fasciné par le néant, il arrive que vous soyez très malheureux. C'est alors que vous faites le dieu, et vous vous agitez comme un diable dans un bénitier pour baratter le vide, le rien, avec des ribambelles de mots, dans l'espoir qu'une ombre de réalité va se cristalliser et faire échec au vide. Giono a travaillé comme un fou, a écrit comme un fou, a lancé de la poudre à ses propres yeux pour se persuader qu'il y avait un peu d'*être* et non à peine du vide.

Nous arrivions à Forcalquier. Mon auto-stoppeur a pris son sac. Il avait l'air désemparé :

– Tout ce que nous avons dit ne vaut pas cher, mais ça n'a pas d'importance car rien n'est vrai et surtout pas l'idée que vous ou moi nous nous formons de Giono. C'est pourquoi j'aime dire n'importe quoi. En vérité, Giono n'a jamais menti. C'était un type très sincère, très patient aussi. Quand il avait terminé un roman, il se demandait combien de temps il faudrait pour que Dieu, auquel il ne croyait pas, ayant lu ce roman, ait la politesse, la courtoisie de soumettre sa *Création* aux dessins de Giono. C'est Giono le créateur, Dieu le copie.

« J'imagine Giono, au soir de sa vie, ou peut-être du fond de cet autre néant dans lequel il barbote à présent, chaussant de gros souliers de marche et refaisant, par exemple sur un âne car il ne montait pas à cheval, l'itinéraire du *Hussard sur le toit,* et de temps en temps, il sourit, chaque fois qu'une des montagnes des Hautes-Alpes s'est mise en mouvement pour occuper l'emplacement qu'il lui avait assigné dans son roman. Et un jour ou l'autre, vous verrez, ou plutôt vous ne verrez pas car Dieu est très lent, un jour ou l'autre, la Haute-Provence recouvrira très exactement les géographies imaginaires de Giono.

– Oscar Wilde avait remarqué que Londres était devenue une ville pleine de brouillards depuis que ces imbéciles d'impressionnistes en avaient collé partout dans leurs tableaux.

– Les impressionnistes n'étaient pas très entreprenants. Un peu de brouillard sur Londres, pftt... Giono était plus ambitieux.

Stevenson, son style et l'âne

> *« Même parmi les bêtes, Jésus préfère celles qui s'éloignent le plus de la prudence du renard. Aussi choisit-il l'âne pour monture, quand il aurait pu, s'il l'avait voulu, cheminer sur le dos d'un lion. »*
>
> Erasme,
> *Eloge de la folie.*

Chaque voyageur a son truc : Raymond Roussel se construit une immense voiture dans laquelle il entasse un chauffeur, des provisions de drogue et deux serviteurs qui regarderont les paysages à sa place. Ulrich Brunner, pérégrin de Palestine au XVe siècle, se munit d'un lit, d'un matelas, d'un coussin, de deux paires de draps et d'une couverture. Arthur Rimbaud utilise des semelles de vent et une ceinture gonflée de huit kilos d'or. Paul Morand préfère la Bugatti ou l'avion et Valery Larbaud mobilise un wagon de l'Orient-Express pour y serrer ses douze douzaines de caleçons et de mélancolies.

Robert Louis Stevenson, quand il se met en tête d'explorer les Cévennes en 1878 a aussi un truc. Ce truc est simple comme bonjour : c'est un âne, qu'il charge de toutes les reliques dont un Ecossais touristique de la fin du XIXe siècle a le besoin, dans les sombres, désertes, froides montagnes du Gévaudan ou du Velay : un revolver, un réchaud à esprit de vin, un bonnet de fourrure à oreilles, un sac de couchage, une eau-de-vie, un litre de beaujolais et un fouet pour les œufs.

L'âne de Stevenson est une ânesse, une ânesse épatante. Elle est jolie, courageuse, grise comme une souris et à peine plus grosse. Le ciel s'est penché sur le berceau de cette bête. Comme elle n'a point de vanité, Stevenson l'appelle Modestine et, par une belle aube de début d'automne, à Monastier, en Haute-Loire, le couple appareille pour le bonheur.

On sait malheureusement ce qu'il en est des grandes amours ; il advient qu'elles se fanent. Quelques heures de vie commune et l'ânesse est une démone. Stevenson se conduit en voyou : il cogne Modestine, la pique au sang, ne lui sourit jamais, prend en grippe sa façon de braire, la juge stupide, déteste le dessin de ses lèvres qu'il trouvait si élégantes d'abord, lui reproche de trébucher, n'admet pas que ses jambes grêles tremblent sous elle, bref, la liaison exquise devient horrible, puis acariâtre, enfin résignée.

Stevenson aggrave son cas par son inclination au remords. Il ne peut pas frapper Modestine sans être triste, sans invoquer le dieu des bêtes, l'amour des humbles créatures, etc. S'il sévit, il fait une « ignoble besogne ». Il ajoute : « Le bruit des coups que je lui administrais m'écœurait. » Et il est d'autant plus irrité que Modestine répond au mal par le bien. L'infinie résignation des ânes, la tristesse sans fond de leurs yeux poignent Stevenson, portent sa colère au rouge et multiplient ses remords.

Conscient de sa vilenie, Stevenson se dénigre en comparant ses méchantes manières à celles d'un autre écrivain anglais, le bon Laurence Sterne qui, un siècle plus tôt, eut maille à partir, lui aussi, avec un âne. Un jour, comme il traversait Lyon, Sterne était entré en conflit avec un baudet extrêmement insolent qui refusait de bouger car il s'employait à grignoter des feuilles de navet et de chou. Or, que fait Sterne ? Il contrôle ses nerfs. « Quelle que soit ma hâte, dit Sterne dans *Vie et opinions de Tristram Shandy,* je ne puis me résoudre à frapper un âne... Je ne puis même pas lui parler rudement. » A la rigueur, Sterne pourrait se mettre en courroux contre d'autres animaux, les chats ou les chiens, mais un âne, comment le battre alors qu'avec ses grands beaux yeux désolés il vous regarde, l'air de dire : « Ne me frappe pas ; si tu veux pourtant le faire, cela t'est permis... »

Stevenson n'a pas de ces délicatesses : il hurle et gronde, quitte ensuite à battre sa coulpe, un peu comme ces personnages de Dostoïevski qui passent leur temps à se prosterner aux pieds de leurs victimes et à réclamer leur bénédiction.

Le drame qui se déroule dans les Cévennes, entre l'âne et son maître, entre les deux moitiés du centaure grotesque qu'ils composent, est à la fois choquant et très mystérieux. Stevenson n'est pas une brute. C'est un jeune homme adorable, vingt-huit ans, la séduction même, du charme, de la fragilité et des vestes de velours, du brio, de la drôlerie, de la générosité. C'était cela, la spécialité de Stevenson : dans les tavernes de Londres ou bien dans les ateliers de Montparnasse, ce grand jeune homme un peu poitrinaire et qui aimait le vin et l'opium avait en charge la tendresse, la bonté, le sourire, la simplicité – une sorte d'ange, au point qu'un vaste malentendu se forme, dès son vivant, puis dans sa mort, autour de Stevenson : la gentillesse de l'homme, la douceur de son esprit occultent l'éclat de son œuvre. Sainte-Beuve déniait tout talent à Stendhal, il ne concevait pas que ce gros type qui lâchait des mots drôles dans les salons parisiens, fût un vrai romancier. De la même façon, la séduction de Stevenson a masqué son génie : « Ce bon Stevenson, pensèrent les critiques, ce garçon candide qui aime tellement les enfants, les animaux et tout le monde, comment pourrait-il être un écrivain ? »

Seul, Henry James, dont le génie est si contraire à celui de Stevenson, devina que l'auteur de *L'Île au trésor* était l'un des premiers de son temps. James avait compris que Stevenson cachait son jeu : à lire Stevenson, on admire un écrivain naturel, un peintre naïf, un homme qui écrit comme les oiseaux chantent. Or, Stevenson est en vérité un artiste très volontaire, qui s'est passionnément interrogé sur les moyens de son art, sur le statut, les limites et les fonctions de la littérature. S'il y a merveille, dans Stevenson, elle s'éclaire de cette question : comment un artiste aussi lucide, aussi réfléchi, a-t-il pu préserver l'innocence de son écriture ? Mais revenons à nos ânons, ils nous aideront à débobiner ce petit écheveau.

Robert Louis ne se contente pas d'être désagréable avec son âne. Il n'a même pas la reconnaissance de l'écrivain : le voyage dans les Cévennes serait-il aussi beau si Modestine n'y avait ajouté sa science de l'imprévu, son goût pour le chocolat, ses faiblesses pour les ânes de sexe opposé, l'absurdité de ses chemins, et cette curiosité intellectuelle qui la fait entrer, avec son fourbi, dans toutes les cours de ferme ou de maison ? La preuve : quand, à Saint-Martin-du-Gard, après treize jours de disputes, le couple se sépare, c'est la fin de l'aventure. Stevenson vend son âne, regagne ses villes : sans âne, point de voyage, et le livre s'achève.

A ce moment-là, Stevenson mesure l'ampleur du drame. Il trouve enfin, mais un peu tard, des mots d'amour pour Modestine : « J'eus conscience qu'il me manquait quelque chose. J'avais perdu Modestine ; mais à présent qu'elle était partie : “ Ah, quel changement pour moi ! ”... Après le premier jour, quoique je fusse souvent choqué et hautain dans mes façons, j'avais cessé de m'énerver. Pour elle, la pauvre âme, elle en était venue à me considérer comme une providence. Elle aimait manger dans ma main. Elle était patiente, élégante de formes et couleur d'une souris idéale, inimitablement menue. Ses défauts étaient ceux de sa race et de son sexe, ses qualités lui étaient propres. Adieu et si jamais... »

Tel est le dénouement, très classique, de la romance : comme dans les bons feuilletons sentimentaux, Stevenson ne découvre les vertus de la personne aimée qu'après qu'il est trop tard. Ce livre est le compte rendu nostalgique, espiègle et repentant d'une passion défaite. Il relate, simultanément, deux voyages : le périple proprement dit dans les Cévennes et, lové à l'intérieur de ce parcours, un autre parcours, plus secret, invisible, discret, comme replié dans les méandres du premier récit, un parcours sentimental pour dire que les géographies de l'amour sont aussi rudes que les chemins escarpés des montagnes cévenoles.

Mais l'autocritique tardive de Stevenson va au-delà : en cet instant ultime, Stevenson mesure que le voyage des Cévennes n'eût pas été aussi fructueux sans la collaboration fantasque de l'âne : Modestine fut au cœur de l'atelier où l'écrivain chauffait ses cornues, mélangeait ses poudres et recueillait l'œuvre au noir. Dans ce travail alchimique qu'est l'élaboration littéraire, Modestine, n'en doutons pas, tenait le rôle de l'assistant, de l'aide, pour ne pas dire du démiurge. Elle attisait les feux sous l'athanor au fond duquel tremblaient les gouttes de l'or philosophal.

Il serait sans doute injuste de négliger l'apport de Stevenson lui-même : écrivain inspiré, il sait voir, aimer, conter les épisodes de sa microscopique épopée. C'est cependant Modestine qui donne au récit son style. Comme tous les ânes, Modestine est un maître de sagesse et un surdoué de la marche à pied. Les ânes, même modernes, savent voyager alors que les hommes, au fil des siècles, ont lentement perdu ce talent, à cause de leur savoir ethnologique, sociologique ou géographique et aussi par le perfectionnement effrayant des moyens de locomotion – automobiles, chemins de fer et avions.

Certes, s'il s'agit de se déplacer lentement pour que le voyage ait une bonne tête, on objectera que la randonnée à cheval ferait l'affaire. Objection refusée : le cheval ne vaut rien du tout, il est trop civilisé, trop docile à son cavalier, trop fougueux et, de temps en temps, il galope comme un fou.

Au contraire, l'âne a le double avantage de son extrême lenteur et de son entêtement qui, sans arrêt, déporte l'itinéraire programmé vers des lieux imprévus, sans souci de cohérence, de performance ou d'érudition. Cela, Stevenson se garde de le dire car il est rusé, il ne souhaite pas que le succès de son livre soit partagé avec Modestine. Mais la loyauté nous oblige à rendre à l'âne ce qui appartient à l'âne : le véritable auteur du voyage et du récit fut Modestine. Stevenson fut à peine le scribe, le rewriter, le « nègre » de Modestine.

L'âne et la curiosité

Ce qui énerve Stevenson, c'est que Modestine n'en fait qu'à sa tête et sa tête est baroque. Impropre à former un projet sérieux, l'âne change d'idée au bout de chaque champ et il est incertain sur ses désirs : il néglige un panorama sublime et qu'il croyait qu'il convoitait pour s'attarder, médusé, sur une touffe de chardons, une maison en ruine. Un rien le distrait de son erre. Sans dessein, il est ouvert à toutes les aventures, à l'inattendu, à l'incohérent. Un hameau lui plaît et il ne se souvient plus du village qu'il cherche. Son beau regard inconsolé magnifie le spectacle le plus banal : comme le Quichotte il voit une princesse dans une servante d'auberge. Il est de surcroît très sociable : dès qu'il aperçoit un autre âne, il va lui dire bonjour pour établir un petit commerce. Il présente par conséquent un des traits qu'Ernst Jünger relève chez les vrais aventuriers : partout à l'aise, il entre en complicité avec n'importe quel étranger. Il ne chemine point. Il dérive.

L'âne et la géographie

Modestine n'a cure de la géographie bariolée des cartes et des mappemondes. Elle compose elle-même son propre itinéraire en négligeant les grandes routes pour leur préférer les chemins médiocres et tordus. « Modestine, possédée du démon, jeta son dévolu sur un chemin de traverse et refusa positivement de le quitter. » La géographie, pour l'ânesse, n'est pas un carcan, une obligation imposée au touriste. Modestine considère que le voyage est une liberté, une surprise, et que l'exotisme commence à deux pas de chez soi, pourvu qu'on soit perdu. Elle invente, à mesure de sa fantaisie, la physionomie de la terre et le réseau de ses routes.

Stevenson, malgré ses grognements, est bien obligé de suivre Modestine qui a la gestion de la logistique de sorte que le circuit dans les Cévennes s'apparente à un labyrinthe : « Au sommet, du Goulet, il n'y a plus de routes... Une multitude de chemins campagnards conduisaient ici et là parmi les champs, c'était un labyrinthe... Une route qui aurait conduit partout à la fois... Le dédale des interminables pistes... La route a disparu... Bientôt la route se divisa, à la façon campagnarde en trois ou quatre tronçons, etc. » On voit que Stevenson, après quelques heures, et sans même s'en rendre compte, emprunte à Modestine la règle d'or de tout voyageur un peu résolu : « Je voyage non pour aller quelque part, dit-il, mais pour marcher. »

Dans ce monde sans routes, le long de ces chemins qui vont ailleurs, nulle part et partout à la fois, le voyageur devient ce qu'il est : un égaré essentiel (« un voyageur surgit, note Stevenson, comme un évadé d'une autre planète »). C'est à ce prix que le marcheur peut explorer les coulisses d'un paysage et même découvrir des paysages qui n'existent pas. Un jour, Stevenson arrive après une longue grimpette à un lac qui ne figure sur aucune carte. L'Ecossais est bien ennuyé, ne sait pas trop que faire de ce lac inexistant et puis il s'y résigne, s'en enchante enfin. N'est-ce pas la gloire et le plaisir du voyageur ? Susciter des mirages réels ; voir surgir, au coin d'un bois, les minarets d'une capitale mongole, le cortège d'une noce de la Renaissance.

L'âne et la lenteur

Jean Giono recommandait de construire des routes calculées « exprès pour aller lentement ». Modestine est du même avis. Elle possède deux dispositifs pour ralentir, dans des proportions merveilleuses, sa progression. Le premier est l'usage que nous venons de dire des sentiers de traverse, de ce que Fourier eût appelé les « antiroutes » qui joignent rien à rien. Le deuxième est son inconstance : à tout moment, elle se demande ce qu'elle fabrique là, avec ce type, elle décide de s'arrêter ou bien elle marche à si petits pas, à si jolis petits pas, qu'elle arrive à multiplier le temps par trois. Stevenson a fait le calcul : un parcours qui eût demandé une heure et demie à un homme seul, Modestine l'accomplira en quatre heures.

Marcheuse infatigable, Modestine apparaît donc bien comme le disciple de ce « passant considérable » que fut selon Mallarmé Arthur Rimbaud, un Arthur Rimbaud un peu lent. Bien des phrases de Rimbaud sont signées Modestine : « Je suis un piéton, rien de plus », et, quand Arthur raconte à sa mère et à sa sœur Isabelle la traversée à pied du Saint-Gothard : « Plus de routes, écrit-il. Rien que du blanc à songer, à toucher, à voir ou ne pas voir... » Verlaine nommait Rimbaud « le voyageur toqué ». L'expression serait convenable à l'ânesse.

La leçon de Modestine ne tombe pas dans l'oreille d'un sourd. Stevenson, soit au cours de son voyage, soit dans les textes plus théoriques qu'il donnera bientôt, fait une application frénétique de la méthode Modestine. Il explique l'infériorité du chemin de fer sur la charrette et que la lenteur fait le succès d'un vrai voyage. Certes, le chemin de fer aide à voir le paysage mais ça vous fait belle jambe, un paysage, d'autant que c'est assommant à décrire, Stevenson déteste ça, au lieu que « dans la marche à pied le paysage est tout à fait secondaire ». Oui, rien ne vaut la marche à pied qui permet de « s'incorporer de plus en plus au paysage matériel », de devenir ce paysage, un peu comme Rimbaud se voyait « l'étincelle d'or de la lumière nature ». Par la grâce de la lenteur, des images confuses, minuscules, tremblées ou inaperçues, presque interdites ou bien cachées depuis le début du monde ont le loisir de se déposer sur la rétine, de se déployer, de faire les quatre cents coups et les trois mille couleurs : « Nous exposons notre esprit au paysage comme nous exposerions la plaque sensible dans l'appareil photographique. »

L'enseignement de Modestine ne concerne pas que Stevenson. Notre époque serait avisée de l'entendre, d'en goûter la justesse car enfin, que sont nos voyages devenus dans notre siècle énervé, obsédé de vitesse, et voué à l'instantané, au Polaroïd et au fax ? Je me lève à cinq heures du matin, je suis à Orly à sept heures, à Goa dans l'après-midi : je ne me suis pas déplacé. L'avion nous a roulé dans la farine. Sous couleur de nous offrir le monde, il le confisque ; l'avion a créé un nouveau mode de déplacement, le voyage immobile, le néant du voyage. L'avion est un grand massacreur d'exotismes : il en rapporte les dépouilles naturalisées et les scalps.

Chaque fois que j'emprunte le TGV, je me rappelle 1945. Les trains ne s'étaient pas encore remis de la guerre, un tas de ponts étaient cassés et j'ai pâti trente-sept heures dans un wagon pour joindre Aix-en-Provence à Paris. Le beau voyage ! Il est vrai que je m'étais ennuyé comme un rat mort mais on sait que l'ennui est l'un des ingrédients les plus précieux de tout voyage. C'est dans les plages mortes du temps, quand je me maudis d'avoir quitté Paris pour aller faire l'idiot dans une Amazonie décourageante que le monde déploie ses splendeurs et se referme sur ses énigmes. L'ennui et l'exotisme avancent main dans la main.

L'âne et l'ignorance

Ce n'est pas Modestine qui songerait à étudier les mœurs, les mentalités ou l'histoire des pays qu'elle traverse. Si elle montre une curiosité ardente pour les choses inutiles, un talus, un buisson, un arbuste, elle demeure passionnément insensible à ce qui fait les choux gras des voyageurs modernes : les guides bleus ou les Baedeker, les monuments historiques, les règles sociales, les structures élémentaires de la parenté, la circulation des femmes, les citations de

Tavernier, de Vasco de Gama ou de Jean de Léry, etc. Modestine est si décidément inculte, si rebelle à toute érudition que la première réaction de Stevenson est sévère. Il incline à penser que cette ânesse est un âne mais, à force de déboires, il évolue et finit par soupçonner que Modestine est peut-être un peu intelligente.

Stevenson pourtant répugne à appliquer la règle du « non-connaître » et « non-comprendre » que Modestine prescrit. Il a la rage d'analyser le pays qu'il explore. Les critiques littéraires soulignent avec raison l'intérêt sociologique du voyage dans les Cévennes. Celui-ci ouvre une lucarne sur une contrée reculée du XIXe siècle, rarement visitée et moins dépeinte encore. Stevenson qui a fait de bonnes études (avocat, ingénieur...) disserte volontiers sur les mentalités, sur les relations des paysans avec le temps, sur leur sociabilité, etc. Il nous assène même un cours d'histoire et narre par le menu la guerre que Louis XIV a faite aux Camisards. Convenons donc qu'il n'a pas suivi les conseils et l'exemple de Modestine. Comme tous les voyageurs, hélas, il fait un peu l'instituteur. Il nous instruit. On se permet de le regretter et de proposer que Modestine l'emporte sur son maître : cette ânesse applique rigoureusement « Les préceptes du pérégrin » formulés en 1747 par Izhatk de Lodz : « Je ne voyage pas pour connaître un pays mais pour l'ignorer un peu plus, non pour le posséder mais pour le perdre, et je me perds. »

Ainsi ce livre nous présente-t-il avec clarté les deux grandes manières de voyager : d'un côté, l'exotisme traditionnel, illustré par Hérodote, Ibn Battuta, Ruysbrouck ou Plan Carpin, Malinovski, Lévi-Strauss et Segalen, dont l'ambition est de résoudre l'autre au même, d'éclairer et donc d'abolir l'inconnu, de faire du proche avec le lointain, du familier avec le saugrenu, de dénouer les énigmes, en un mot de remplacer la belle nuit éblouie du non-savoir par les clartés hagardes de la connaissance. Misérables voyages que ces cours d'université et ils vont au rebours de leur ambition : s'ils gagnent en vérité, ils ruinent ce qui fait l'être même de l'étrange : sa résistance à nos familiarités.

Modestine, elle, illustre la deuxième manière de voyager. Pénétrée de l'idée que l'exotisme commence à l'incompréhensible, elle préfère le voyage zen. Elle préconise des pèlerinages d'aveugles dans ce rien, cette absence, cette irréalité qu'est la terre. Sur les cartes de géographie, si elle daignait en posséder, Modestine n'aurait d'yeux que pour les taches blanches des *terrae incognitae.* Elle déploie une énergie forcenée pour tenir à distance ce lointain dont elle arpente à présent les chemins.

Modestine est un voyageur zen, espèce des plus rares. Seuls, quelques itinérants orientaux y sacrifient et encore ne sait-on rien de leurs égarements car ces marcheurs mettent à honneur de ne point tenir le journal de leurs équipées dans l'indicible. Comment du reste en feraient-ils relation puisque le but de leur déplacement est de ne comprendre rien, et, pour les plus exigeants, de ne rien voir ? Comme le dit Sun Hô hè : « Je ne connais de voyageur que sourd, muet et si possible aveugle. »

Il arrive néanmoins, à de rares intervalles, qu'un livre de voyage obéisse aux règles de Modestine. J'en citerai un exemple frais : l'ouvrage de Nicolas Bouvier sur l'île d'Aran, au large de l'Irlande *(Journal d'Aran et autres lieux).* Bouvier passe dix jours à peine dans cet écart et encore est-il malade comme un chien. Il ne rencontre en tout et pour tout que huit naturels de l'île mais « cela [lui] suffit largement » et dans ces îles déjà désertes il s'applique au surplus à ne contempler que ce qu'on pourrait appeler l'absence des choses : « On me dit qu'il n'y a rien à voir dans ce coin, dit Bouvier, et cela m'alerte. Ce rien me plaît, etc. » Voilà une formule que Modestine eût aimée. Suit une belle description de ce « rien », saturé d'exotisme : « Nuit noire, dit Bouvier, cadence de mes pas sur la route qui sonne comme porcelaine, froissement furtif dans les joncs, autour de moi, c'était bien ce " rien " qu'on m'avait promis. Plutôt " un peu ", une frugalité qui me rappelait les friches désolées du nord du Japon, les brefs poèmes, à la limite du silence, dans lesquels au XVIIe siècle le moine itinérant Bashô les avait décrites. Dans ces paysages faits de peu, je me sens chez moi, et marcher seul, au chaud sous la laine, sur une route d'hiver... »

Ce détour par Nicolas Bouvier et son « rien à voir » ne nous éloigne pas des Cévennes. Il nous y ramène et peut-être décèle que Stevenson a malgré tout entendu par instants la philosophie pérégrinante de Modestine. Dans un autre texte, un voyage en Angleterre, Stevenson écrit : « Cockermouth était (selon la servante d'auberge de la ville voisine) un endroit où il n'y avait *rien à voir.* J'ai néanmoins vu beaucoup de choses. »

Cette remarque nous alerte. Nous engage à relire le voyage dans les Cévennes avec des lunettes mieux ouvrées. Stevenson oublie par moments qu'il est un jeune homme très savant, très anthropologique, très occidental. Sous le voyage apparent et banal d'un Ecossais intelligent et cultivé du XIXe siècle affleure alors un autre voyage, obscur et comme tremblé, une parole trébuchante qui se fiche pas mal d'apprendre, de comprendre ou de connaître.

La répugnance de Modestine à utiliser des routes droites facilite l'éveil de Stevenson. Ainsi doit-on entendre la jubilation de l'écrivain chaque fois qu'il perd sa route, ou bien quand il parvient au bout de la route. Le voyage se ratatine, se dissout. Le remplace une « errance ». Autre signe : la joie de Stevenson lorsque, se réveillant dans une forêt qu'il n'avait pu voir la veille parce que le soleil était couché, après avoir dormi par conséquent non pas dans un lieu mais dans une nuit, qui est absence de lieu, il découvre un panorama incompréhensible, dans un point indécelable de l'univers.

« Je fis un tour d'horizon afin de savoir en quelle partie de l'univers je venais de m'éveiller. Ulysse échoué en Ithaque et l'esprit en proie à la déesse ne s'était pas plus agréablement fourvoyé. J'avais cherché une aventure durant ma vie entière, une simple aventure sans passion, telle qu'il en arrive tous les jours à d'héroïques voyageurs et me trouver ainsi, un beau matin, par hasard, à la corne d'un bois du Gévaudan, aussi étranger à ce qui m'entourait que le premier homme sur la terre, continent perdu – c'était trouver réalisés une partie de mes rêves quotidiens. »

Le goût de Stevenson pour la nuit, pour la belle étoile, pour l'instant béni, maudit, où le rideau se baisse sur le théâtre de la terre, sur le monde socialisé, historique et anecdotique, dit la même chose. L'Ecossais fait une consommation gloutonne de nuit, et l'on comprend qu'il ait dédaigné de s'encombrer d'une tente, qui est une sorte de maison. L'auberge de Stevenson est à la grande Ourse.

Même, il est à la quête d'une nuit plus noire que la nuit, avec l'assistance des légères lumières qui signalent, au loin de son regard, une maison ou une auberge, comme si ces émouvantes scintillations à la fois approfondissaient les noirs et faisaient du paysage terrestre à présent évaporé une banlieue du cosmos étoilé. A d'autres moments, de ces étincelles rouges, palpitantes et perdues qui font la terre illimitée, il parle comme un marin parle du clignotement d'un phare (Stevenson était le fils d'un constructeur émérite de phares et il a lui-même écrit une plaquette sur leur éclairage) si bien que la contrée qu'il parcourt s'apparente selon les circonstances à la nuit du ciel ou bien à celle de l'océan. A plusieurs occasions, les images maritimes naissent sous la plume de Stevenson. La chère Modestine se voit même assimilée à un bateau : « J'accélérai de l'aiguillon la marche de Modestine et la guidai au large, comme un bateau. »

Autre figure de l'infini qui exerce sa fascination sur Stevenson, le vent, ce souffle venu de nulle part et qui va mourir, après nous avoir caressés, dans d'inconcevables lointains. Stevenson est un amateur de vents, comme d'autres de vins. Il les classe par catégories. Presque, il en noterait l'origine, l'âge, le millésime : « Des nuits et des nuits, j'ai prêté l'oreille, dans ma chambre particulière de campagne, à ce troublant concert du vent parmi les arbres ; mais, soit différences d'essences ou illusion fictive produite par le sol, ou parce que je m'étais moi-même plus extériorisé et au fort de l'ouragan, le fait reste que le vent chante sur une gamme différente dans les bois du Gévaudan. »

L'austérité de l'âne

Modestine, quand elle peut chiper un morceau de chocolat ou un bout de pain blanc ne crache pas dessus. Mais d'une façon générale, et fidèle aux préceptes du voyage zen, elle accepte d'un cœur égal les privations, les fatigues, les incertitudes. Elle estime que l'inconfort, au même titre que l'ennui, est le luxe du voyageur et le prix de l'exotisme. Sur ce sujet, Stevenson s'avère un disciple scrupuleux de sa petite compagne. Il avoue, dès les premiers kilomètres, qu'il fut stupide de s'encombrer de tout le barda qui forme le viatique obligé d'un jeune Ecossais enclin au tourisme : « Il était clair que je devais offrir un sacrifice aux dieux du naufrage. Je jetai au loin la boîte vide destinée à contenir du lait, je jetai au loin mon pain blanc et dédaignant de supporter une perte générale, je gardai le pain noir pour Modestine. Enfin, je jetai au loin le gigot froid de mouton et le fouet à œufs, bien que ce dernier me fût cher. »

Certes, ce délestage, Stevenson y consent par commodité et parce que Modestine, partisane exaltée de la sobriété, l'y oblige, mais au fond de lui Stevenson n'ignore point que l'enjeu est sérieux : il connaît que la doctrine de Modestine, cet abandon du superflu, revêt un sens élevé. S'il évoque, dans sa relation, « les dieux du naufrage », n'est-ce pas dire que le voyage n'est pas engrangement mais perte, non pas accumulation mais appauvrissement. Le touriste, aux yeux de Modestine, accomplit un parcours parallèle à celui de l'adepte ou du moine. Il se dépouille de toutes les fanfreluches, des vanités et des babioles de la civilisation, comme on écarte le voile du tabernacle pour contempler, dans le silence et l'ombre, le corps absent du dieu caché.

L'itinéraire de Stevenson, une fois désencombré de ses atours savants, sociologiques ou touristiques, est un déplacement philosophique, non géographique (du reste, cette géographie, on l'a vu, est abolie par Modestine, qui ne consulte jamais une carte, aussi bien que par Stevenson qui se déplace entre la nuit, le vent et le froid plutôt qu'entre Monastier et Saint-Martin-du-Gard). « L'important est de bouger, dit-il, d'éprouver de plus près les nécessités et les embarras de la vie, de quitter le lit douillet de la civilisation, de sentir sous mes pieds le granit terrestre et les silex épars avec leurs coupants. » Le but est bien de rejeter ces apparences, ces trompe-l'œil, ces illusions que sont les objets de la culture, les cicatrices de l'histoire pour découvrir, sous les diaprures déposées par les siècles, le squelette nu des choses (le granit et le silex, dit l'Ecossais), la peau, si l'on ose le dire, du monde.

Deux autres éléments confirment ces résolutions :

– De même que Modestine suit systématiquement la plus mauvaise route, celle qui mène à l'envers du but, Stevenson préconise la saison la moins favorable au voyage : il entend aborder un pays sous son plus mauvais jour. S'il a envie de Sahara, il doit attendre le comble de l'été et que le désert s'efface dans l'excès du soleil. S'il a besoin d'un pays du Nord, il s'y portera en hiver, quand la civilisation est engourdie, presque annulée, réduite à l'état de fossile, de traces de vent sur la neige. Le voyage dans les Cévennes obéit à cette pédagogie : il fallait de l'audace pour explorer l'une des régions les plus sauvages et les plus froides de la France au début même de l'hiver, à la consternation des calmes, des frileux habitants du Monastier.

– Stevenson se réjouit que le Gévaudan n'ait pas encore été colonisé par le chemin de fer. A peine si ces déserts sont écornifiés de sentiers, de chemins – simples entailles dans l'informe, dans l'illimité de l'originel. Et Stevenson frémit à la pensée que ces montagnes du Gévaudan sont sur le point de rentrer dans la civilisation, grâce au prochain chemin de fer : « Une année encore et ce sera un autre monde. Le désert est assiégé. »

On peut lire toutes ces remarques comme une simple prophétie écologique : Stevenson a lu Thoreau et s'il hait le train, c'est qu'il prétend retrouver la nature, la pureté, la simplicité (« Je pensais avec dégoût à l'auberge de Chasserades et aux bonnets de coton rassemblés, avec dégoût aux équipées nocturnes des employés et des étudiants, aux théâtres surchauffés, aux passe-partout et aux chambres closes... Le monde extérieur de qui nous nous défendons dans nos demeures semblait être somme toute un endroit délicieusement habitable... »).

En réalité, pourtant, sous la passion écologique, gronde une autre passion, plus violente : Stevenson souhaite non seulement de se protéger des « chambres tièdes de la civilisation » mais, docile à la philosophie de Modestine, de s'arracher au temps.

L'âne et le temps

Buffon s'interroge si l'âne est avant ou après le cheval : est-il un modèle fruste duquel l'évolution extraira le cheval, tellement plus perfectionné ? Est-il plutôt un cheval dégénéré, usé au long des millénaires et réduit à ce personnage pauvre et gris, au poil laineux, aux yeux désespérés ? Je ne me mêlerai pas de ce débat qui est très calé. Oserai-je cependant suggérer que Buffon a mal posé sa question ? N'est-il pas avéré que l'âne et le cheval sont sans relations ? Ils ne trottinent pas dans le même calendrier et il est frivole de prétendre que l'un précède l'autre. Ils marchent ensemble, à travers le même pays, mais dans des durées sans comparaison.

L'âne est détaché du temps, de l'histoire quand le cheval est un produit du temps. Le cheval évolue avec les siècles : cheval de labour, cheval de guerre, cheval de cirque, cheval de manège, cheval de randonnée, cheval pommelé ou alezan, cheval de Buffalo Bill ou de Longchamp, pur-sang, facteur Cheval et cheval d'arçon, les avatars du cheval sont infinis. Les métamorphoses de cette bête, au fil de l'histoire, et compte tenu des conditions socio-économiques, de la lutte des classes, des inventions de Denis Papin et de James Watt, sont ininterrompues.

Rien de tel pour l'âne : l'âne est fait une fois pour toutes. Obstiné, il ne bouge point. On peut le plonger dans n'importe quel bain culturel, ses couleurs et ses façons perdurent. L'âne est un être platonicien, à lui-même semblable en tous temps, en tous lieux. Chaque âne est une idée d'âne, un âne essentiel, un « bourricot sans qualités » comme le disait joliment Robert Musil et qui broute dans les siècles des siècles, sans mutations, sans progrès ni décadence : âne des Phéniciens, âne des Coréens du XXe siècle, âne de Bagdad sous le règne d'Haroun al-Raschid ou âne de la Corse de Napoléon, ils sont tous identiques.

Dédaigneux, des saisons, ignorant des empires, le

bourricot paisse ses chardons dans les prairies de l'éternité. Il méprise toute durée, que ce soit la longue durée de Braudel ou les durées évanescentes de nos mégalopoles. On ne peut même pas lui reprocher d'être passéiste. Il ne veut rien connaître, selon l'expression de Newton, des « corruptions et des générations ».

L'ânesse ne fait pas le détail : le temps, elle ne connaît pas, voilà tout. C'est pourquoi elle est sans nostalgie. Comment préférerait-elle le siècle des Mérovingiens à celui de Napoléon III, puisque le temps, qu'il soit passé, présent ou à venir, elle est « contre » ? Elle rigolerait un bon coup, Modestine, si on lui disait que, dans certaines maisons patriciennes de Fez ou de Marrakech, les propriétaires conservent, aujourd'hui encore, la clef de leur ancienne maison de Cordoue !

Stevenson n'est pas de même : parce qu'il est un humain, il est condamné à négocier avec le temps. C'est pourquoi, au contraire de Modestine, il est souvent requis par le présent (cet homme, ces enfants qu'il croise, les fumées de ce village, ce *hic* et ce *nunc*...) comme aussi par un passé plus ou moins récent. Même s'il préfère la géologie, les vents, le granit, le silex, Stevenson est sensible à l'histoire et il s'apitoie à l'idée des choses du bon vieux temps. S'il croise un paysan chenu, portant une vieille casquette noire de soie « liberty », il croit rencontrer un homme « qui avait perdu ses Camisards fuyant devant Poul et qui errait depuis dans les montagnes ». Plus émouvant encore : « Un fermier avait vu les os d'un ancien combattant exhumés au soleil d'un après-midi du XIXe siècle, dans un champ où les ancêtres avaient combattu et où leurs arrière-petits-fils creusaient un fossé. »

Il va de soi que Modestine trouve un peu ridicules pareils apitoiements. Pourtant, si elle réfléchissait, elle aurait repéré un trait qui établit que Stevenson, même s'il est immergé dans le temps, aspire à s'en délivrer : son horreur des pendules.

L'âne et la montre

L'indifférence de Modestine au temps se traduit par son mépris de la montre. Elle milite pour une randonnée sans montres, sabliers, clepsydres ou cadrans solaires. Elle ne l'avoue pas franchement mais c'est à sa manière oblique et un peu sournoise qu'elle le suggère, par son dégoût des grandes routes qui conduisent aux villes ou bourgades. Elle a remarqué que les rassemblements d'hommes rassemblent aussi des pendules. « Un violent besoin nous attire hors des villes, écrit Baldruch Telher. Celles-ci sont les centrales du temps mécanique, la grande manufacture des secondes. Elles diffèrent des campagnes qui demeurent immergées dans l'antique coulée. Comme on s'éloigne des métropoles, on s'enfonce dans une durée d'une autre tessiture. Dans ces lointains, le temps est du velours, il se froisse et il se moire, il est moelleux, il frissonne, il est indépendant et saugrenu, on dirait un ciel, il mélange les nuits et les aurores, il se compose en brouillards. L'étoile polaire n'est plus qu'une étoile filante et les heures s'emmêlent. Aux lisières des cultures urbaines, les heures nous caressent comme les ailes de l'oiseau, avec des manières de nuages. Les roues tournent plus doucement et dans tous les sens à la fois. Elles suspendent leur ouvrage, elles moulinent dix durées ensemble. »

On voit que Baldruch Telher applique au temps la règle que Modestine impose à l'espace : de même que Modestine et Stevenson s'extasient sur les chemins qui mènent nulle part ou bien partout à la fois, de même, Baldruch Telher souhaite une durée qui marche dans toutes les directions à la fois, en avant ou en arrière, c'est selon, et donc dans aucun temps. Modestine ne se contente pas des labyrinthes de l'espace. Elle aime aussi que le temps se plie à la forme d'un labyrinthe et que chaque seconde soit une seconde folle.

Sur ce chapitre, Stevenson donne quitus à Modestine. Il se soumet à ses préceptes. S'il a si fort voulu quitter la grande ville, c'est d'abord en vue de quitter la civilisation de l'horloge qui fait injure à la création.

Dans un chapitre inédit du Voyage, il rêve sur l'agrément des diligences : « Le Courrier (tel est le nom d'une diligence) devait quitter Le Puy au retour à deux heures de l'après-midi et arriver à temps au Monastier pour dîner à six heures. Mais le conducteur n'ose pas désobliger ses clients. Il remettra plusieurs fois son départ, d'heure en heure ; et j'ai vu le soleil se coucher pendant ce temps-là. Ces faveurs purement personnelles, cette prise en considération des fantaisies des hommes, plutôt que les aiguilles d'une pendule mécanique, pour marquer l'avance de cette abstraction, le temps, donne à l'exploitation des diligences un aspect comique dont nous n'avons pas l'habitude. »

(Stevenson justifie ici, subrepticement, sa haine des trains : le train, dès lors qu'il s'organise en réseau, se range à la loi de l'horloge, fonctionne comme une gigantesque montre implacablement réglée par la rigueur des heures de correspondances.)

Pas de pendule dans le Paradis terrestre : « C'est un peu comme si le règne millénaire du Messie était arrivé à son terme, quand nous jetterons nos montres et nos pendules par-dessus le toit de nos maisons et quand nous oublierons le temps et les saisons. Ne pas considérer les heures pour une vie entière, c'est, allais-je dire, vivre pour toujours. Vous n'avez pas idée, si vous ne l'avez jamais essayé, combien est interminable une journée d'été que vous ne mesurez que par la faim et qui ne se termine pour vous que lorsque vous avez sommeil.

« Je connais un village où il n'y a pour ainsi dire pas de pendules, où personne n'a d'autre idée du jour et de la semaine que par une sorte d'instinct du jour de fête, le dimanche, et où une seule personne est capable de vous dire le jour du mois et encore elle se trompe généralement. Et si les gens savaient avec quelle lenteur le temps avance dans ce village, et quelle brassée d'heures d'oisiveté il donnait, par-dessus le marché, à ses habitants avisés, je crois qu'il y aurait une fuite précipitée hors de Londres, Liverpool, Paris et de toute une série de grandes villes où les pendules perdent la tête et font dérouler les heures plus vite les unes que les autres, comme si elles étaient toutes engagées dans un pari. Et tous ces pèlerins insensés emporteraient chacun leur propre misère, sous forme d'une montre dans la poche. On doit noter qu'il n'y avait ni pendules ni montres aux jours tant vantés ayant précédé le Déluge... »

Stevenson ne cesse guère de convoiter le Paradis terrestre : plus tard, il le traquera dans *L'Ile au trésor,* qui échappe au règne des pendules, ou bien dans la mine d'or de Silverado (qui est désaffectée, arrachée, donc, au présent), et, enfin, dans ces îles du Pacifique où ne sonne point le carillon. Mais dès maintenant, dans les Cévennes, il s'escrime à réintégrer les prairies d'avant le Déluge : quand il écrit du Monastier, point de départ de son expédition, à son ami Charles Baxter, il note en haut à droite de la feuille : « Dieu sait quelle est la date, regardez le cachet de la poste. »

A ce point, Stevenson et Modestine achèvent leur opération de délestage, d'austérité, de dénuement : ils ont jeté par-dessus bord non seulement le pain noir et le pain blanc, le chemin de fer et la diligence, les cartes de géographie, mais aussi la pendule, la montre, le sablier et la clepsydre. Ils ont d'un même élan retiré tous les voiles qui font écran entre les hommes et la ténèbre des choses.

L'âne et la tolérance

Cette évacuation du temps a un autre effet : l'ânesse et son maître jugent du point de vue de Sirius. Plongés dans une durée infinie, immobile, entrelacée et sans frontières, picorant dans les diverses strates du temps, ils relativisent les spectacles du monde. Les faiblesses des hommes, ils les jugent avec cette agréable distance qu'on appelle tolérance : Stevenson est un jeune homme aimant et aimable : même les petites filles qui lui font des niches, il ne les maudit point. Et cette vieille femme qui refuse de lui fournir des renseignements et le laisse en plan, il lui pardonne.

Modestine montre une tolérance égale qui se manifeste par son goût des rencontres absurdes, par sa facilité à entrer en intelligence avec le premier âne venu pourvu qu'il soit mâle, par l'admirable résignation propre à tous les ânes et qui les apparente à ces mendiants de l'Inde, si peu agressifs, qui vous regardent de leurs yeux éteints, gentiment ironiques, l'air de dire : « Les choses ne vont pas trop bien en ce moment pour moi, je n'ai rien à manger, tu refuses de me donner une roupie, ma mère est malade, mes enfants ont le choléra, mais, ce n'est pas trop grave, tout cela, un peu de patience, il suffit d'attendre cent mille ans encore et une dizaine d'apocalypses et de Créations, et la chance tournera, c'est sûr. »

Certes, cette médaille a un revers : la tolérance de Modestine ressemble à une indifférence : ne détester personne, protesteront les esprits exigeants, n'est-ce pas manière de n'aimer personne ? Il y a du vrai dans cette remarque et il faut poser ici, avec un peu de tristesse, cette désagréable question : la bonté des ânes ne serait-elle pas le masque d'une formidable froideur ?

On corrigera ces sévérités par une remarque qui concerne Stevenson et, plus secrètement, l'ânesse. Stevenson d'abord : il est un chapitre où notre marcheur écossais atteint aux limites de son indulgence. Il ne maîtrise pas son indignation quand il songe aux violences faites par les dragons de Louis XIV aux Camisards, mais comment lui en tenir rigueur ? Protestant, habitué comme tous les Ecossais aux violences des religions dominantes, Stevenson se nomme Camisard d'honneur, ce qui nous vaut ce chapitre d'histoire, très beau du reste car il est soulevé de colère et se distingue du didactisme propre à tous les globe-trotters modernes qui ne peuvent pas traverser une ville ou un pays sans nous refiler, entre deux souvenirs personnels, une notice de l'*Encyclopaedia Universalis.*

Modestine, elle aussi, fait une entorse à sa règle de tolérance, et sur un problème religieux également : Stevenson constate que son ânesse, dans l'abbaye de Notre-Dame-des-Neiges, semble « avoir de l'antipathie pour les couvents ». Cette hostilité modestinienne est curieuse. Certes, on peut avancer des hypothèses : on peut supposer par exemple que Modestine a pu être élevée dans la religion réformée, qui est insensible à l'art du couvent, mais Stevenson, soit oubli, soit manque d'informations, ne nous fournit aucune précision sur ce sujet. En outre, les ânes, même Réformés, sont généralement de culture catholique car ils conservent, à travers les brouillards de leur parcours terrestre, le souvenir étincelant de la Sainte Vierge à laquelle ils ont donné un bon coup de main, dans la crèche, au moment de la naissance du Christ. La crèche fut le jour de gloire des ânes (plus encore que l'entrée du Christ à Jérusalem) et elle s'est imprimée de manière indélébile dans leur mémoire si bien qu'ils en veulent toujours un peu à ces protestants, ces Réformés qui ne montrent pas une extrême révérence pour la Sainte Vierge.

On peut donc dire que la conduite de Modestine est deux fois saugrenue : d'abord parce que l'ânesse manque à son habituelle indulgence, ensuite parce qu'elle exprime de la colère contre les moines amis de la Sainte Vierge. Que conclure, si ce n'est que le comportement désagréable de l'ânesse à Notre-Dame-des-Neiges doit être interprété moins comme une position philosophique que comme l'indice de son caractère extravagant, illogique et arbitraire ?

Le voyage dans les Cévennes s'achève après treize jours, c'est un voyage de Lilliput, mais plus rien désormais ne sera comme avant. On jurerait que les supportables épreuves de France permettent à Stevenson de larguer les amarres et d'affronter de plus grands larges. Les treize jours sonnent comme un adieu au jeune homme charmeur des tavernes de Londres et des ateliers de Barbizon. C'est la première note d'une immense musique. Stevenson, à présent qu'il a perdu son âne, et gagné son âme, ne va plus cesser de refaire le même voyage mais à des échelles croissantes. Le parcours de Monastier à Saint-Martin-du-Gard forme le modèle inavoué de tous les écarts à venir, chaque voyage de Stevenson étant plus ambitieux que le précédent, un peu comme un caillou, jeté dans les eaux calmes d'un lac, produit des ondes concentriques de plus en plus démesurées. Stevenson s'acharnera toute sa vie à reproduire, avec plus de majesté, avec tragique, avec gloire, le pauvre petit périple accompli avec l'âne.

Il va rentrer à Londres pour lancer quelques drôleries, aimer ses amis, mais bientôt il se vouera à ce destin de pèlerin, d'égaré, dont Modestine lui a ouvert les portes de corne et de brumes, en compagnie de la femme aimée, cette Fanny Osbourne dont la figure absente nimbait en secret les nuits hallucinées des Cévennes – et pour laquelle il va s'embarquer, dans quelques années, pour un périple plus redoutable que la bête du Gévaudan, en direction de Silverado en Californie.

Les futurs déplacements de Stevenson vont changer de dimensions et de style : on ne verra plus l'Ecossais à la remorque d'un âne. Il sacrifiera à de nouveaux modes de locomotion : le navire de Glasgow à New

York, le train de New York à San Francisco et plus tard, le bateau, les bateaux qui lui permettront de poursuivre ses errances non plus au flanc du Gévaudan mais parmi les îles étincelantes du Pacifique, les Marquises, Tuamotu, Papeete, les îles Gilbert, les îles Marshall, la Nouvelle-Calédonie, jusqu'à découvrir enfin le lieu de sa mort à Samoa – voyages gigantesques, définitifs, pathétiques, radieux et funèbres ensemble, et que Stevenson accomplira en obéissance à ce petit âne si gris, si distingué et si intelligent qui lui avait jadis enseigné l'usage du monde.

Du minéral, voilà l'Islande

Les dinosaures ont raté l'Islande. Quand ils ont quitté notre planète, il y a soixante-six millions d'années, à la fin du crétacé, l'Islande était une boursouflure au fond des océans. Et cette boursouflure n'était pas pressée de se mêler aux autres continents. Farouche et indolente, elle n'a surgi du gouffre que bien plus tard, au milieu du tertiaire, le miocène peut-être, voilà vingt millions d'années. Pas de jurassique inférieur ou supérieur, ici, et pas de dévonien ou de carbonifère, pas de cambrien et moins de précambrien encore. L'Islande est arrivée en retard sur la planète et les dinosaures, qui sont de gros impatients, n'ont pas eu le cœur de l'attendre.

Pourtant, il suffit de jeter un œil sur les infinies blancheurs du Hofsjökull, sur le volcan Hekla qui sert de bouche à l'enfer, sur les rivages verts et comme bombardés du lac Mytavn au Nord, sur les landes jaunes, violettes et noires du Landmannalaugar au Sud, tout près du formidable Vatnajökull, pour se convaincre que les dieux avaient précisément mis en chantier l'Islande en vue d'y recevoir les diplodocus.

Tout, dans ce bloc d'abîme, avait été dessiné à leur

taille et à leur intention : ces steppes suppliciées et ces murailles jusqu'au ciel, ces monceaux de glaces et ces cendres et ces bariolures, ces prairies écarlates, ces solitudes et ces abandons, ces entrelacements de collines, ces vents et ces délires, ces nuits et ces glaces, je ne connais pas une terre plus convenable aux dinosaures.

Je l'ai vérifié dès mon premier matin d'Islande. En quittant Reykjavik pour Eyrarbakki, sur la côte Sud, et pour peu que l'on s'écarte de la grande route, on s'empêtre dans un lacis de cassures, d'entonnoirs et de lichens mordorés au milieu desquels les grands sauriens perdus se sont évidemment ébroués. Comme je suis assez bon en dinosaures, j'ai même pu relever des empreintes de tyrannosaures et d'autres de stégosaures. J'ai vu des basaltes griffés par les ailes de cuir des archéoptérix.

Les Islandais, qui sont des esprits très raisonnables, se sont moqués de moi. Ils m'ont dit que mes grosses bestioles ne valaient pas un sou : j'avais confondu leurs pieds avec un chapelet de petits cratères. Je n'ai pas insisté. J'ai dit : « Bon... bon... », mais j'ai conservé mon idée ou plutôt je l'ai améliorée en sourdine. Je consentais que les dinosaures n'avaient pas débarqué dans ces parages mais leurs fantômes rôdaient encore. La preuve ? Ces landes d'ambre et de suie dans lesquelles je pataugeais ce matin-là, sous un ciel d'ombres, avaient elles aussi des allures de fantômes. Lady Macbeth se serait régalée. Elle eût commis dix assassinats. Le lendemain, comme nous poursuivions vers le Landmannalaugar, nous avons changé de théâtre : le soleil frétillait. Nous entrions dans *Le Songe d'une nuit d'été*. Mes dinosaures se sont évaporés.

C'est un des rares reproches que je ferais à cette

île. Il lui manque une faune digne de sa grandeur, de sa violence et de l'effroyable beauté de ses basaltes. Imbattable pour les volcans, les tempêtes et les raz de marée, elle n'est pas forte pour les animaux. Girafes, rennes, lièvres ou loups, ils ne se sont pas bousculés pour emménager dans ces latitudes.

Sans doute, outre les difficultés du voyage sur les mers du bout du monde, ils se sentaient intimidés. Ils n'étaient pas à l'échelle. Un lapin, dans ces garennes de Gargantua, serait un lapin déplacé. Les moutons qu'on voit brouter au bord des grèves sont attendrissants et presque ridicules : des flocons de laine articulés sur quatre jambes grêles, sèches et droites comme des brindilles et, quand le vent souffle, on s'attend qu'ils deviennent des nuages. Les vaches ont plus de naturel mais enfin, les vaches, comme bêtes sauvages !... Pour le reste, des renards argentés. Des visons importés, féroces, puants et cruels. Et pas d'abeilles et pas de moustiques !

Même déroute de l'ordre végétal : s'il est vrai que les prairies luisantes de l'été, avec leurs saxifrages, leurs lupins, leurs œillets-de-mer, leurs gentianes des marais et leurs boutons-d'or sont belles comme des enluminures, on cherche en vain une forêt : celles que les premiers colons trouvèrent au Xᵉ siècle et qui calfeutraient le quart de l'île ont été boulottées pour faire du feu ou des maisons. Il ne subsiste que des bouleaux si malingres qu'on croit qu'on les piétine. Et des bosquets de sapins ou de saules nains qui semblent honteux qu'on les appelle forêts.

Sur les laves qui couvrent une partie des sols poussent les lichens. Si on les observe de près, par exemple avec une loupe, on comprend que les lichens sont des forêts pour microscopes, des forêts très jolies aux teintes dorées et orangées, bleues, vertes et phosphorescentes. Le lichen a un autre intérêt : après que les laves ont jeté la mort sur la terre, le lichen est le premier végétal (algues et champignons nourris les uns des autres) assez téméraire pour reconquérir le roc, de sorte qu'ils reproduisent, ces lichens, ou bien qu'ils singent, l'histoire de la Terre. Avec leur dégaine de pionniers, ils préparent la venue des mousses et plus tard, beaucoup plus tard, celle des prairies. Le lichen (les lichens, il en est cinq cents sortes) reproduit à une échelle minuscule et dans le règne du végétal l'aventure vécue par les Vikings d'Ingolfur Arnarson quand ceux-ci ont déboulé dans cette île perdue et qu'ils ont réinventé là-bas, « aux confins du monde et de la Cimmérie », une société humaine. Mais enfin, avouons-le : n'avoir que des lichens à se mettre sous la dent en guise de forêts, le régime est congru.

Du minéral, voilà l'Islande. Seulement du minéral. De la pierre et de la lave, du sable, du gravier. Du basalte ou de la rhyolite. Et comme cette terre est toute jeune et qu'elle sort du four, elle est lisible encore. Claude Lévi-Strauss, dans *Tristes tropiques,* explique que, dans la montagne cévenole, il faisait des marches de dix à quinze heures pour s'assurer que « l'immense désordre » des paysages recelait un « ordre secret ». « Je range parmi mes plus chers souvenirs, dit-il, la poursuite au flanc d'un causse languedocien de la ligne de contact entre deux couches géologiques. »

En Islande, Lévi-Strauss eût été heureux comme un roi, avec l'avantage que les couches géologiques sont mieux lisibles qu'ailleurs. Ici, il se fût baladé dans le schéma de l'origine. Cette terre ressemble au devoir d'un étudiant en géologie : moraines et champs de lave, strates de basalte et toutes les catégories de volcans, volcans en cône sous leur bouchon de neige, volcans en bouclier et en ruine, volcans en ribambelle, volcans comme de longues fissures, synclinaux et anticlinaux, ombilics, verrous, glaciers noirs et fjelds, et fjords, pas une forme de relief qui ne s'étale ici.

L'Islande est bonne fille. On la déchiffre à livre ouvert : on lève la tête et on aperçoit sur les collines les strates géologiques. Le temps n'a pas eu le temps de mélanger les sédiments ni de napper de ses badigeons le premier brouillon.

L'Islande est au contraire du Bassin parisien dans lequel tout est recouvert, à la fois par le travail des siècles – érosions, limons, vases, alluvions, fourrures de forêts et d'humus – et par le travail des hommes. Rien de tel en Islande. C'est un pays maigre et décharné. Il n'a que les os. On songe à ces gravures de la Renaissance, à ces « écorchés », qui soulèvent la peau du corps humain et nous donnent à voir l'interdit et le caché : les entrailles, les rotules et les fémurs, les poumons et les rates, les réseaux de nerfs et de la lymphe. Ainsi l'Islande : c'est une « écorchée ». La peau de la terre ne s'est pas encore formée : on distingue l'intérieur des choses, comme les rayons X dévoilent le dedans des corps. On contemple ce que fut le globe avant les hommes. La géographie de l'Islande est une géologie.

Preuve de cette jeunesse de l'Islande : cette géologie est tourmentée et ne connaît guère de repos. Tout ce qui ailleurs est installé depuis un milliard d'années en est encore à bouillonner, à gigoter, à écumer. L'immuable, en cette île, remue sans cesse. Une rivière change de lit. Un matin, elle a envie de faire un méandre et elle le fait. Une montagne a l'idée d'exploser et elle explose. Un glacier va au ciel, éclate et répand des océans de flammes, de terre et d'eau sur les pentes voisines. Le feu central brûle nos pieds. De grosses bulles à odeur de soufre crèvent dans la boue comme dans un brouet de sorcière.

Sur la route du Sud, dans la région proche du Laki, les Ponts et Chaussées ont préparé des pancartes : « Route barrée pour cause d'éruption », on ne sait jamais. Deux cent cinquante volcans sont actifs. Une éruption tous les cinq ans. Un tiers de la lave du monde entier, dans les derniers cinq cents ans, a jailli ici. Les volcans sautent à tout bout de champ comme l'Hekla qui explose en 1947, 1970, 1980 et 1991. Dans la mer, une île jaillit en 1963. Dans les îles Vestmann la moitié d'une ville saute en 1973. Cette terre n'est pas achevée. Elle fait le diable à quatre. Elle mijote. Elle ajoute une colline ici, une plaine là, elle se barbouille de couleurs inconnues. Dieu nous autorise à jeter un coup d'œil sur ce qui s'est produit dans le début des temps. Se promener en Islande, c'est épier le commencement des choses.

Etait-ce ainsi, le Paradis terrestre ? Dans ces landes, qui sont noires l'hiver et bariolées comme un bijou gothique l'été, vous prenez un bain de tertiaire. Vous pataugez dans les quatre éléments qu'Aristote avait reconnus et dont Bachelard fit son miel : *air, terre, feu* et *eau*.

L'eau et le feu sont entrelacés : les volcans aiment bien se camoufler sous les glaciers monumentaux, par exemple dans le Vatnajökull grand comme cinq cents

Mers de glace. Cela leur permet d'organiser des opéras de fin du monde, flammes, glaces et limons ensemble.

L'eau et les volcans travaillent ensemble à sculpter le chaos. Le lac bleu de Viti au pied du mont Krafla, dans la région d'Husavik, le lac vert et rouge de Ljotipollur sont des cratères. Parfois, la nature islandaise joue plus gros jeu encore : elle nous fabrique des lacs emplis non point d'eau mais d'une lave figée, comme à Dimmuborgir (nord-est) ou à Hveravellir (sud-ouest).

Les eaux sont partout : eaux de la mer faufilées dans les fjords du Nord et de l'Ouest, ou saturant les mousses d'émeraude et de bronze qui bordent les grèves mais aussi eau des cascades dégringolées des glaciers et qui ondulent dans les vents. Plus loin, dans l'intérieur inviolé, l'eau devient glace à jamais ou bien orages de neige si brutaux qu'un vagabond étourdi, quand la tornade se déchaîne, court à la mort.

L'air. Celui de l'Islande est vaste et fou. Ce pays contient des quantités de ciels. De temps en temps, quand le vent souffle, l'Islande décide d'écouler ses stocks de ciels. Elle les débite à toute allure comme un commerçant fait l'inventaire de son fonds avant de reprendre la vente. Vous voyez défiler des ciels bleus et des blancs, des ciels de soufre et des ciels de fer, d'antimoine, des ciels comme des lacs ou comme des incendies, et d'autres de perles et de gardénias. Ils sont lisses et tendus ou bien flétris, plissés. Certains sont tout jeunes, ils sortent de l'usine, et d'autres sont vétustes, patinés comme de vieux tableaux.

J'ai rêvé d'une science qui nous dirait l'âge de ces

ciels et si celui-ci est du temps d'Harald à la belle chevelure ou s'il revient du néolithique. On jurerait que l'on est dans la fabrique de tous les ciels de la terre, dans l'entrepôt des ciels. Certains viennent du pôle et d'autres de l'Amérique. Un soir, j'en ai surpris un qui arrivait de la Patagonie, tant il était haut et chargé d'odeurs de mer. Le lendemain, un ciel d'estampe chinoise miroitait au-dessus des falaises de Vik, au-dessus de millions d'oiseaux d'or qui picoraient les rochers marins.

Une fois, non loin des glaces du Myrdalsjökull j'ai dormi dans une ferme solitaire. Comme les Islandais n'aveuglent pas leurs fenêtres je n'ai pas fermé l'œil. Vers les minuit, je suis sorti. Le monde était en panne. Le ciel clair était sans un mouvement. Une guirlande de nuages blancs et ronds nageait mollement au-dessus des collines étincelantes. Ils étaient comme des ballons d'enfant. J'ai cherché les invisibles ficelles auxquelles ils étaient arrimés.

Sur la prairie lumineuse, j'apercevais des petits chevaux pareils à des incrustations de nacre dans l'argile tendre de la nuit. Ils étaient légers, paisibles et transparents, ils venaient de se poser doucement dans l'herbe verte, comme des anges. J'avais passé en catimini une frontière, un seuil. J'épiais le sommeil du monde avant que les hommes ne viennent y installer leurs machineries. J'allais dans une éternité pâle. Les herbes et les fleurs scintillaient. Ce n'était pas la nuit et pas le jour. Une nuit sorcière. Un spectre de jour. L'ombre et la lumière ensemble hallucinées. Un ciel somnambule.

J'avais fait quatre pas dans l'Eden. La Bible, au début de la Genèse, parle de ce temps d'avant les temps, quand Dieu n'a pas encore divisé le jour de la nuit. J'étais dans ce moment fragile et menacé. Le temps n'était pas en route. A moins que je ne fusse après le temps, du côté du Jugement dernier. C'est un des enseignements de ce pays radieux : l'Eden et l'Apocalypse nichent dans les mêmes écarts.

La terre. Thingvellir, à quelques lieues de Reykjavik, est un rêve de pierres. On peut utiliser le site de deux manières : si l'on est intoxiqué d'Histoire, on se dit qu'aux temps héroïques, c'est ici, sous la falaise du Lögberg que se réunissaient les hommes libres pour entendre la formidable voix du réciteur des lois *(lögsögumadhr),* pour régler les litiges, définir la politique du pays et, après que le protestantisme eut triomphé, pour noyer les femmes volages dans la rivière Öxara qui est la rivière de la hache.

Mais on peut se servir de Thingvellir d'une autre manière, comme d'un véhicule pour remonter bien en deçà de l'histoire, dans les ères géologiques. La plaine de Thingvellir, à l'extrémité Nord du Thingvallavatn, est la partie émergée de l'immense rift (dorsale médio-atlantique), cette faille qui court au fond de l'océan Atlantique et qui marque la rencontre entre les deux plaques tectoniques sous-marines de l'Est et de l'Ouest. Ainsi, lorsque vous grimpez sur la falaise de l'Almannagja (la gorge des anciens), vous voyez courir, de l'autre côté de la plaine où paresse l'Öxara et qu'illuminent des petits lacs précieux, une seconde ligne de relief qui marque l'émergence du continent américain. J'ai bien aimé ce moment-là. Juché sur le Lögberg : à droite, j'étais en Europe. A gauche, je lorgnais l'Amérique. Christophe Colomb n'était pas mon cousin.

Les deux continents continuent de se séparer. Ils s'écartent l'un de l'autre de quelques centimètres par an. Ce matin-là, le ciel était calme, d'un bleu de fleur. J'ai même fait semblant d'entendre le bruit de la terre qui se fendait doucement, comme une étoffe se déchire.

Ultime invitée de la planète, l'Islande fut aussi découverte par les hommes après toutes les autres terres. Les premiers arrivants, au Xe siècle, sont des gaillards. Mais on dirait que cette île nichée au cœur de toutes les mers, de toutes les écumes et de toutes les sauvageries du globe les effarouche. Ils s'installent en tapinois. Ils n'osent pas abîmer de leurs graffitis l'indicible chaos de rocs et de déserts.

Peu de hautes civilisations ont laissé aussi peu de traces humaines que celle-ci : longtemps, l'Islande n'a pas de routes mais des sentiers. Ce n'est pas en Islande qu'un Napoléon III aurait osé emprisonner la terre dans un réseau de chemins de fer. Pas de gares. Pas de villes non plus. La capitale Reykjavik était un hameau il y a un siècle. Pas de monuments. A peine des maisons et encore sont-elles sur la bande littorale, jamais dans la solitude des montagnes.

Ces maisons sont très jolies. La grandeur des paysages les fait minuscules. Quand on suit la route du Sud pour aller de Vik à Höfn, entre la mer, le goudron des landes et les marécages d'un côté, les montagnes de l'autre côté, on longe des prairies si vertes qu'on croit qu'elles sentent la peinture fraîche. Posées sur ces prairies, des maisons de poupées ou de lutins, pleines de couleurs. Une cascade fait tourner un moulin comme dans les vitrines de la Samaritaine à Noël. Les oiseaux piaillent. Des vaches paissent l'herbe et des moutons de dessin animé gambadent. C'est un curieux spectacle : au pied des falaises de *L'Enfer* de Dante, on croise un poème de Virgile.

De loin en loin, on aperçoit d'anciennes maisons, par exemple dans la région de Skogar. Il faut bien regarder car ce ne sont pas des maisons : ce sont des renflements de la prairie, des terriers enveloppés d'herbes, comme si le globe terrestre était en train de les avaler. Une géologie de Lilliput au pays des Titans.

Les anciennes églises ne sont pas plus fanfaronnes. Qu'elles contiennent seulement vingt places n'étonne pas. Les Islandais étaient si peu nombreux jadis, cinquante mille et, quand les volcans ou les inondations s'en mêlaient, trente mille. Mais comment le bon Dieu pouvait-il se faufiler dans ces églises miniatures, lui qui est infini et qui était habitué à se pavaner à Saint-Pierre de Rome ou dans la cathédrale de Chartres ? Il faut croire pourtant qu'il aimait bien ces églises naines, si j'en juge par la douceur, la paix et le recueillement qui y règnent. A vrai dire, on le comprend. Pour moi, si j'étais un bon Dieu et que je sois un bon Dieu maigre et de petite taille, chaque fois que l'envie me prendrait de faire une pause, c'est dans une église de cette sorte que je choisirais de descendre plutôt que dans l'immodestie dorée des grandes nefs de l'Europe.

La discrétion des hommes dans cette terre s'explique. Ils étaient une poignée à peine. Comment eussent-ils confectionné une ville ? Ils étaient pauvres, ils avaient froid. Ils avaient six mois de nuit chaque année, des neiges et des vents. Assurer leur survie mangeait toutes leurs énergies. Ils avaient assez de mal à ramasser des bois flottés venus d'Amérique ou de Sibérie pour fabriquer leurs charpentes, ils n'allaient pas en plus construire des Colisées ou des Parthénons. Et puis, ils devaient bien sentir qu'ils n'étaient pas de taille : comment eussent-ils osé mêler au discours tonitruant du Grand Architecte les balbutiements des hommes ?

A quoi bon, au demeurant ? La nature avait déjà fait tout le boulot. Elle avait disposé des centaines d'édifices, de stèles et de cathédrales, d'hypogées et d'obélisques auprès desquels les Sept Merveilles du monde, le temple d'Artémis ou le colosse de Rhodes, ressemblent à des brouillons. La faille de Thingvellir, les labyrinthes de sables enchantés du Landmannalaugar, les colonnes de basalte qui forment d'interminables orgues pour le concert des dieux, les glaciers que déchirent des gorges bleues et vertigineuses, comme celle de Fjadrargljufur, près de Kirkjubæjarklaustur, les icebergs impassibles des fjords, les cônes massacrés des volcans, ces dalles d'église que la nature a taillées à l'est du mont Klaustur, entre les glaces et la mer, oui, les Puissances avaient bien fait les choses. Elles avaient pourvu l'Islande de monuments à la mesure des dieux. En abordant ici, les colons éberlués de Norvège trouvaient une terre dans laquelle Oddin ou le dieu de la Bible – qui le saura jamais ? – avait pris la précaution de construire déjà des centaines de grandes pyramides : c'était tant de fait.

C'est pourquoi ce pays sans forêts ni chemins de fer, sans beaucoup de bêtes et sans abeilles, sans soldats ni seigneurs, s'il a une Histoire très vaillante, cette Histoire n'est pas la nôtre. Les Islandais n'aiment pas que l'on dise ces choses. Ils tiennent à avoir une Histoire, c'est leur idée. (« Si j'étais un pays, dit à peu près Henri Michaux, et que j'aie une Histoire, je ne m'en vanterais pas. »)

L'écrivain Thor Vilhjalmsson dit que l'Histoire, ici, est partout et c'est vrai que les sagas ne sont pas des poèmes mais des chroniques de bataille et qu'elles font beaucoup de bruit et beaucoup de fureur. Mais enfin, s'il est vrai que les Islandais des premiers siècles se battent comme des géants, c'est entre eux qu'ils se querellent et leurs guerres sont cruelles mais extrêmement picrocholines. Familles contre familles. Des vendettas, et les vendettas méritent-elles le nom d'Histoire ?

Reconnaissons cependant qu'en quelques occasions l'Histoire tente d'allumer ses grandes fournaises, mais les Islandais s'empressent de les éteindre. Par exemple, le passage du paganisme au christianisme en l'an 999. En d'autres pays, ces conversions de peuples font des charniers. En Islande, on procède avec plus de délicatesse. On se réunit à Thingvellir, on discute, on pèse les mérites d'Oddin et du blanc Christ. Un chef modéré, Thorgeir de Ljosavatn, s'isole trois jours sous une peau de mouton et ensuite il décide qu'on se convertira tous ensemble, étant entendu qu'on conservera le droit d'adorer en secret le loup Fenrir ou les nornes.

Cinq siècles plus tard, l'Histoire remet ça. Les Danois entendent imposer le protestantisme. On frôle la guerre. L'évêque Jon Aranson et ses deux fils sont décapités. Trois victimes de trop ! Mais quelle modération si l'on songe à nos guerres de Religion en France ou en Allemagne, à leurs hécatombes et à leurs massacres ! Quant aux batailles dont Français, Autrichiens, Russes ou Anglais, Espagnols ou Italiens furent si friands, les Islandais ne les pratiquent pas. Alors que reste-t-il d'une Histoire qui ne connaît ni guerre de Cent Ans, ni guerres de Trente Ans ou de Sept Ans, ni guerres de Succession d'Espagne ou de Pologne, ni Trafalgar, ni Bouvines et ni Fontenoy ?

Il reste le minéral, le combat des quatre éléments, la terre, le feu, l'eau et l'air. L'Histoire, comme toute chose en cette île, est une géologie. Ce qui scande les temps, ce qui découpe les siècles, ce sont les humeurs de la terre. A la place des chamailleries d'hommes et du bruit des bombardes, ils ont des disputes de Titans, de géants et de krolls. Des combats d'eau et de feu. En guise de sacres de rois et d'empereurs, les étendards de flammes des volcans. Au lieu des champs Catalauniques, de grandes invasions de lave. Des déferlements de fleuves. Des chocs de glace, de vent et de gel. Voilà l'Histoire en Islande : l'inusable énergie des hommes affrontés aux délires des choses.

En 1783, le volcan Laki, qui réside sous le plus grand glacier d'Europe, se met en branle. Des dizaines de bouches explosent et ça dure deux ans. Pendant les deux premiers mois, le Laki déverse sur les côtes du Sud autant de lave que le Rhin débite d'eau à son embouchure. La moitié de l'Islande se déverse sur l'autre moitié. L'herbe devient toxique. Les animaux meurent. Huit mille hommes succombent et les autres ont la variole. Ils se terrent. Ils se protègent mais ils se préparent à réoccuper le terrain, même si celui-ci demeure, deux siècles après le désastre, aussi noir que le derrière du diable. Les hommes ne baissent pas les bras. Dans des lueurs de désastre, le prêtre Jon Steingrimsson dit des prières : le fleuve de feu s'immobilise à deux kilomètres de l'église. Voilà les grandes dates de l'Histoire d'Islande : le 20 juillet 1783, le prêtre Jon célébra « la messe du feu » ou encore : en 1984, le Krafla déversa des laves qui fument toujours en 1994. Ces dates valent bien Crécy ou Rocroy.

Telle est l'Histoire de l'Islande : pas de Verdun et pas de Waterloo, mais des déluges et des neiges, des orages, des jets de vapeur, des montagnes envoyées au ciel, les lèpres et les varioles qui suivent les inondations des fleuves ou les soufres du ciel.

La prouesse est que les hommes aient perduré dans cet Eden à couleur de Jugement dernier et qu'ils aient édifié une civilisation raffinée, une société intraitable et harmonieuse de paysans, de marins et de poètes. La persévérance, l'acharnement des hommes stupéfient : tout, dans ces déserts et dans ces abandons, dans ces jets de flammes et ces glaces, tout dit que l'homme est une passion inutile. Le miracle est que l'homme ait subsisté, qu'il ait inventé des procédures de société sans exemple, un peu comme on admire que des oiseaux gros comme des souris résistent aux tempêtes déchaînées, sans se démonter, se contentant de clabauder un peu plus fort que d'habitude pour montrer qu'ils ne sont pas contents.

Volcans, fjords, glaciers, landes de lave et empilements de basalte, l'Islande est un luxe et une orgie, un gaspillage, un excès ou une colère de la planète, comme si la nature se donnait à elle-même son propre spectacle et se pâmait devant son innommable splendeur. Indifférente aux hommes et dédaigneuse de leurs vanités, la terre, là-bas, poursuit ses jeux de hasard et de fatalité, dans la pénombre et dans l'éclat. En aucun point du globe on n'éprouve aussi nettement que l'homme n'est qu'une anecdote, une péripétie dérisoire, sublime parce que dérisoire, dans une histoire qui a commencé sans son concours et qui se poursuivra après qu'il aura passé, quand perdurera le monotone tumulte des ressacs et des tornades.

Mesurées aux glaciers et aux volcans, les plus glorieuses entreprises des hommes sont à peine un battement d'ailes de papillon et l'existence humaine, à l'aune des temps géologiques, est une danse d'éphémère. Ici, on mesure que l'homme est un supplément ou un hasard, un pygmée tombé dans un décor qui l'ignore, et la tentative toujours recommencée de nier les chagrins de la mort.

L'aventure de l'Islande, si elle n'emprunte pas les chemins clinquants, arrogants et ensanglantés de nos Histoires, me paraît l'une des plus nobles : elle énonce le combat perdu, gagné cependant, d'une poignée d'hommes et de femmes qui ont subsisté au cœur même des éléments et qui ont su, entre la lave et la foudre, l'eau et la neige, la nuit et la nuit, recommencer là-bas l'aventure des civilisations. C'est la leçon que j'en veux retenir : l'Islande nous enseigne que l'honneur de l'homme est de faire, de sa chair défaillante, de sa chair mourante et invaincue, barrage aux entreprises du néant.

Contre l'écologie

Jadis, si je me souviens bien, je déplorais la mort des dinosaures. Leur tête était petite mais ils portaient des noms mirobolants : tyrannosaure, ptérodactyle, archéoptérix, c'est autre chose que lapin ou renard !

Ils étaient gros, ils pondaient tout le temps des œufs et ils vaquaient sur notre mère la Terre. Sans doute ils mangeaient beaucoup de forêts mais à l'époque, les forêts, on ne savait plus qu'en faire.

Le dinosaure, à nos yeux d'écologiste, était plein de grâces : animal délicat et respectueux de l'écosystème, hôte de l'orée des temps et des fragilités de l'aube, il se déplace dans une nature impolluée, telle qu'elle est sortie des alambics du bon Dieu, sans pluies acides ni fumées d'usines. C'est pourquoi, à nos yeux de « Verts », le décès des grands sauriens fut un événement fatidique.

On sait ce que c'est : les dinosaures s'en vont et c'est tout l'écheveau qui se débobine. Après quelques siècles, les requins s'étiolent, Tchernobyl explose et, chaque fois qu'on se rase, on perce un petit trou dans le bouclier d'ozone. C'est dire que la fin de ces bêtes m'emplissait de tristesse. Je portais sur leurs carcasses disparues le regard embué de la nostalgie.

L'inconvénient de la nostalgie, surtout écologique, est qu'elle est insatiable. Il lui faut toujours de nouveaux aliments, des lamentations neuves. Jamais contente, tatillonne et rancunière, elle remonte chaque jour un peu plus avant dans le passé en pleurnichant, à la recherche d'une terre propre.

C'est ainsi qu'après quelques années de mélancolie dinosaurienne, j'ai dû consentir que mon amour des diplodocus, érigés en témoins de la nature primitive, était une sottise : bien entendu, le temps des dinosaures vaut mieux que celui des puits de pétrole, mais enfin ce n'est pas l'Eden. Il a une histoire derrière lui et pas mal de forfaits déjà. Les « grands lézards », comme on dit, sont des sujets tardifs. Ils sont précédés d'une évolution. Quand les diplodocus pâturent, la terre est déjà vermoulue.

Depuis cette découverte, je n'en finis plus de régresser *ad infinitum.* Ma nostalgie s'est déplacée. Elle ne porte plus sur les dinosaures mais sur leurs ancêtres. Tous les paysages primitifs ont défilé sous mes yeux. Je n'étais jamais apaisé. Et comme je ne badine pas avec les doctrines, j'en suis arrivé à ne plus révérer que la mer, la soupe primitive et son plancton.

Le plancton ! Parlons-en de celui-là ! Il est tardif lui aussi et je découvrais cette vérité fort triste : le plancton, comme toute chose vivante, est un être historique. Il constitue un supplément à la nature première, une appoggiature, une déchéance ou une coquetterie, une rouille sur la maquette originelle. C'est ainsi qu'à force de chercher une planète primitive, je laissais le plancton derrière moi et je débouchais sur un monde sans flore ni faune, peuplé d'êtres aquatiques unicellulaires qui ne possédaient même pas un noyau, un monde de pierre et d'eau, une géologie, un peu désolée il est vrai, mais enfin immuable, enfin immarcescible.

Et même la géologie ! Buffon me rappelait que la géologie est comme toute chose : une discipline historique, car la pierre, la terre, le sable sont régis par le temps, soumis aux corruptions et aux générations, comme dit Newton, de sorte que j'ai commencé d'opérer, sur l'inanimé, le même travail de régression que j'avais accompli sur le vivant. Je pris en haine cette première catastrophe écologique que fut la fonte des glaciers du quaternaire. Ensuite, j'ai détesté que l'Amérique se soit détachée de l'Afrique en profitant de la dérive des continents.

J'ai continué de ferrailler avec le mal, l'histoire et les dégradations. Pour quelques saisons, j'ai reporté mes espérances sur le cosmos dont Leibniz, qui est très fort, nous a dessiné une image étincelante, immobile, incorruptible. Mais, à peine reprenais-je courage que je tombais sur des textes de Newton, qui est aussi intelligent que Leibniz. Or Newton, avec son porte-parole Clarke, disait le contraire et que le cosmos, même lui, a besoin de temps à autre d'être nettoyé, réparé, désinfecté et restauré.

Je finis par rendre les armes. Je me fis à l'idée que la nature ne peut être repérée qu'à la seconde où se produit le Big Bang originel. Dès que ce Big Bang eut claqué, l'histoire était en chemin, avec la flétrissure et toutes les tares dont nous pâtissons aujourd'hui : détresse des éléphants, raréfaction des trèfles à quatre feuilles, prolifération de la moule tigrée, apparition de l'abeille tueuse d'Afrique, désertification du Sahel, mort de l'oiseau bobo dans l'île Maurice, difficulté d'être des baleines...

De sorte que nous autres, écologistes *hard,* nous aboutissons à cette conclusion découragée : si l'on veut attraper la nature, il faut remonter jusqu'à l'éclair du Big Bang, c'est-à-dire avant que la nature commence. C'est le fameux paradoxe d'Ivan Spermiakov : « La nature meurt d'exister. La nature est mort-née. »

La formule est abrupte. Elle dit que la nature n'existe pas. N'a jamais existé puisqu'elle était déjà corrompue à sa naissance. Du coup, le concept d'écologie vacille à son tour : comment pourrait-on détériorer une nature non advenue ? Comment l'écologie saurait-elle restaurer ce qui ne fut jamais ?

On concevra, dès lors, que nous autres, écologistes intégristes, nous considérions avec un peu de pitié les couinements des écologistes *soft.* Ces gens-là ne sont pas sérieux. Ils gémissent sur le massacre d'une nature de laquelle ils n'ont point la moindre idée, et qui du reste n'existe pas ainsi que l'atteste le jugement d'Ivan Spermiakov. De quel droit décident-ils, les « Verts », que la bonne nature, la nature propre, et pure, et intègre, ce fut celle du XIXe finissant, ou bien celle des Lumières, ou celle d'Homère ?

Rien de plus subjectif que l'écologie. Chaque écologiste a sa nature, sa « bonne nature » dans sa besace, et bien malin qui accordera toutes ces natures les unes avec les autres. Pour celui-ci, c'est le temps des lampes à huile, pour cet autre, le temps des pataches, le temps du village où le clocher sonnait douze heures, celui des tentes de peaux de chèvre, celui des artisans perdus, celui des limpides rivières, des relais de poste, du grincement des roues de bois dans les soirs violets ou pourpres.

Qu'est-ce que c'est que cette nature qui se balade le long du fil des temps au gré des pulsions, des enfances, des souvenirs et des grand-mères de chaque écologiste ?

Parlons des chemins de fer ! On s'extasie sur les tortillards, si gentils, si capricieux, si lents, et qui, à chaque gare, font monter dans leurs wagons des odeurs de lavande, des criquets et des libellules, vestiges d'une civilisation à visage humain. Mais en 1848 quand le chemin de fer fonce à quarante kilomètres à l'heure, les savants et les écologistes à venir prédisent que les vaches feront du lait gâté et les femmes des fausses couches.

R. L. Stevenson, dans son *Voyage avec un âne dans les Cévennes,* annonce lugubrement que le Gévaudan est fichu car le train le perfore. Au siècle précédent, Jean-Jacques Rousseau est furieux de voir des fabriques de chocolat sur les montagnes de la Suisse.

Chacun de nous conserve dans sa mémoire son paradis perdu. Les uns le placent dans les villages de Vercingétorix ou bien dans des cabanes juchées sur des arbres et d'autres regrettent le passage à niveau, les steamers, les clippers, les goélettes. Ou bien l'eau des sources, les cabinets sans chasse d'eau. Ou bien la cuisine au bois ou au charbon, ou même le bifteck de bison qu'Attila faisait cuire dans sa culotte.

On se lamente sur les forêts qui succombent aux autoroutes et aux vapeurs industrielles. Mais personne n'a jamais rencontré la moindre forêt primordiale. La forêt, ça n'existe pas, ça n'existe pas ! Celles que nous nommons ainsi sont des jardins et tant mieux car la forêt primordiale était une horreur.

Tacite nous décrit en Germanie un cauchemar d'arbres rabougris, ténébreux, tordus, étouffés de mauvaises herbes. Il a fallu soixante siècles de science agronomique et d'horticulteurs pour que les hommes ajoutent à la nature (si du moins ce mot a un sens) ces futaies belles comme des cathédrales, propres, saines, claires, pénétrables et qui font nos délices.

Toute nature est un artifice, un décor, un théâtre, un maquillage, un « objet virtuel ». Tout ce qui nous émeut comme revenu d'antan est en réalité né du jour, fabriqué à l'instant par les hommes du XXe siècle. Nous construisons à la chaîne des bosquets d'origine, des rivières d'Adam, des bons vieux temps, des paysages préhistoriques, un peu comme on commande, chez un architecte et après en avoir examiné les maquettes, une maison Phénix.

Les plus perfectionnées de ces maquettes sont les parcs nationaux dont on saupoudre la géographie. On entasse là-dedans tout un bric-à-brac, des arbres en voie de disparition, des mouflons égarés depuis deux siècles, des lièvres découragés de s'éteindre et des corbeaux angoissés.

On retaille les collines pour leur donner la patine des anciens matins. On ouvre des chemins du XVIIIe siècle, on fabrique dans les zoos des animaux introuvables dans les déserts et les jungles. A tout ce bric-à-brac à peine sorti d'usine, on ajoute des gardiens, on leur met des casquettes et on nous fourgue l'objet comme un petit bout de nature vivante, une nature garantie d'époque avec son label d'origine, même si la peinture est encore un peu trop fraîche, comme un faux Chardin ou un faux Rubens revendus à la va-vite, même si l'on entend le bruit des machines qui ronronnent derrière le décor et qui font du parc national un théâtre de verdure dans lequel somnolent des animaux aussi spontanés que les engrenages d'une machine-outil.

Se balader dans un parc du Kenya ou d'Afrique du Sud, c'est se demander si les lions, les girafes et toutes les bêtes qui s'y trouvent ne furent pas inventés et façonnés par l'homme, dans les laboratoires de Frankenstein.

Ultime perversion de la science écologique : cette nature « virtuelle » que ses sectateurs s'attachent à manufacturer suscite des tonnes de règlements, de décrets-lois, de directives, de modes d'emploi, de circulaires, de contrôles, de services après-vente, et la vie, doucement, s'étouffe. Chaque matin, en ouvrant mon journal, j'apprends que mon indépendance a été rognée dans la nuit, que de nouveaux barbelés protègent ma liberté, que les écologistes ont obtenu de nouvelles « mises en examen ». Chacun de nous n'est plus que le représentant d'une espèce protégée, un tigre du Bengale, un cétacé.

On aura compris que je n'ai rien contre les « Verts ». Mais, comme j'appartiens à la famille des fondamentalistes, je suis pris d'un doute : en m'inscrivant dans le camp des écologistes, je croyais que j'appareillais pour les plages de l'Arcadie. Et j'ai emménagé dans une caserne.

La douleur de l'autre

En ce temps-là, je fréquentais des Néo-Zélandais. Un d'eux s'appelait Douglas Rupert. Il était grand et il aimait les baleines. Chaque année, il armait son bateau et sillonnait les mers du Sud en quête de délivrer les cétacés emberlificotés par mégarde dans des filets dérivants.

Une fois il avait lutté plusieurs heures dans une mer horrible. Quand il eut déchiré les mailles mortelles, il était exténué. Il manqua de s'évanouir et se réconforta d'un bon repas.

– Nous l'avions bien mérité puisque nous avions rendu la vie à cette pauvre bête.

Je lui ai demandé ce qu'ils avaient mangé.

– Des langoustes. Merveilleuses...

Je me suis gendarmé : comment avait-il eu le cœur, lui si tendre aux baleines, d'assassiner une langouste ? Douglas fut déconcerté. Il ne comprenait pas mon émotion.

– Mais voyons, me dit-il de sa voix rauque, vous oubliez qu'une baleine, comme du reste un mégaptère, un dauphin, un marsouin ou un narval, est un cétacé. Et un cétacé est un mammifère. Les femelles baleines allaitent leurs petits, comme les femelles des hommes. Vous comprenez ? Mais une langouste, allons donc ! Avez-vous jamais vu une femelle langouste donner le sein ? Ha ! Ha ! Ha ! Ce n'est pas du tout un mammifère. Une langouste, c'est un arthropode...

J'ai évoqué la question du racisme. L'amour des autres, notre compassion à la douleur universelle nous commandent d'aimer tout être humain, les Cafres et les Inuits, les messieurs boshimans ou les dames damascènes, les Zambéziens et les Corréziens, comme aussi tout être vivant, lapin, écureuil, hyène ou rhinocéros. Ou arthropode.

Le chagrin de l'autre, ai-je dit pédantesquement, est sacré, c'est un absolu, non un relatif, quelle que soit la trombine de cet autre, et peu importe que cet autre ait deux pieds, dix pieds, ou même cinquante pieds, que ses yeux soient des globes ou des facettes, que son corps soit protégé de chitine ou de plumes.

Dans ma fougue, j'ai cité une phrase de Victor Hugo, consacrée à la douleur des araignées et des orties, mais Victor Hugo, Douglas s'en souciait comme d'une pomme. J'ai invoqué Brassens qui montre une belle sensibilité au chagrin de l'autre puisqu'il choisit de faire l'amour aux filles délaissées (« Cette fille est trop vilaine / Il me la faut... »).

Douglas a eu un rire assez désobligeant pour Brassens. Il réitéra qu'il aimait bien manger les langoustes, voilà tout, et le reste était littérature.

A ce moment-là, j'ai trouvé un peu par hasard, sous le coup de la colère, une idée que j'ai aussitôt exprimée (peut-être avec un peu de précipitation, même). J'ai dit à Douglas que nous ne méritons le beau nom d'homme que si nous partageons le malheur du

« lointain », pas seulement celui du « prochain ». C'est trop facile de souffrir si votre mère meurt ! C'est un jeu d'enfant ! A la portée du premier venu ! Mais souffrir si votre ennemi souffre, « voilà ce que j'appelle vertu, mon bon Douglas ! ».

Le débat s'est envenimé. J'ai dit à Douglas que la pitié portée à la douleur du prochain, par exemple à celle d'un cétacé, n'était qu'une forme masquée, rusée, sournoise, délétère et pour tout dire nauséabonde de l'amour de soi.

Si j'avais eu la chance d'être Dieu, Douglas devait s'en convaincre, j'aurais certes bâti un paradis car tous les dieux font ça. Eh bien, dans mon paradis, je réserverais les meilleures places, les houris les plus sensuelles, aux hommes qui cajolent les langoustes, pas aux supporters des cétacés. Je ne jurerais même pas que j'y recevrais les mères qui aiment leurs enfants, en tout cas sûrement pas celles qui se vantent de cet amour. « Narcissisme, et même égoïsme, criais-je, que cet apitoiement sur soi-même par enfant interposé ! »

De ce jour, je me suis mis à chérir plutôt mes lointains que mes prochains. Je passais mon temps à les chercher, ces lointains, et quand j'en repérais un, je n'étais pas près de le laisser filer. J'en faisais mon miel. Je m'exerçais à larmoyer si le plus méchant de mes collègues, le plus malveillant, le plus immonde, était malheureux.

Au début, mon entreprise a marché assez bien : j'ai aimé des crapauds et des porcs. Grâce à un pique-nique en famille, j'ai empêché un de mes neveux, par le moyen d'une claque monumentale, d'écraser une guêpe. Qu'est-ce que je fus content, ce jour-là ! Le roi n'était pas mon cousin !

Malheureusement, quelques mois plus tard, j'ai fait un voyage en Inde, dans le Gujerat qui s'étend au nord de Bombay et dont le gouverneur avalait chaque jour, pour se mettre en jambe, un bol d'urine de vache sacrée.

Un matin, je me promenais dans la douce campagne d'Ahmedabad et j'ai croisé une bande d'hommes et de femmes d'une extrême distinction. Ils avaient la beauté des anges, avec leur haute taille, leur calme, leurs figures de paradis, leurs robes immaculées. Ils avançaient de front, sur toute la largeur du chemin, à pas très lents, une gaze sur la bouche, et en balayant le sol devant eux.

J'en demandai la raison. On m'apprit que ces Indiens-là étaient des jaïns, des hommes spécialisés dans l'amour des autres, de tous les autres, y compris des créatures les plus infimes ou les plus viles. Les jaïns craignent tellement la souffrance des autres qu'ils balaient le sol avant de poser leurs pieds, crainte d'écraser une vermine handicapée, une mouche pauvre, une vieille libellule.

J'étais enchanté : ces jaïns apportaient de l'eau à mon moulin. Dès mon retour à Paris, j'irais voir mon ami Douglas et je lui laverais la tête de la belle façon : mes jaïns apprendraient au soi-disant ami des baleines ce qu'aimer veut dire.

J'ai voulu m'instruire sur ces jaïns. Dans le *Guide bleu* de l'Inde, j'ai feuilleté les pages consacrées à Ahmedabad, cette ville édifiée, comme dit si bien le texte, « entre la splendeur et la poussière ».

J'ai appris que les jaïns possèdent, dans la vieille cité, au cœur du Panjar Pol exactement, un hospice destiné aux animaux mutilés, malades ou tristes. Le *Guide bleu* (page 228) ajoutait cette précision qu'une chambre est mise gratuitement à la disposition des voyageurs, « pourvu que ceux-ci consentent à payer l'impôt du sang, c'est-à-dire à ne pas s'opposer à ce que les insectes malades se repaissent de leurs corps ».

Sitôt lu, sitôt fait : je me suis lancé à la recherche de ce Panjar Pol. Pour tout dire, je n'en menais pas trop large mais que faire ? J'étais prisonnier de mon idéologie, de cet amour du lointain dont l'éblouissante clarté m'avait illuminé par le truchement de la langouste de Douglas, je ne pouvais guère renâcler.

La nuit fut longue. Elle commença par un cheval, extrêmement aimable, assurément, mais détestant la solitude et qui s'était mis en tête de me tenir compagnie. J'ai réussi à le raisonner, sans l'injurier ni l'humilier, car les prêtres jaïns veillaient au grain.

La suite fut plus aventureuse : un défilé d'insectes s'organisa dans ma chambre. Un crapaud sauta dans la cuvette de toilette. Il avait l'air mécontent. Je lui souris. Puis des moustiques firent un raffut du diable, des chenilles, des blattes, des punaises grimpèrent jusqu'au plafond, avec le projet de se laisser tomber sur ma couche.

J'entendais des frôlements, des bruits de mandibules. Mon contrat avec l'hospice, comme mon attachement à la théorie de la douleur du lointain, m'interdisait non seulement de frapper ces bestioles mais même de hausser la voix, crainte de les vexer et d'augmenter leur mélancolie.

Vers les minuit, une grosse araignée qui me paraissait fiévreuse commença à grimper le long du lit. Pendant un moment, je me rassurai en me persuadant que cet assaut de bestioles acariâtres était un banal cauchemar mais quand l'araignée m'eut mordu la fesse, je consentis que ce cauchemar était bien réel.

La transparente cloison qui sépare la réalité du rêve venait de s'effondrer : c'était intéressant mais j'avais mal à la fesse.

Le matin, la glace, du reste ébréchée, de la cellule me montra un curieux spectacle. Des cloques partout, des démangeaisons, cette morsure de l'araignée... Et une humeur incertaine.

J'hésitais si j'étais allègre ou furieux : en un sens, j'étais aux anges puisque j'avais souffert de la douleur des autres et, parmi les autres, j'avais eu le plaisir de rencontrer les autres les plus rébarbatifs. D'un autre côté, cependant, je m'interrogeais si je n'avais pas péché par dogmatisme car enfin, ces moustiques jouisseurs, ces cafards idiots, ces longs vers pleins de poils et surtout cette araignée vorace étaient des fripons : j'avais été correct à leur égard. Ils m'avaient malmené.

C'était injuste : moi, j'avais appliqué à la lettre la règle du chagrin du lointain. Eux avaient trahi : non seulement ils s'étaient révélés insensibles à ma souffrance, encore ils s'étaient payé le luxe de m'infliger eux-mêmes cette souffrance. Peut-être en avaient-ils joui !

Si encore cette araignée, ces vermisseaux, ces cloportes, ces scolopendres avaient été français mais non ! Des cloportes indiens ! Qu'est-ce que j'avais à faire avec ça ? Nous n'appartenions pas à la même culture, nous n'avions ni les mêmes souvenirs ni des rêves semblables. Autant je peux me sentir en complicité avec une araignée de France, autant une araignée de l'Inde, je n'ai rien à lui dire.

Et même une araignée de France ! Pour être tout à fait sincère, je dois avouer qu'elle ne m'émeut pas beaucoup, l'araignée de France. Seules me touchent les araignées originaires comme moi des Basses-Alpes, si possible même du village de Champtercier où mon grand-père, Georges Aubin, qui portait un lorgnon et dont les mœurs étaient douces, possédait une maison. La douleur d'une araignée de Champtercier, alors là, pardon ! Je fais tout pour la soulager et si je n'y arrive pas, j'en pâtis. Mais une araignée d'Ahmedabad !

On voit que j'étais sur une mauvaise pente. Cette nuit d'Ahmedabad fut pour moi ce que fut à Valéry la nuit génoise, à saint Paul le chemin de Damas, à Pascal la nuit du mémorial ou à Claudel le pilier de Notre-Dame. J'en sortais métamorphosé. J'étais devenu responsable et prêt à certains accommodements : le jaïnisme était certes une haute sagesse mais je ne faisais pas partie de ces athlètes de l'amour que sont les jaïns.

Je revins à mes anciennes manières. Sans aller jusqu'à préférer la Corrèze au Zambèze, je me résignais à aimer mes proches, à partager l'affliction d'un compagnon de travail, d'un cousin, d'un enfant, d'un SDF qui campe à ma porte, avant de pleurer sur le « mandarin chinois » ! Je fais ce que je peux. Et tant pis si je ne suis pas un saint, pourvu que j'aide à suspendre un peu la douleur de l'autre, cet autre fût-il en somme moi-même. La nuit d'Ahmedabad m'avait appris la modestie.

Le grain de sel

Nous finissions de déjeuner aux « Trois Rois ». La conversation se fatiguait. Sir William bourra sa pipe, avec du reste une lenteur exaspérante, commanda un whisky et nous raconta ses chasses au tigre dans les forêts du Bengale. Il le faisait avec brio mais nous avions déjà tué mille tigres en sa compagnie. Aussi Christian M. nous posa une devinette : « Quelle est-elle, selon vous, nous dit-il de cette voix un peu précieuse que je crois que j'entends encore à travers les années, quelle est-elle, la vertu cardinale d'un grand chef cuisinier ? » Nous pataugeâmes assez et Christian M. nous procura la réponse : « Le grand chef est celui qui sait exactement doser le sel. »

Nous nous esclaffâmes avec un bel ensemble et sir William revint à ses tigres. Dans les jours qui suivirent, cependant, ce sel fit son chemin dans ma tête. Il occupa maintes de mes insomnies.

Aujourd'hui, tandis que ces journées paisibles se sont en allées, et comme le cher Christian M. est convié sans doute à de plus sombres agapes, je me persuade que notre ami nous avait en effet désigné l'or philosophal duquel procède toute cuisine. Et je me flatte que j'honore sa mémoire en creusant un peu ce grain de sel.

Le geste du jeteur de sel dans la soupe, d'abord : il est admirable et ne se plie à aucune réglementation. Le flair, la délicatesse, l'amour – en somme, la poésie – le régissent seuls. Le mouvement négligent et vigoureux de la « main à sel » (qui vaut bien la « main à plume » et même la « main à charrue ») s'apparente, je le déclare aujourd'hui, au bras si émouvant de la Semeuse, sur les pages du vieux Larousse, quand elle s'occupe d'ensemencer comme en un rêve la terre du bon Dieu : geste féminin par sa subtilité et mâle par sa fermeté, geste androgyne et geste dangereux au surplus.

Dangereux car le chef n'ignore pas qu'un seul grain de sel en excès a des effets irréparables. On peut saler un rôti ou un potage : on ne le dessale pas, telle est la loi du sel. Le sel est irrévocable. Il ne supporte pas le retour en arrière. Comme une rivière ne saurait remonter vers sa source (mis à part le cas extraordinaire du fleuve Alphée), de même le sel est sous le signe de l'irréversible. Il est pareil au temps et à l'Histoire ensemble : le sel est une fatalité.

Il y a davantage. A mes yeux, le sel est une morale : le saleur, au moment qu'il sale, éprouve la hauteur, la décence, l'ambition, la générosité aussi de son office, j'allais dire de sa mission. Ne se donne-t-il pas à tâche de déceler, dans les ombres, le point innommable qui réconciliera, autour de sa pincée de sel, les goûts disséminés, contraires et ennemis de ceux qu'il doit nourrir et réjouir.

Seule une très grande âme, ouverte aux secrets de chacun et compatissante à toutes les singularités saura déterminer l'impensable dose qui comblera à la fois ceux qui croient au sel et ceux qui n'y croient pas, la combinatoire qui saura se garder de la fadeur autant que de l'excès.

Au-dessus de la marmite, la main un bref instant hésite. Le fléau de la balance frissonne. Un grain de sel de trop et les uns prendront la fuite. Un grain de moins et les autres se lamenteront. Découvrir le juste équilibre et rassembler les incompatibles sont un bel acte d'amour.

Il va de soi que la loi du grain de sel s'applique à tous les épisodes de l'art culinaire. Le grand chef connaît, de science secrète, le mélange impensable qui enchante pareillement celui qui aime les sauces et celui qui ne les aime pas, le sectateur du bouilli et l'adepte du croustillant.

A ces vertus s'ajoute celle du minuscule et presque du néant : qu'est-il donc, ce grain de sel, si on le mesure aux épaisseurs d'un cuissot de porc, à la rusticité du chou ? Un souffle à peine ou un reflet, un bruissement de satin, un mouvement furtif, en somme une pincée de néant.

C'est ce qui apparente le sel et le grand Johannes Kepler (1571-1630). On se rappelle que l'inventeur du mouvement elliptique eut un jour le devoir de présenter ses vœux à son protecteur Johannes Weckler. Or, en ce temps-là, un jeu faisait fureur parmi les snobs de Prague : on rivalisait à trouver l'objet le plus précieux pour en faire offrande à son mécène. Et, selon les poètes de la Cour, l'objet le plus précieux, c'est le rien. Leur démonstration était la suivante : quelle chose, interrogeaient-ils, est plus rare que l'or ? Rien. Quelle chose est plus vaste que l'océan ? Rien. Plus dure que le fer ? Rien. Etc. Donc, rien n'est au-dessus de rien.

Kepler se mit en quête d'un rien qui fût cependant quelque chose puisqu'il lui revenait de l'offrir, cette chose, à son souverain. Il se creusa la tête. Et comme il était très formé aux sciences physiques, il eut tôt fait de découvrir un objet qui existât et qui fût pourtant aux lisières du néant.

« La chance, dit Kepler, voulut que ce jour-là des vapeurs se condensèrent en neige sous l'effet du froid et que de petits flocons tombèrent çà et là, sur mon habit, tous sexangulaires, avec des rayons velus. La voilà, par Hercule, la chose plus petite qu'une quelconque goutte d'eau et pourtant figurée. Voilà une étrenne privilégiée pour un amateur du rien ! »

Et Kepler écrit pour son Prince un éblouissant traité sur la neige et le rien : *L'Etrenne ou la neige sexangulaire.*

Le grain de sel est comme le flocon de Kepler : à la fois existant et si proche de l'infime qu'il frôle les territoires du néant. A peine on le distingue, mais il va révulser le goût d'un potage ou glorifier le fumet d'un sanglier. C'est en ce sens qu'il participe des sciences subtiles, c'est-à-dire microscopiques. Le sel nous enseigne que la haute cuisine s'accomplit dans l'ordre de l'infiniment petit : pour délicieuses que soient les matières à manger, ce qui les exalte est l'infime : un dosage de l'eau ou de l'huile, un poivre, un fantôme d'épice voyageur, un soupçon de sel.

C'est dans ces ingrédients indicibles que se blottit le génie de la cuisine. Par exemple, dans mon pays qui est la Provence et même la haute Provence, c'est-à-dire une province étrangère aux vulgarités de la toute proche Côte d'Azur et mieux versée dans les industries délicates, nous sommes jaloux de nos herbes, thym, sauge...

Or, je connais une dame qui vient du Nord, la pauvre, et qui se croit obligée, chaque été, quand elle partage notre humble brouet dans notre maison de Digne, de sacrifier aux us de la Provence. Résultat : elle ne peut pas servir un bifteck sans l'empaqueter d'une couche de thym, d'une pommade de pèbre d'ail. Elle croit bien agir, l'infortunée, et nous faire allégeance quand elle va au rebours de nos vœux : nous autres, qui sommes de race orgueilleuse et modeste, familière des périls et des misères, nous savons de science natale que nos herbes doivent être utilisées à la manière du sel, à doses indiscernables, proches du rien, comme dit Johannes Kepler, au point que j'ai parfois soutenu, non sans quelque malice, que c'est l'absence de nos herbes qui fournit leur mystère à nos gigots, par exemple ceux de Sisteron.

J'ajouterai que le sel de mon ami Christian M. – et ma voix se voile, à évoquer son souvenir, d'un rien de mélancolie – a un charme ultime : il abolit à la fois la science culinaire et la figure de ces grands cuisiniers dont on me dit qu'il serait séant que je les admire. Ce sel nous apprend que les arcanes de la cuisine ne s'énoncent point. Le sel est rebelle aux anthologies, aux prescriptions et aux ordonnances. Il échappe aux lois, et nulle balance, jamais, ne nous dira la voie à suivre et les doses à connaître.

Tous ces gros bonshommes qui nous assomment dans les télévisions, les radios et les suppléments des magazines, avec leurs figures luisantes, leurs rodomontades et leurs sévérités ne sauront jamais rivaliser avec les vraies magiciennes de la cuisine : ces vieilles mains qui tremblent au-dessus du potage, de la purée ou du perdreau pour y ajouter un peu de rien.

Le grain de sel

Il arrive que je rêve d'un livre de cuisine qui ne s'attacherait qu'à nous instruire sur ce maniement respectueux du sel. Les avantages d'un pareil ouvrage ne seraient point négligeables. D'abord, toute la littérature culinaire se réduirait à un seul opuscule, celui qui traiterait de l'usage du sel. Mieux encore : ce livre serait un livre blanc, tant il est clair qu'un grain de sel est rebelle à toute pédagogie, à tout commandement et même à tout conseil. De la sorte, nous serions enfin débarrassés de tous les livres de cuisine, de la cuisine elle-même et de la gastronomie. Ce livre vide, ce livre de néant, ne serait pourtant pas un livre vain : il nous dirait que la cuisine obéit à la loi de la rose de Mallarmé : absente de tout bouquet.

Le patriotisme

On m'informe que la France revient. Je ne l'avais pas vue partir et voilà qu'il me faut la saluer quand je croyais qu'elle ne m'avait pas quitté. Il est vrai qu'elle était muette depuis si longtemps ! Comment deviner qu'elle avait cessé de me parler ? Il y a des lustres que je ne l'entendais guère. De mon côté, je n'avais pas grand-chose à lui dire. Aujourd'hui, elle se hisse par surprise au rang de « retour du refoulé ». Peut-être elle consentira à desserrer les dents.

Comme le premier venu, j'ai une certaine idée de la France. La mienne s'est forgée d'un seul coup, c'était avant la guerre, j'allais avec mes parents, nous faisions un voyage d'été. Nous devions franchir la frontière italienne. Je me suis placé à cheval sur l'invisible ligne. D'un côté j'étais français et de l'autre italien : cet écartèlement m'exaltait. J'étais médusé, ravi et paralysé. Malheureusement j'ai reçu une bonne gifle car un autobus nous attendait et nous risquions de le manquer. Je tirai à moi ma jambe française et je grimpai dans le car italien.

Depuis, les frontières me troublent. Dans les paysages que je traverse, je prélève les limites. Je me spécialise dans les lisières, les fleuves, les finisterres, les piémonts. Par exemple je fais volontiers la route Napoléon, entre Digne et Grenoble, car, à Luz-la-Croix-Haute, court une frontière invisible avec des douaniers transparents chargés de contrôler le mouvement des climats : au nord du col de Luz-la-Croix-Haute il y a toujours un tas de cumulus, des cumulonimbus et des ciels embrouillés. Au Sud commence le domaine des stratus et de l'azur.

Ce goût des frontières s'aggravait d'une légende familiale. On m'avait raconté que mon grand-père avait participé dans les années 1870 au tracé des frontières dans la région de Lanslebourg en Savoie. Pour un intoxiqué des postes de douane, un pareil grand-père était pain bénit. Je voyais les paysages avec son idée. Je l'imaginais comme un dieu qui décide en son âme que cette ferme et ces coquelicots sont italiens alors que ces moutons et ces mélèzes sont français.

J'avais décidé, sans le dire à personne, que je suivrais l'exemple de ce grand-père : quand je serais grand, je me ferais « fabricateur de frontières ». J'arpenterais des solitudes. Je serais équipé d'une paire de jumelles et d'un mètre ruban. Je ressemblerais au destin. Je dirais bonjour, très aimablement, et l'air de rien, à des paysannes, et le soir, dans mon bureau, je déciderais que ces personnes sont françaises, espagnoles, suisses ou italiennes. Ce petit métier avait de l'avenir : la France possède beaucoup de frontières, jolies dans l'ensemble, mais remuantes, je ne risquais pas de manquer de travail.

Dans les années suivantes, j'ai évolué. Peut-être à cause de la fin de l'enfance et puis un autre fabricateur de frontières, un Allemand bien plus énergique

que moi, était entré dans la carrière. Je négligeai mon projet.

Le coup final à ma vocation frontalière me fut assené par Rimbaud dont le poème « Les douaniers » me parut terrible et même désobligeant pour notre corporation :

« Ceux qui disent : Cré Nom, ceux qui disent : Macache,
Soldats, marins, débris d'Empire, retraités,
Sont nuls, très nuls, devant les Soldats des Traités,
Qui tailladent l'azur frontière à grands coups d'hache. »

Le patriotisme n'était plus mon amour. J'avais la haine de l'histoire, de ses imbécillités, de son sang, de ses sanies. Le drapeau, les sonneries aux morts, les orgueils et les vanités, les liesses des matchs de football, les pacotilles de l'honneur, les choses tricolores, tout cela m'ennuyait, me répugnait. Sans l'aide de Pascal, je mesurais que rien ne fait plus honte à la raison qu'une rivière borne.

Malheureusement, dès qu'une idée de cette sorte s'est nichée dans votre cervelle, d'autres idées suivent et entreprennent leur sale travail de démolition. Je me disais : s'il est stupide, narcissique et même odieux d'être français parce qu'on a vagi dans un berceau français, comment accepter d'embrasser la foi catholique sous le prétexte qu'on n'est pas né en Chine ?

Ces idées n'ont l'air de rien mais elles grignotent et bientôt elles ne laissent rien debout. De proche en proche, tout vacillait, tout s'ébranlait. Je ne découvrais plus, devant moi, que des terrains vagues. Je finis par trouver dégoûtant et même égoïste d'être né au XXe siècle alors qu'il existe tellement d'autres siècles, celui d'Hugues Capet par exemple ou celui de Gengis Khan, sans parler des siècles partis sans laisser de traces, mes préférés. La démolition n'en finissait plus. J'étais à la tête d'un Empire de poussière. Je régnais sur du décombre.

Toutes ces idées produisaient des migraines. Je finis par céder. J'abandonnai. J'acceptai qu'au défi de toute raison j'étais malgré tout né en France, au XXe siècle et que j'étais condamné à faire mon voyage avec ces emblèmes et ces oripeaux, un peu comme une mule porte des paniers qu'elle n'a pas choisis. Le tout était de n'y pas attacher d'importance.

Là-dessus la guerre d'Algérie éclata et je me suis retrouvé penaud : je commis la sottise, ou l'imprudence, de me sentir fraternel aux Algériens. Je comprenais, je partageais leur révolte : de quel droit la France leur avait-elle chipé en 1830 leur identité et leur territoire ?

C'est ainsi que je me suis retrouvé, sans m'en apercevoir, enrôlé dans la bande des patriotes. Quand je m'en suis rendu compte, je ne fus pas trop fier de moi : par quelle perversion étais-je si sensible au patriotisme des Algériens ? Je me suis alors livré à des acrobaties dans l'espoir d'accorder ces incompatibles. Je me confectionnai en catastrophe une petite doctrine selon quoi les Algériens étaient moins des patriotes que des victimes du patriotisme. Ils se rebellaient contre une oppression qui était elle-même un effet du patriotisme français. Il suivait que les Algériens étaient comme moi des ennemis du patriotisme, des antipatriotes. Oui, mais alors, pourquoi se battaient-ils pour avoir une patrie ? Mon Dieu, que c'était compliqué !

Ces contorsions n'ont pas donné beaucoup de résultats. J'avais beau puiser dans mes stocks de mauvaise foi, je devais passer aux aveux : ces Algériens dont je me sentais solidaire étaient des hommes qui voulaient une patrie ou bien une mort. A la fin, je me suis retrouvé embrouillé comme les bras et les jambes d'un antipodiste. J'étais antipatriote et patriote ensemble.

Depuis ce temps, j'ai mis un peu d'eau dans mon vin. Maintenant, je dis : « Mais vous savez, cette histoire de patriotisme, c'est plus compliqué que ça... Voyez-vous, moi qui vous parle etc... etc... »

Voilà la France. Une glu. Une seccotine. On lui claque la porte au nez et on découvre qu'elle n'a pas besoin d'entrer car elle occupait déjà les lieux depuis toujours, discrète, sournoise, intraitable, mielleuse, inexpulsable.

Par exemple, je souffre d'une incapacité hors du commun en matière de langues étrangères. J'ai gâché des nuits à apprendre l'anglais ou l'allemand car je voulais lire Shakespeare et Goethe dans leur langue. Catastrophe ! Cet échec me reconduisait aux frontières et aux patries, avec une petite halte dans les propriétés de Bernardin de Saint-Pierre. Je dus convenir en effet que le bon Dieu, ou la Nécessité, avait bien fait les choses en me faisant naître en France, c'est-à-dire dans le seul morceau de la terre dont j'arrive à comprendre la langue. Serais-je né par inadvertance au Japon ou en Autriche, j'aurais été muet et sourd, voué à une solitude déprimante car enfin, qu'aurais-je fait de mon français chez des gens qui ne parlent que le japonais ?

La même fatalité s'applique aux fruits et aux légumes : j'ai beau m'escrimer, je n'apprécie ni les papayes, ni la mangue, ni les poulets de Singapour (j'aime bien le couscous mais c'est à cause des généraux Bugeaud et Lamoricière). Mes fruits sont la poire, l'abricot, la pêche. Là encore, la Providence a bien manigancé sa petite affaire : serais-je venu au monde sous les tropiques, je serais mort d'inanition faute de prunes, de pommes, de poulets des Landes, de bœufs charolais.

Je soupçonne qu'il y a un rien de déraison dans ces deux dernières remarques, mais le patriotisme, son fort n'est pas la raison.

J'aimais beaucoup la guerre

J'aimais beaucoup la guerre, surtout quand les boîtes étaient rouges. Les soldats étaient de toutes les couleurs. Les officiers, en attendant que le conflit éclate, révisaient leurs leçons de Saint-Cyr. Ils s'exerçaient aux postures héroïques, de manière à ne pas les rater le jour où ils bondiraient hors de leurs tranchées, sabre au clair. Immobiles, sur leurs chevaux pétrifiés, ils semblaient saisis, en plein galop, par une crampe incompréhensible. Ils avaient l'air dynamique et mécontent.

Le temps n'était pas encore en route et j'étais le maître du temps, j'étais le temps : c'est à mon commandement que ces soldats allaient quitter leurs boîtes, secouer leur léthargie, courir comme des fous, lâcher leur coup, égorger de pauvres bougres, mourir peut-être.

Je ne jetais pas tout de suite mes guerriers dans la bataille, moins pour compléter leur instruction qui était excellente que pour jouir de leurs élégances. Je profitais de ce délai pour produire un peu de pitié : se doutaient-ils, mes petits bonshommes, que j'allais lancer la grande roue du temps, leur offrir la vie et la mort ensemble ? A mon caprice, ils aimeraient des lavandières, ils diraient des obscénités, ils feraient des jours de tôle, ils perdraient des membres et des têtes, leurs entrailles couleraient, leurs fiancées pleureraient.

Je pensais à Dieu. Comme lui, j'avais le cœur en débandade au moment d'insuffler la vie dans mes figurines. Pauvre Dieu ! Il n'était point coupable. Certes, on peut lui reprocher d'avoir accepté ce métier-là, mais qui ne commet point de bourdes, et puis le titre est flatteur, mais une fois installé dans sa fonction, comment se dérober ?

J'étais bien placé pour connaître l'infini de sa solitude, sa tristesse et qu'il était inconsolé. Devant mes boîtes rouges, je comprenais ses tourments. Nous autres, dieux, on nous trouve cruels ou légers, insensibles, frivoles, on nous appelle « dieu des mouches », mais ceux qui, comme moi, ont créé le Temps, même une seule fois, savent bien que les dieux ne sont pas méchants, ce sont des besogneux. Ils font ce qu'ils peuvent. Ils sont ligotés à leur fonction de Dieu, ils sont coincés.

En cet instant où ils lancent le Temps (en cet instant énigmatique car, enfin, comment repérer un instant dans une éternité ? Comment Dieu s'est-il débrouillé pour le découvrir, cet instant camouflé dans le méli-mélo inerte de l'éternité, ce trou infime par lequel va se précipiter le temps ?), oui, à cette seconde où les dieux poussent du doigt le balancier de l'horloge, l'horreur commence : toutes ces créatures qu'ils ont forgées et peintes avec tant de talent, pendant les six jours de la Genèse, et qui sont si chatoyantes et si propres aussi longtemps que le temps somnole, les voilà mangées des vers, décharnées, cadavériques, et s'ils pouvaient suspendre leur geste, les dieux, faire l'économie de la Création, bloquer les engrenages de l'horloge, bien sûr ils le feraient, je les connais, je ne parle pas à la légère, nous en débattons souvent, mais chacun de nous est rivé à son établi et si vous êtes Dieu, ce serait une jolie lâcheté et même une faute professionnelle grave que de renâcler au moment ultime et de ne pas créer la création. A quoi eussent servi les regrets ? Il eût fallu penser plus tôt à ces choses-là. Puisque j'avais accepté mes boîtes de soldats, j'étais condamné à monter un conflit. Je pouvais bien raconter que j'avais compassion, quelle hypocrisie ! Je n'étais pas là pour pleurnicher. J'avais un devoir à chercher et la réalité rugueuse à étreindre ! La guerre !

Je découvrais que les dieux ont des chouchous, que la vision de l'injustice est le plaisir de Dieu seul. Mes préférés servaient dans les troupes auxiliaires. Je les avais tout de suite appréciés, ils étaient nuls, donc inoffensifs : ils ne sortaient pas de Saint-Cyr, ils ne portaient même pas de fusils (visitant la trappe de Thamié, en Savoie, vers la même époque, 1936 peut-être, j'avais éprouvé des tendresses pour les frères convers, nuls eux aussi, et qui passaient leur vie à vider les fosses à purin pendant que les moines, les vrais soldats de Dieu, dont la vie, certes, n'était pas plus rigolote, avaient la récompense des habits rouges et dorés, des chants grégoriens, du faste des offices et de connaître le latin. Je me consolais en pensant que sur la route du Paradis ils filaient comme des fusées, les petits frères convers, ils remontaient le peloton et ils laissaient sur place les superbes abbés empêtrés dans leur mitre et leur gloire, de sorte que ma pitié changea soudain de camp, je la recyclai et j'en vins même à ignorer ces frères convers qui étaient des rusés, qui faisaient semblant d'être très bêtes, mais qui étaient malins comme des singes car ils avaient fait le bon choix : opprimés, crasseux et humiliés durant leur vie terrestre, c'est vrai, mais ensuite, dans le Ciel, la bamboula éternelle, au lieu que les abbés, bêtes comme leurs pieds, avaient fait un choix désastreux : choyés sur la terre et magnifiques mais aucune garantie pour l'éternité !).

Mes troupes auxiliaires étaient composées de braves types, des palefreniers, des cuisiniers, des intendants, des manutentionnaires, des spécialistes de l'épluchage de pommes de terre, des vaguemestres, des chevaux tirant des carioles de munitions. Leurs uniformes étaient lugubres, pas un plumet et pas un brandebourg, des capotes grises, des molletières et des culottes taillées dans de mauvais tissus. A jamais hébétés, ils vaquaient tranquillement à leurs occupations et j'aimais surtout les plus humbles, ces pioupious préposés à la lessive qui étendaient éternellement des chemises et des pantalons sur de minuscules cordes à linge. J'organisais leur bivouac avec amour. J'en aimais la paix et la douceur, mais je ne me faisais pas d'illusion : une fois la guerre déclarée, ils étaient aussi exposés que les tirailleurs sénégalais et les obus les auraient vite écrabouillés.

Ces auxiliaires, qui étaient fabriqués, je me demande bien pourquoi, en Belgique, avaient une autre étrangeté : ils étaient plats, de simples silhouettes, comme si le grand état-major des soldats de plomb avait voulu marquer son mépris et n'avait engagé pour ces besognes misérables que des hommes d'une maigreur extrême, un peu de peau et un peu d'os. Face aux costauds qui servaient dans les troupes du front, hussards et dragons, chasseurs, cosaques ou tirailleurs, les auxiliaires exhibaient des constitutions physiques lamentables, des poitrines minuscules, des jambes de gerboise, des bras étiques, la première empoignade les anéantirait. Et comment allaient-ils s'y prendre pour mourir d'une manière un peu digne, c'est-à-dire atroce ? Ils périraient sans vraie douleur et si vite qu'ils n'auraient même pas le temps de hurler, encore moins celui de prononcer un dernier adieu (du reste, ils étaient probablement sans culture générale et ils ne sauraient que dire !). Possédaient-ils même des viscères et du sang, dans des corps aussi plats ? Ils allaient crever au premier souffle de bombe, sans bruit ni trompette, sans même saigner, comme une rosée dans un soleil.

Le climat jouait un grand rôle dans mes actions militaires. Toute mon enfance, j'avais entendu des récits de la bataille de Verdun et je m'étais spécialisé dans la guerre de tranchées pluvieuses. Dans notre jardin de Digne, je creusais des boyaux compliqués, presque inextricables, le long desquels je disposais mes régiments de turcos et de Boers, mes grognards d'empire, mes Sénégalais et mes Annamites. Mes sapeurs construisaient des fortins et des casemates de paille ou de gravier, soutenus de quelques brindilles que je chipais dans le bûcher.

Au contraire de la tradition militaire, je ne lançais guère d'offensives pendant les mois d'été : c'est que les numéros de *L'Illustration* privilégiaient, je ne sais pourquoi, les photographies des moments de pluie et de boue. Aussi, je ne faisais la guerre qu'à partir de l'automne, souvent très tôt le matin pour bénéficier de la brume, ou bien quand le ciel était à la pluie. Les tranchées étaient pleines d'eau. Mes troupes grelottaient. Je perdis plusieurs vaguemestres (qui sont des hommes effacés mais très courageux et tellement utiles car, enfin, si mes soldats avaient la force de tenir le coup, n'était-ce pas grâce aux lettres qu'ils recevaient de l'arrière ?).

Parfois, je faisais donner l'artillerie. Trempé comme une soupe, je bombardais les positions avec des cailloux qui soulevaient des geysers de boue et faisaient voler en éclats des corps désarticulés. La merveille était qu'une tranchée s'effondre. En quelques instants je perdais une section tout entière, les zouaves se noyaient à cause de leurs grandes culottes écarlates, les canons s'enlisaient, des prolonges d'artillerie naufrageaient, une casemate était emportée par une trombe d'eau. Dans le vent et la grêle, des compagnies d'infirmiers – dont je tiens à saluer le dévouement – se précipitaient avec leurs brancards. Elles dégageaient les blessés, entassaient les mourants dans des fosses communes, conduisaient les grands mutilés à l'arrière.

Là, j'avais quelques contentements car des infirmières voilées de blanc venaient les réconforter, les caresser de leurs jolies mains, de leurs seins, leur chuchoter des mots bleus, troublants, elles étaient belles, on aurait dit un tas de mamans. Nous réchauffions les malades dans de petites laines, nous lavions tant bien que mal les plaies mais, bien entendu, dans la violence des intempéries, nous déplorions de nombreux disparus, des blessés, des mutilés, des ensevelis. Mes régiments étaient décimés. Je faisais monter de l'arrière des troupes fraîches, c'est-à-dire sèches et bariolées de frais. Parfois, nous arrivions à recomposer une tête coupée, par le moyen d'une allumette, mais combien de bras avaient disparu dans la tourmente, combien de pieds introuvables ?

Dès que la neige tombait, généralement vers janvier, je changeais d'époque. J'abandonnais les collines dévastées de l'Argonne pour sauter d'un siècle en arrière et ouvrir la campagne de Russie. Plus question de tranchées, la Grande Armée n'aimait pas les tranchées et la neige recouvrait tout le jardin. Les boyaux, les casemates étaient invisibles. Le paysage torturé du Chemin des dames cédait la place aux grandes plaines vagues, lisses, blanches, illimitées, et sournoises de l'Ukraine ou de la Biélorussie. Le général Hiver avait pris les choses en main. Les chevaux mouraient de froid, les soldats congelés se faisaient des abris dans les viscères des chevaux. Je ramassais des pieds gelés, des bras gangrenés. Au printemps, quelques rescapés regagnaient leurs villages. Ils avaient d'affreuses blessures. Ils racontaient leurs souvenirs dans les veillées. Les femmes aimaient ces féroces infirmes, retour des pays froids.

Quelques années plus tard, la guerre de 1939 éclata. Toute la France regarda le ciel, dans la crainte de la Luftwaffe. Un vent de panique souffla sur cette ville de Digne, si éloignée du front cependant, et qui s'était, depuis la préhistoire, si bien gardée de l'Histoire. Les services de la Défense passive nous invitèrent à creuser des tranchées dans les jardins en prévision des bombardements.

Comme j'étais assez bon en jardinage et que j'avais

planté une foule de poiriers dans le carré du fond, mes parents me confièrent la tâche d'ouvrir une tranchée en forme de croix (il paraît que c'était plus sûr, mais j'y voyais un inquiétant symbole) sur l'emplacement de mes anciennes batailles. Ce jour-là, je découvris, sous le fer de ma pioche, un bon contingent de soldats morts ou ensevelis dans les échauffourées de mon enfance. Dans un sens, j'étais heureux de les exhumer, de les délivrer de leur fosse commune, mais ils étaient dans un état regrettable, les années, les pluies et les neiges, les sécheresses des étés, tout cela les avait réduits à rien : le visage dévoré de rouille, leurs peintures écaillées, manchots ou unijambistes, aveugles ou paralytiques, j'en fis des charniers, je confectionnai des ossuaires.

Cette nécessité me permit de compléter ma formation de Dieu : trois ans auparavant, avec mes soldats de plomb, j'avais été le Dieu qui met en route le Temps, la vie et le chagrin. A présent, j'étais le Dieu qui met un terme à l'aventure et qui organise le Jugement dernier. Et comme une petite fanfare de soldats musiciens et plats étaient encore en état de marche, je les engageai à souffler dans leurs infimes trompettes. En trois années à peine, j'avais fait tout le parcours : en 1936, j'avais donné le départ à la Création, en 1939, je la déclarais close, j'étais un Dieu accéléré.

Dans les premiers jours de la guerre de 1939, nous avons connu une alerte aérienne, une seule en vérité, car la ville de Digne dut admettre, avec un peu de dépit et presque de la mauvaise humeur, que les troupes de l'Allemagne ne s'intéressaient pas beaucoup à elle. Peut-être même, sur les cartes de l'état-major allemand, les Basses-Alpes ne figuraient point. Je me souviens de cette unique alerte. Les sirènes hurlaient encore et déjà toute la famille s'était amoncelée dans ma tranchée neuve en forme de croix.

Tandis que nous guettions, sans grand espoir, le vrombissement des avions et le fracas des bombes, j'ai soudain vu apparaître devant moi, à quelques centimètres de mes yeux, collé dans la paroi de terre, un peu comme une fève dans un gâteau des rois, un ultime soldat de mes guerres d'enfance.

Il était mutilé, méconnaissable. Les trois années souterraines l'avaient défiguré, il me regardait de ses yeux morts, d'un air intrigué, et toute ma science militaire, qui n'était pas mince, échoua à déterminer s'il avait appartenu, du temps de son service actif, aux tirailleurs, aux cuirassiers, aux Osmanlis ou aux Heiduques. J'aurais bien aimé restituer le corps aux siens, c'était la moindre des choses, mais impossible de l'identifier, et quel embrouillamini si je me trompais de famille, quelles longues démarches administratives en perspective ! Je rendis le pauvre homme à sa boue.

Guerre et neige

Comme tous les soldats, Napoléon est très bon en géographie. Il ne la distingue pas de l'histoire et s'il veut régenter l'univers, un compas, des crayons et une mappemonde le comblent. A Sainte-Hélène, il s'en explique devant Las Cases : « Parlant du cadastre tel qu'il [Napoléon] l'avait arrêté, il disait qu'il eût pu être considéré, à lui seul, comme la véritable constitution de l'Empire, c'est-à-dire la véritable garantie des propriétés et la certitude de l'indépendance de chacun ; car une fois établi et la législation ayant fixé l'impôt chacun faisait aussitôt son propre compte et n'avait plus à craindre l'arbitraire de l'autorité ou celle des répartiteurs. Il était venu à bout de créer une administration la plus pure et la plus énergique sans doute de l'Europe. »

Au combat, l'Empereur vit au milieu des plans que son spécialiste, Bacler d'Albe, range dans une tente toujours à portée de la sienne. Avant de donner la bataille, il se vautre sur la carte. Un crayon à la main, pareil à un enfant de Baudelaire, il se traînaille sur les grandes feuilles barbouillées de thalwegs et de courbes d'altitude. Il s'imprègne du territoire. Il le mâchonne. Il repère les chemins et les falaises le long desquels glisseront et vont mourir demain ses soldats.

Dès l'Egypte et jusqu'à Waterloo, il ne cesse pas de cartographier le monde. Calculer des cotes et tracer la courbe des fleuves, cela lui donne possession et propriété d'un pays. Le général Sanson, Bacler d'Albe, Jacotin, Coraboeuf, Bonne, Jomard, Lecesne, Bonpland, Baudin, Lapie, Puissant, dix autres, avec le concours des préfets et des consuls, ont la charge d'imprimer le destin des peuples sur des feuilles de papier, de dire que le destin des peuples est une géographie. Il faut que les rivières soient convenables et dociles à l'Empereur. « Un insecte volant sans son ordre, disait Chateaubriand, était un insecte révolté. »

S'il prévoit d'asservir un espace intouché, il recourt à la ruse et à l'espionnage. Il vole les plans de l'ennemi. Quelques mois avant de franchir le Niemen avec le sergent Bourgogne [1] et ses six cent mille camarades, son ambassadeur à Saint-Pétersbourg, le général Lauriston, dérobe les cuivres de la carte que le tsar, secrètement, est en train de dresser de la Russie. Les énormes pièces de métal sont acheminées à Paris. Là, une fois substitués des caractères français aux caractères russes, les cartes sont distribuées à tous les généraux et aux chefs des régiments de cavalerie légère de sorte qu'avant d'avoir tiré un seul coup de fusil, Napoléon a déjà chipé la Russie à Alexandre Ier.

L'obsession géographique de l'Empereur est si forte qu'on doute s'il ne fait pas la guerre dans le seul but de renouveler les cartes. S'il bouscule les peuples, s'il défait des frontières, n'est-ce pas pour le plaisir de

1. Voir, à la fin de ce texte, la notice biographique du sergent Bourgogne.

rectifier les brouillons sortis de la main de Dieu ? Les cartographes s'épuisent à le servir. Les bouleversements qu'il inflige à la géographie sont si précipités que Jean-Denis Barbié du Bocage, chef du Service cartographique du ministère des Affaires étrangères échoue à dessiner des frontières aussi rapidement que Napoléon les souffle. Barbié du Bocage donne sa démission, se déclare pacifiste. C'est qu'il aimait la géographie, non la guerre. Il a compris que, dans un homme de cette sorte, la géographie n'est que l'autre nom de la stratégie. C'est la cartographie qui fait, de l'art de la guerre, une science rigoureuse, une mathématique.

Mais rien n'est simple dans Napoléon : cette tête mathématique est farcie de songes. La mappemonde n'est pas seulement une logique : elle est un rêve. Napoléon est un romantique de la géographie. Pendant les campagnes d'Egypte et de Syrie, il écrit à l'un de ses amis : « Nous étions aux colonnes placées sur les limites de l'Afrique et de l'Asie. Nous couchâmes le soir en Asie. » Voilà ce qui ensorcelle le jeune général : comme un enfant s'enchante, au passage d'une frontière, d'avoir un pied en France et l'autre en Italie, Napoléon jouit qu'une seule enjambée le mène de l'Afrique à l'Asie. Las Cases raconte : « Il parcourait la distribution irrégulière des terres et des mers : il s'arrêtait sur le grand plateau de l'Asie, passait à l'étendue de la mer Pacifique, au resserrement de l'Atlantique, il me posait des questions sur les vents variables, les vents alizés, les moussons de l'Inde et trouvait sur la carte, aux lieux même, des solutions physiques et spéculatives que la science donne en ce moment sur ces objets... »

De ce vaste rêve géographique, le sergent Bourgogne et ses compagnons sont les outils. Leurs corps, leurs tombes ou les ruisseaux de leur sang peinturlurent les nouveaux cadastres de l'Europe. Avec leurs pieds, avec leur mort, ils lotissent les confins de la terre. Ils remplissent des blancs, ils corrigent des erreurs, ils plient les paysages aux décrets de l'Empereur. Et certes Bourgogne ne comprend pas grand-chose à ces chemins qu'on lui dit qu'il doit suivre mais, comme tous ses camarades, il partage le songe impérial et parfois il le déborde. Quand l'armée quitte Moscou et tente de se faire jour vers Kalouga (qui est en Asie, note Bourgogne) une rumeur exalte la Grande Armée : la Russie n'est qu'une étape, un leurre. C'est vers la Chine et la Mongolie que l'Empereur tire pays.

Cette idée est exagérée mais elle distribue de belles lueurs. Les historiens nous expliquent la campagne de Russie. Ils disent que celle-ci éclate car Alexandre soupçonne que Napoléon ne respectera pas Tilsitt, mettra la main sur la Turquie et s'alliera avec la Pologne. Les historiens ne se trompent pas. Ils exposent fort bien la *raison* de l'étrange guerre de Russie, mais seulement la raison. Le sergent Bourgogne, lui, en mesure la *déraison.* « L'homme touchait à la folie », dit Chateaubriand à propos de la campagne de Russie : c'est cette folie que les soldats de Kalouga obscurément pressentent. Ils devinent que la Russie n'est qu'un morceau dans l'immense puzzle que forme la cervelle de Napoléon. Et sous les syllogismes de cette implacable raison, ils prêtent l'oreille, comme Chateaubriand, à la rumeur du délire.

Pourquoi la Russie ? D'abord parce que ce pays est interminable, un monumental stock de géographie dans lequel les cartographes pourront s'en donner à cœur joie. Napoléon se dit à l'étroit. « L'Europe est une taupinière. Je n'ai déjà plus de gloire. Cette petite Europe ne m'en fournit plus assez. » En quinze ans de campagne, il a redessiné toutes les cartes de son siècle. Il n'a plus rien à se mettre sous la dent. Les Anglais ne se trompent pas qui le voient comme un ogre. C'est un estomac d'autruche. Il a toujours un boyau vide. Géographe inassouvi, il lui faut engranger des équateurs et des équinoxes, des antipodes et des méridiens, des Nord-Ouest et des latitudes à n'en plus finir.

La Russie a un autre mérite : elle est informe. Elle n'a pas beaucoup de routes. Ses villes sont jetées à l'aveuglette au milieu de l'infini. Elle est une terre vierge qui peut recevoir, comme une chair tendre, les tatouages que le despote a choisi de tracer. Quel délice que de dessiner enfin sur une feuille de papier vraiment blanc, de fabriquer un cadastre que nul ancien cadastre ne vient embrouiller ! Le grand rêve est enfin à portée : donner une géographie à l'immensité.

Dans cinquante ans, Fourier, cet autre utopiste, cet autre lunatique, caressera des rêves pareils. Il conseillera de remonter l'Equateur ou de changer les pôles de place. Napoléon précède Fourier mais il est plus grave. Fourier dit n'importe quoi. Ses billevesées ne portent pas à conséquence. Celles de Napoléon sont d'une essence plus rare. A cause du métier qu'il exerce, il ne peut parler pour ne rien dire. Fourier invente des géographies fantômes, des pays d'hypnose, et s'il en avait eu le goût, il eût aboli la loi de gravité. Napoléon n'a pas de ces enfantillages car il réside dans le réel, non dans les coquecigrues. Au contraire de Fourier, il doit composer la poésie avec la réalité, les balancer ensemble. S'il veut rassasier son indicible romantisme géographique, mettre au jour une terre inédite, c'est avec les débris de la terre réelle qu'il doit procéder. Fourier dissipe toute géographie. Napoléon prend la géographie à bras le corps, lui fait rendre gorge et la remodèle. Et quel autre moyen que la guerre ?

On dira que d'autres espaces étaient à sa disposition. Plutôt que de foncer en Russie, il pouvait se tourner vers les Amériques, plus vierges encore que l'Empire des tsars et d'une même immensité. Mais Napoléon est de la terre, non de la mer. L'eau lui a toujours fait des niches. Une tempête a éparpillé la flotte de Boulogne. Un sale amiral anglais, Nelson, a fait sauter les bateaux d'Aboukir et Trafalgar, Nelson encore, fut une défaite au milieu des prospérités. Décidément, la mer est très désagréable. L'Ouest est interdit. Napoléon est condamné à l'Orient.

L'Orient ! En 1793, le capitaine Napoléon Bonaparte traînaille dans Paris. Il prend tout le temps des congés ou bien se fait porter malade car le service l'ennuie. Et il ouvre des démarches pour s'engager dans l'armée turque, chez le sultan (son frère avait fait la même demande, quelque temps plus tôt). Pendant la campagne d'Egypte, il ne perd pas une occasion de rappeler qu'il est l'ennemi du mamelouk, non du Turc ou de l'Arabe. Il se montre déférent à Mahomet et au Coran. S'il donne réception, il tient le rôle du pacha. Il est hanté par la figure d'Alexandre et comme il est consciencieux, il s'oblige à une aventure homosexuelle (d'ailleurs décevante) car Alexandre, qui avait conquis les Indes, aimait les hommes. Quand il rentre en France, sa tenue stupéfie Paris : « Un chapeau de feutre haut de forme, une redingote olivâtre serrée à la taille par une ceinture de “ kashmir ” d’où pend un cimeterre de mamelouk. » (A l’autre bout de sa vie, à Sainte-Hélène, il s’emmitouflera dans un caftan et il entortillera autour de sa tête un mouchoir de Madras.) Las Cases nous dit : « Maître de l’Egypte, Napoléon fondait en Orient un Empire et la France était laissée à d’autres destinées. Il volait à Damas, à Alep, sur l’Euphrate... Il aurait atteint Constantinople et les Indes et changé la face du monde. » Et Chateaubriand : « Cet Orient, doublement congénital à sa nature, par le despotisme et par l’éclat. »

Alors ? L’Egypte était-elle, comme le dit Las Cases et comme Napoléon feint de le croire, un chemin vers les Indes ? Et plus tard, quand il expédie le sergent Bourgogne et ses six cent mille compagnons en Russie, ne vise-t-il pas encore les Indes, en choisissant la voie de la terre puisque les mers orientales sont verrouillées par les escadres anglaises ?

La chose est improbable : ses foucades en direction des Indes (que ce soient la lettre à Tipou Sultan en 1799 ou les expéditions de Decaen ou encore, à la veille de Friedland, le traité de Finkestein avec la Perse qui devait lui ouvrir la vallée du Gange), toutes ces initiatives sont baclées et irrégulières. Et c’est ici que le sergent Bourgogne va nous aider à lire dans ces obscurités. Il n’est pas insignifiant que Bourgogne et les soldats de Kalouga se persuadent d’être en chemin non pas vers les Indes, mais vers la Chine et la Mongolie. Ce choix n’est pas fortuit : la Chine est un lieu plus énigmatique que la côte de Malabar, un lieu de songes et d’improbables empereurs nommés Gengis Khan ou Tamerlan. En imaginant que l’Empereur vise la Chine, le sergent Bourgogne et les soldats de la Grande Armée se trompent mais ils comprennent bien leur idole car ils sont plus sensibles à la légende qu'à la réalité. A leurs yeux, l'épopée de Russie est nimbée de clartés qui appartiennent moins au temps de l'histoire qu'à celui du mythe.

Ecoutons Bourgogne : c'est la voix des contes et des fables. On s'attend que les forêts se mettent en marche et que les bêtes parlent : « Le 14 septembre, à une heure de l'après-midi, après avoir traversé une grande forêt nous aperçûmes, de loin, une éminence. Une demi-heure après, nous y arrivâmes. Les premiers, qui étaient sur le point le plus élevé, faisaient des signaux à ceux qui étaient encore en arrière, en leur criant : “ Moscou ! Moscou ! ” En effet, c'était la grande ville que l'on apercevait : c'était là où nous pensions nous reposer de nos fatigues car nous, la Garde impériale, nous venions de faire douze cents lieues sans nous reposer. C'était par une belle journée d'été. Le soleil réfléchissait sur les dômes, les clochers et les palais dorés. Plusieurs capitales que j'avais vues, telles que Paris, Berlin, Varsovie, Vienne et Madrid n'avaient produit en moi que des sentiments ordinaires mais ici, la chose était différente. Il y avait pour moi, ainsi que pour tout le monde, quelque chose de magique. »

Bourgogne peint Moscou, avec ses dômes et ses dorures, comme il eût décrit Babylone ou Thèbes, Samarkand ou Pergame, une cité d'en deçà et d'au-delà de l'histoire, une cité « magique », dit-il excellemment. Il soupçonne que l'Orient de Napoléon n'est pas sur la route de l'Inde mais sur celle d'un indicible Age d'Or, et sans doute ils se souviennent que le Paradis terrestre a toujours brillé à l'Orient. Toute la première moitié des Mémoires de Bourgogne est éclairée des lumières fuyantes de l'Eden.

La randonnée d'Almeida à Moscou est sanglante, rude et pourtant heureuse : on traverse un pays vierge auquel le conquérant va donner forme. On baigne dans les soleils du bel été de l'Europe et l'ennemi russe se dissipe devant la Grande Armée comme se défait un orage : « Napoléon passa Smolensk, dit Chateaubriand, et la Russie fuyait vers le Pôle. »

Dans cette cavalcade, une alerte : le carnage de Borodino, qui sonne comme un tambour de la mort, mais les soldats, non plus que leur chef n'en ont cure et dès leur entrée à Moscou, ils découvrent le pays de *Ma Mère l'Oye,* la *Golconde* ou les *Mille et Une Nuits.* Moscou est une caverne d'Ali Baba qui déverse sur les paysans de Flandre ou de Bretagne des luxes de fable : meubles précieux, fruits défendus, sucre candi, maisons de pain d'épices, vins et champagne, or et argent, vaisselles de sultans et uniformes de princes, soieries de la reine de Saba, sans oublier la présence des *houris,* ces femmes russes belles et grasses, complaisantes au soldat « car tel est le caractère du militaire français : du combat à l'amour et de l'amour au combat ».

La ville magique, la ville aux coupoles d'or n'est pas au monde. En quel espace la situer ? Son encombrement de races et de vêtements résume l'univers : des Tartares et des Kalmouks, des yeux bridés et des cheveux blonds, des têtes de l'Ouest ou bien de l'Est, des Chinois et des Turcs. Elle flotte sur une incertaine géographie qui rassemble la planète entière. Elle fait mieux : elle ne procède pas plus du temps que de l'espace. Elle entasse les siècles les uns sur les autres : les femmes que Bourgogne et les soudards de la Grande Armée lutinent se déguisent, sous « leurs perruques de suif et de farine », en marquises du temps jadis, en Jeannetons ou en Héloïses, en patriciennes des anciennes monarchies. Et quand les militaires se travestissent à leur tour, les bals et les orgies de la cité ivre sont des cérémonies hallucinées dans lesquelles tous les siècles se trémoussent ensemble. Ce qu'a découvert Napoléon, à force de tripoter ses cartes et de les manger, c'est un lieu échappé de l'espace et du temps à la fois, un lieu de la fin de l'Histoire, en somme un paradis, une fable ou une légende. Avouons qu'une telle prouesse (la sortie de l'Histoire) est saugrenue de la part d'un pareil remueur de peuples et pourtant Bourgogne le suggère, d'accord sur ce point avec Hegel qui assignait à l'homme à cheval la mission d'inaugurer la morte-saison de l'Histoire.

Mais, vrai, les paradis sont provisoires ! A peine a-t-on entrebâillé les portes d'or de la Terre promise que ces portes se referment. Assez ! Voici la punition ! Le chemin du Paradis donnait sur l'Enfer. Le feu éclate au bazar dès le 15 septembre, puis de toutes parts, avec une rapidité merveilleuse. Sans doute des hommes, « des forçats aux figures atroces », ont-ils jeté leurs torches dans les isbas et sans doute Rostopchine, les historiens l'ont établi, a donné l'ordre de l'incendie. Mais comment douter que Rostopchine lui-même n'a été que l'instrument d'une autre loi, d'une fatalité plus barbare que celle des conquérants, et que les dieux interdisent aux hommes de faire retour dans les paradis en allés ?

Bourgogne court dans les flammes. Il voit ses compagnons rôtir. Des êtres sortent des maisons carbonisées, des ours et des loups des steppes, des lémures ou des dragons. Alors, on s'escrime à emporter avec soi quelques bouts du paradis perdu. On fait bombance. Les havresacs sont des Pactoles. Les soldats trébuchent sous leur butin, sous les monceaux d'or et de pierreries qu'ils égrèneront bientôt comme des Petits-Poucets désespérés sur les routes blanches de la défaite. On dort dans des manteaux de zibeline ou de martre. On fusille les incendiaires qui sont légion, comme les pourceaux de la Bible et sans cesse reviennent. On se gorge de confiseries et de chants d'ivrognes. C'est une fête des ténèbres que la fête de Bourgogne. Les grenadiers sont coiffés de kashmirs et de turbans, les prostituées sont des fées carabosses et des dames d'antan. Et partout, cette « canaille », ces hommes des limbes, ces démons venus des flammes.

On fuit Moscou. La ville peut bien continuer de flamber sur l'horizon, on s'est évadé de l'enfer. « Que les villes s'allument dans le soir, dira un jour Rimbaud. Ma journée est faite. Je quitte l'Europe. » Mais l'Enfer a plus d'un tour dans son sac, il ne se laisse pas intimider et puisque le feu n'a pas achevé son œuvre, le démon va déverser sur l'armée d'autres pestes. D'abord la méchanceté, l'abjection : c'est un des tours de Satan que de faire de ses victimes des petits Satans et cette ribambelle de soldats en déroute va lui procurer de beaux plaisirs. Sous les yeux d'abord écœurés, puis résignés, puis complices du sergent Bourgogne, les troupiers de la Grande Armée sont introduits dans le deuxième cercle de l'Enfer. Commence le temps des assassins !

On se mange les uns les autres. Un Portugais vient raconter à Bourgogne que huit cents prisonniers russes sont en train de se boulotter. Un peu plus tard, les Croates dévorent leurs ennemis ou peut-être leurs amis. Les Français ne semblent pas friands de ces viandes mais sait-on jamais ? Bourgogne dit : « Faute d'hommes, l'on mangerait du diable, s'il était cuit. » Et quelques arpents de neige plus loin : « Nous nous disons que bientôt nous mangerons des cadavres, faute de chevaux. » Quoi d'étonnant ? Dans l'Enfer, tout ce que nous rattachons à l'idée d'homme dépérit et Bourgogne n'est pas avare de détails : un soldat pille son compagnon de lit, sans même la patience d'attendre que celui-ci ait expiré. Quand Bourgogne voit une charrette pleine d'œufs disparaître dans les flammes avec ses conducteurs, il dit combien il est triste, à cause des œufs gâchés. « Déjà, répète-t-il sans cesse, il n'y avait plus d'amis » et « nous étions indifférents à tout ».

Et les chevaux meurent. Nous n'avons pas attendu Bourgogne pour connaître que les soldats de la retraite ont mangé leurs chevaux. Nous le savons depuis l'école mais Bourgogne est un bon comptable de l'horreur : il dit la quantité de chevaux mangés (il est vrai que Napoléon avait fait franchir le Niemen à cinquante mille bêtes). Ensuite, les détails : ces soldats qui tentent de grignoter leurs montures en train d'agoniser. Ces bêtes écorchées dont l'on suce le sang mêlé à la neige. Ces soldats goyesques barbouillés de rouge. Ces doigts qui gèlent et se flétrissent et tombent comme ils fouillent dans les entrailles d'un cheval mort. Ce qui révulse est ceci : ces chevaux sont les compagnons des soldats, leurs amis et leurs sauveurs. Le dragon Melet, que croise Bourgogne, épargne son propre cheval. Et Melet explique sa tendresse : cette bête a fait toutes les campagnes de Napoléon : la Pologne en 1807 et 1808, l'Allemagne en 1809, la Russie en 1812. Le cheval de Melet, comme tous les autres chevaux, est un « brave ». Ce qui apparie le meurtre de ces bêtes et leur consommation au cannibalisme. (A propos de la bête de Melet, elle sera l'une des rares à revoir la France, elle combattra à Waterloo, elle y sera tuée.)

Satan n'est pas satisfait. Il dépêche une autre horreur : après le feu de Moscou, il déchaîne la neige. La neige et le vent venu du Pôle. Vingt-sept degrés sous zéro. Les yeux gelés. Une armée d'aveugles, dans les brumes, dans la glace. Des batailles d'éclopés pour quelques brins de bois sec. Les hommes qui s'endorment trépassent. Le sommeil est la mort.

On n'en finirait pas de décliner les manigances du diable. Il en est une pourtant qui mérite une halte : quand la Grande Armée quitte Moscou, elle fonce d'abord vers Kalouga mais les troupes russes lui bloquent la route et Napoléon est obligé de remonter vers le nord et de reprendre le chemin qu'il avait parcouru quelques mois plus tôt, dans l'ivresse de la victoire. Une saison a passé et, sur les mêmes routes, l'abjection a remplacé l'allégresse, les noir et blanc ont succédé aux couleurs. Le calvaire de l'hiver mime le triomphe de l'été, mais à l'envers. Bourgogne, à chaque station du chemin de croix, se remémore ce jour si proche où il avait traversé Wilna ou Smolensk ou Witebsk ou Mojaisk dans le tintamarre de la gloire, et à présent c'est une cohue de clochards et de fauves, une armée de chiffons et de vermine qui se bouscule. Pire encore : quand on repasse sur les terres des vieux combats, des blessés qui ont survécu depuis quatre ou cinq mois tendent les bras, attrapent les rescapés de Moscou aux chevilles, se dressent dans leurs linges ensanglantés, comme se lèveront les cadavres de la Fin des Temps dans les cimetières fracassés du Jugement dernier.

Satan a fait bonne mesure. Et l'on comprend que

le sergent Bourgogne ait de la peine à croire à ce qu'il est en train de raconter. Bien sûr, il ne doute point de ses souvenirs. Du reste, dans les longues années de survie qui lui sont accordées après son retour en France, il rencontre quelques témoins de la Géhenne. Avec eux, il évoque le passé terrible, il constate que leurs souvenirs sont les mêmes et pourtant, non, il ne peut pas croire que ces choses furent. Ou plutôt, elles furent et elles ne furent pas en même temps.

A ce moment, il dit une chose très émouvante. Pour que les tableaux de la retraite de Russie retrouvent vie et vérité, il faut que, dans la France si douce où le voici vieillir, la neige descende et enveloppe les paysages. Dans ces neiges d'outre-tombe, il cesse de douter de sa propre mémoire : oui, il a bien traversé ces plaines et oui, il a ignoré le chagrin de ses compagnons, il a survécu en suçant le ventre des chevaux, il s'est conduit comme un chacal et il aurait pu manger ses camarades. C'est alors, mais alors seulement qu'il arrive à se représenter la randonnée de l'armée morte.

La neige a recouvert les frontières, les temples, les plaines et les routes. Elle a effacé tous les signes que Bacler d'Albe avait imprimés sur ses cartes. A présent, le pays a disparu et les fuyards ahuris de froid s'orientent en suivant les cadavres des camarades qui les précédèrent. Bourgogne est un soldat perdu dans une armée perdue. Son régiment s'est dissous dans la blancheur. Plus d'étoile polaire et plus d'Equateur, plus de méridiens et plus de Sud et plus de Nord, plus de topographies ! On entre dans le labyrinthe du vide. La terre est endeuillée, horreur suprême, de sa géographie. La France, le pays et le beau village de Condé-sur-Escaut sont des ombres dans le tourbillon ensorcelé des flocons. La neige a voilé de ses monotonies les chemins de la victoire comme ceux de la défaite et n'est-elle pas en somme, la neige, l'ultime et ironique cartographe de l'Empereur ? Les vanités de l'histoire, sous les topographies paisibles du néant, sont ensevelies. Et Bourgogne se souvient.

Adrien, Jean-Baptiste, François Bourgogne naît à Condé-sur-Escaut (Nord) quelques années avant la Révolution. Quand il a vingt ans, en 1805, il obtient que son père, qui était un marchand de toile assez aisé, lui facilite l'entrée dans le corps des vélites.

Un décret du 30 nivôse, an XII, avait créé deux corps de vélites, chasseurs légers spécialistes de l'escarmouche, rattachés l'un aux grenadiers à pied, l'autre aux chasseurs à pied de la Garde. Le nom procédait de Rome : Tite-Live signale les premiers vélites à l'occasion du siège de Capoue. Les vélites étaient formés à Saint-Germain-en-Laye, puis à Ecouen, puis à Fontainebleau. Ils y suivaient des cours d'écriture, d'arithmétique, de dessin et de gymnastique. Les plus brillants étaient nommés sous-lieutenants.

Bourgogne fait la campagne de Pologne en 1807, celle d'Autriche en 1809. Il est blessé deux fois à Essling (21/22 mai 1809) à la jambe et au cou. Il est ensuite envoyé en Espagne et au Portugal, puis en Russie. Il est alors sergent.

Il fera partie des rescapés de la débâcle et en mars 1813 il est nommé sous-lieutenant au 145e de ligne. Il combat en Prusse et après une nouvelle blessure, à Dessau, il est fait prisonnier. C'est alors, semble-t-il, dans les longues semaines de captivité qu'il commence à rédiger ses souvenirs.

Après l'abdication de l'Empereur, il démissionne et se marie le 31 août 1814 à Condé. Il a deux filles. Sa femme meurt en 1822. Il se remarie et aura deux autres enfants. Il avait repris d'abord le métier de son père, marchand de draps, puis se lança dans de petites affaires industrielles, sans beaucoup de réussite.

Il n'oublie pas les temps de la gloire. Chaque année, un dîner réunit les anciens de Russie le jour anniversaire de l'entrée des

Français à Moscou. On échange des souvenirs. On boit dans des gobelets rapportés du Kremlin.

En 1830, il songe de nouveau à l'armée. Le ministère ne se presse pas de satisfaire à sa demande. Il est enfin nommé en novembre 1830 lieutenant-adjudant de la place de Brest. Un peu plus tard, il reçoit la Croix et, en 1832, il est enfin nommé adjudant de place à Valenciennes, non loin par conséquent de sa ville natale. En 1853, il est admis à la retraite. Il meurt en 1867.

Les Mémoires du sergent Bourgogne ont paru pour la première fois dans leur version intégrale, d'après le manuscrit original, dans *La Nouvelle Revue rétrospective.*

Les sagas :
écrire dans la nuit

Cette bande de Norvégiens, augmentée de quelques esclaves irlandais, qui aborde en Islande en 870 a du travail sur la planche. Elle fait comme Robinson sur son île. Elle doit semer des céréales, construire des bateaux, des maisons de tourbe, donner des noms aux pics et aux ruisseaux, vérifier que les petits chevaux venus de Norvège prospèrent, que les moutons et les vaches sont contents.

Au bout de soixante ans, quand la survie est assurée, les Islandais sont trente-huit mille et ils se disent qu'il faut inventer un système politique. Ils trouvent un lieu épatant qui leur servira d'Althing (Parlement), la faille de Thingvellir, et conçoivent un pouvoir à demi oligarchique, à demi démocratique qui fait notre admiration et notre envie encore.

Ils organisent aussi des querelles entre les grandes familles islandaises. Sur le moment, ces querelles les distraient. A plus long terme elles vont nourrir l'une des plus belles littératures de tous les temps. Si l'on en croit Homère, dans l'*Odyssée,* les dieux ourdissent les chagrins des hommes de manière que les poètes de l'avenir ne manquent pas de sujets. L'Islande confirme l'intuition d'Homère. Ses habitants mettent beaucoup d'énergie à s'aimer, se haïr et se venger. Si l'on ajoute à ces échauffourées locales le souvenir des batailles que conduisirent jadis, en Norvège ou au Danemark, les rois scandinaves et que les exilés d'Islande aiment bien se rappeler, on conviendra que les chantres islandais avaient un gros écheveau de fils coloriés pour tisser leurs chants.

L'adoption du christianisme est une autre aubaine pour les lettres : elle permet que les écrivains passent d'une littérature orale au *ritöld* ou âge de l'écriture. Et comme la longueur des nuits, la brutalité des neiges et des vents, la hargne des sols et les bouillonnements de la lave forment également un bon levain pour la poésie, on ne s'étonnera pas que, trois siècles à peine après qu'Ingolfur Arnarson s'est établi à Reykjavik, toute l'Islande, les paysans comme les *godars* (prêtres-chefs), se jette sur les vélins, sur les parchemins, et compose des traités d'érudition, des *Eddas*, des poèmes scaldiques et surtout des sagas.

C'est un miracle : là-bas, au bord de la mer et de la nuit, dans la grande île battue de tempêtes, d'écumes, de brumes et de neiges, une littérature incomparable s'écrit. Les textes qui sortent de l'atelier islandais pendant trois siècles, du XIIe au XVe éblouissent. Ils obscurcissent les chants que l'Europe continentale produit au même moment.

Les docteurs de l'Université ont essayé d'expliquer ce miracle mais la spécialité du miracle, c'est de n'avoir point de raison. A peine a-t-on l'espérance de le décrire.

Avant l'écriture, des chants et des légendes ont ensorcelé les longs hivers. Dès 1100, la littérature écrite commence. On traduit des vies de saint. On rédige des ouvrages de droit (le *Gragas*) car l'Islande adore la chicane juridique, mais aussi des généalogies et des traités d'histoire ou de comput car l'Islande adore se souvenir. C'est l'âge de l'érudition.

Deux figures surnagent, mystérieuses. Ari Thorgilson, dit le Savant (1067-1148), écrit *Le Livre des Islandais* où il raconte les premiers moments de l'île, la conversion au christianisme. Il écrit aussi tout ou partie du *Landnámabók,* ou Livre de la colonisation. Travail exceptionnel, sans exemple ailleurs : une société tient le journal de sa propre naissance. Ari le Savant est précis et clair. Il ne dédaigne pas les anecdotes mais il est scrupuleux : « A tout ce qui se peut trouver d'inexact dans cette œuvre, écrit-il, il faut préférer ce qui se sera révélé comme plus juste. »

Un peu avant Ari le Savant, on repère un autre savant, Saemundr Sigfusson (1056-1133). Il est plus obscur encore. Sa vie est une brume. Il court l'Europe. Il fréquente la Sorbonne que les Islandais appellent « l'École noire » car le recteur en est le diable. Du reste, Saemundr le Savant a maille à partir avec le Malin : le jour de la remise des diplômes, en effet, la coutume est que le diable possède l'étudiant qui sortira le dernier de la faculté, c'est-à-dire, ce jour-là, Saemundr, justement. Mais Saemundr est un dégourdi. Il dit au diable : « Il y a encore un autre étudiant derrière moi. » Le diable bondit et attrape une ombre, si bien que Saemundr, qui rentre alors en Islande, en 1076, vivra sans ombre. Il écrit une histoire des rois de Norvège, en latin, qui est perdue.

Voilà un des premiers grands écrivains islandais : un personnage faustien, sans ombre, sans œuvre.

A la même époque, à peu près, on s'occupe de fixer le langage, ce norrois, que les Islandais parlent encore aujourd'hui quand la Norvège ou le Danemark ne le comprennent plus, un peu comme si les neiges et les océans avaient vitrifié les anciens mots, les subjonctifs, les quatre cas et le vieux et beau système vocalique. Au XIIe siècle, un inconnu écrit le *Premier traité grammatical.*

Les poètes se démènent aussi. D'abord en récitant leurs œuvres puis en les écrivant en islandais. Ces poèmes ont leurs racines en Scandinavie mais c'est en Islande, seulement, qu'ils seront conservés. Les uns, qu'on appelle les *Eddas,* nous parlent des anciennes divinités (*edda* signifie « arrière-grand-mère »), surtout d'Oddin, roi des dieux, qui a donné aux hommes la poésie. C'est grâce à ces poèmes que nous sommes informés sur la grande famille des dieux germaniques qui habite à Asgard, sous la férule d'Oddin dont le fils Thor, qui est grand et fort, possède un gros marteau nommé Mjolnir. D'autres dieux traversent l'*Edda* : Tyr qui régit la guerre mais a perdu une main dans la gueule du loup Fenrir, Heimdallr dont l'oreille est si fine qu'elle entend pousser la laine des moutons, Baldur, gentil comme tout, et Loki, fourbe comme tout. Tous ces dieux se battent contre les géants dont les alliés sont le loup Fenrir ou le serpent Midgarsorm qui s'enroule autour de la Terre et se mord la queue. Que serait Wagner sans les *Eddas* ?

La poésie scaldique est plus raffinée. C'est une poésie de cour, précieuse et brillante, décorative, amoureuse des prouesses syntaxiques. Ces poèmes d'une complication langagière extravagante étaient récités en Islande ou bien à la cour des rois ou des *jarls* étrangers, Scandinavie surtout car, au rebours de ce que l'on pourrait croire, les premiers Islandais ne sont pas confinés dans leur île, comme nous l'a déjà suggéré l'aventure sorbonicole de Saemundr le Savant.

Les Islandais bougent tout le temps. Ils colonisent le Groenland et découvrent l'Amérique *(Fostbroedrasaga* et *Eiriks Saga rauda).* Ils charment les princes étrangers en racontant des histoires de massacres ou des émois de jeunes filles blondes. Ils n'ont pas la langue dans leur poche et disent leurs vérités aux rois, un peu à la manière des bouffons de Shakespeare (c'est seulement à la fin de ce fastueux Moyen Age que l'Islande va se replier sur elle-même et perdra ses humeurs vagabondes).

Toutes ces œuvres sont belles. Elles ont un autre mérite, celui de forger un instrument littéraire souple, varié et chatoyant qui va bientôt faire merveille, à partir du XIIe siècle, avec le foisonnant édifice des sagas.

La saga est une prose rugueuse, rapide, musclée, peu encline au lyrisme, sans un mot inutile, sans afféterie ni pleurnicherie, rétive à la poésie et pour cela la poésie même, mordante et volontiers tragique ou épique. Les personnages, nombreux, ne sont pas des allégories ou des symboles comme dans les textes de l'Europe continentale. Ce sont des individus fortement marqués. Des « caractères ». On dit que l'individualisme est une invention de la Renaissance. Si cela est vrai, force est de constater que l'esprit de la Renaissance soufflait en Islande bien avant le Quattrocento italien.

Les professeurs de notre temps ont mis de l'ordre dans le monument compliqué des sagas. Ils distinguent plusieurs espèces : les plus anciennes sont les sagas royales consacrées aux grands rois de Danemark et de Norvège. Suivent, au XIIIe siècle, les sagas de contemporains avec deux sous-espèces : celles des évêques et celles des descendants de Sturla, grande famille de l'époque. De la même période datent les sagas des familles ou des Islandais. Vers la fin du XIIIe, l'élément réaliste s'estompe et naissent les sagas légendaires qui ne se cantonnent pas à l'Islande et versent dans le fantastique ou le merveilleux que s'interdisaient les premières sagas. Enfin, avec des couleurs d'arrière-saison, voici les sagas des chevaliers, influencées par l'Europe – Chrétien de Troyes, le cycle arthurien, ou le cycle d'Alexandre.

On ne va pas passer en revue cette énorme collection. Pour les sagas royales, il faut signaler, vers 1230, la *Heimskringla,* de Snorri Sturluson, qui compte seize sagas et déroule l'histoire des rois de Norvège depuis ses mythiques débuts jusqu'au XIIIe siècle. Snorri nous restitue la figure énigmatique d'Olafr le saint, un reître devenu roi, puis, avec un coup de pouce de Dieu, un saint.

Ce Snorri Sturluson (1178-1241) est une grande figure : chef et écrivain à la fois, apppartenant à la famille des Sturlungar qui dominera tout le XIIIe siècle, c'est un esprit universel. Outre ses sagas, il écrit un manuel de poétique, l'*Edda poétique,* qui rassemble les règles pratiquées par les scaldes. Ses deux neveux écrivent aussi, Olafur Hvitaskald et Sturla Thodarson. Autour de Snorri le Savant et de ses neveux se crée un riche atelier littéraire, à Reykolt.

Le massif le plus impressionnant reste pourtant les

sagas des familles ou des Islandais parmi lesquelles l'*Egils Saga Skallagrimssonar* (la saga d'Egill Skallagrimsson). Cet Egill avait été le plus grand poète du Xᵉ siècle, un personnage génial, mélancolique et violent, haineux ou tendre tour à tour. Même écrite au XIIIᵉ siècle (probablement par ce même Snorri Sturluson), cette saga est tout illuminée par le paganisme nordique. Citons aussi *Eyrbyggja Saga,* autour de Snorri le Godi, père sans doute de Snorri Sturluson, un parvenu calculateur et truculent, avisé et affamé de pouvoir.

Une catégorie sociale fascine les auteurs de sagas, les grands hors-la-loi : *Grettis Saga* et *Hardar Saga* (post-classiques) et surtout *Gisla Saga Súrssonar* (la saga de Gisli Sursson).

Gisli Sursson a tué son beau-frère pour venger son frère d'armes. Condamné à la pire des peines, la proscription, et comme fasciné par son propre malheur, Gisli finit par trouver une mort romantique au combat.

Nous arrivons à la fin de la grande époque. C'est alors qu'apparaît le chef-d'œuvre peut-être, *Njáls Saga* (la saga de Njáll le Brûlé, vers 1285). Cette saga envoûte par sa perfection littéraire, sa complexité et sa clarté, le picaresque de ses péripéties, et surtout par l'éclairage qu'elle jette sur le thème du destin : Gunnarr de Hlidarendi est un héros fatal et puissant (il saute en armure de toute sa hauteur), scrupuleux et qui déteste le sang mais ses exploits attisent les jalousies et le vouent aux guerres et aux vendettas. A ses côtés, Njáll, perspicace et presque devin, amoureux de la justice, sera lui aussi aspiré par la tragédie et brûlé dans sa maison.

C'est là un des traits de la littérature des sagas : la

présence du destin, soit le bon destin, soit la malédiction, attaché à un homme. Souvent, la malédiction infecte non pas un homme mais toute une famille. La culpabilité ou le malheur se transmettent avec le sang et comment ne pas penser aux Atrides de la Grèce ?

Face au destin, le héros de la saga montre une hauteur d'âme inentamée : la saga nous peint des hommes de fer, affrontant le destin contraire d'un cœur impassible, hautain et presque glacial. Ces *boendr* (pluriel de *bondi,* paysan) et ces *godars,* ces femmes belles et violentes, cultivent un sens de l'honneur qui les apparente aux chevaliers, mais sans couleur érotique. Ce n'est pas pour complaire à sa dame que le héros de saga montre ce front serein mais pour ne pas perdre l'estime de lui-même, sa réputation et sa gloire : devoir, loyauté, fidélité, dévouement à ses amis, refus de traîtrise même envers ses ennemis, voilà ce qui conduit les guerriers des sagas qui trament leurs inlassables vendettas moins par désir de vengeance que par soumission à leur devoir familial.

Une des étrangetés des sagas est qu'elles parlent très peu de la nature. Tout est action et relations de famille à famille, d'homme à femme, d'ennemi à ennemi. Il n'est question ni de l'inquiétante majesté des paysages islandais, ni de la sévérité des éléments, ni du froid ou des neiges. Si par aventure une allusion est faite à la beauté des sites, elle est furtive et elle conspire au drame : ainsi, dans la saga de Njáll le Brûlé, Gunnarr de Hlidarendi, qui est frappé d'exil, va jusqu'à son bateau mais il jette un dernier regard sur sa ferme, posée sur la colline : « Ma colline est belle, dit-il, jamais elle ne m'a semblé si belle. Je vais retourner à la maison, et je ne m'en irai pas. » Il sait qu'il sera tué par ses ennemis.

Le mutisme des sagas sur les singularités qui nous frappent dès que nous abordons l'Islande – beauté et âpreté de la nature – intrigue. Il est logique. Un paradoxe de Jorge Luis Borges nous éclaire à ce point. Pour le grand écrivain argentin, c'est parce que le Coran a été écrit par un Arabe que ce texte ne parle jamais de chameau. Cette remarque peut s'étendre aux sagas : la noblesse de l'île, son isolement et ses neiges et ses nuits nous emplissent d'admiration ou d'effroi. Mais ces spectacles semblent banals à qui est né en Islande. Pourquoi les évoquer ?

(En ce qui concerne le froid, il faut ajouter un mot : l'Islande, en dépit de sa latitude et de sa légende, n'est pas un pays très froid grâce aux influences douces du Gulf Stream. Au surplus, au temps des sagas, le climat était clément et l'Islande, qui dans la suite, au XVIIe et au XVIIIe, subit des famines meurtrières, était opulente dans ses commencements. Le beurre, disent les poètes, dégouttait de ses herbes.)

L'introspection, les réflexions philosophiques, les leçons de morale ou de religion ne sont pas mieux considérées que la nature par les auteurs des sagas. Ceux-ci observent avec quelques siècles d'avance la règle d'or par laquelle Flaubert va inventer la modernité du roman occidental : l'absence totale de l'artiste dans son propre texte, son effacement. L'écrivain ne semble pas en savoir plus que nous sur ses propres personnages. Il assiste sans un frisson, sans un commentaire, à leur accomplissement, à leur triomphe ou à leur défaite.

On aura compris que la saga est un texte viril. Les femmes mêmes sont des êtres héroïques et implacables que ce soit dans le mal ou dans le bien. Ce n'est pas dire que l'amour est absent, au contraire, mais un amour désinfecté de toute mièvrerie. Comme la guerre ou comme la vengeance, l'amour est une force effrayante, qu'il ourdisse le bonheur ou le chagrin, le délire ou bien la mort. L'amour est un autre exploit de cette fatalité qui tourbillonne dans toutes les sagas.

Tout dans la saga est disposé pour conférer à la tragédie sa charge la plus lourde. Si la saga bannit poésie, marivaudage, sentimentalisme et introspection, c'est pour débarrasser la passion (amour ou vengeance) des oripeaux qui pourraient tamiser ou réduire sa sauvagerie. Ce qui donne aux chocs entre familles et familles, clans et clans, hommes et femmes, des accents parfois atroces et des beautés de songe.

Dans *Laxdoela Saga,* Gudrun, pure et inflexible assiste à la mise à mort de son mari. Elle est sans réaction et comme indifférente, même quand le meurtrier essuie l'épée sanglante à sa robe. Pire : Gudrun sourit car elle sait qu'elle porte dans son ventre un fils qui vengera un jour son père assassiné.

Dans *Njáll le Brûlé,* Gunnarr de Hlidarendi, pour son ultime combat, se défend à coups de flèche jusqu'au moment où un des assaillants coupe la corde de son arc. Gunnarr demande alors à sa femme Hallgerdr de lui donner une mèche de sa chevelure pour retendre son arc. Mais Hallgerdr hait Gunnarr car jadis il l'avait giflée en public. Elle dit à Gunnarr : « Une mèche de mes cheveux ? Est-ce pour toi une chose importante ? » Gunnarr répond : « Il y va de ma vie. » La femme dit : « Alors, je me rappellerai maintenant le soufflet que tu m'as donné. Et il m'est bien égal que tu te défendes plus ou moins longtemps. » Gunnarr est tué.

Knut Hamsun

En 1948 j'avais un ami comédien dont la culture me foudroyait. Il s'appelait Marc Eyraud et il me parlait toujours de Knut Hamsun. Il me conseillait de lire *Mystères*. Je lui ai demandé pourquoi. Il m'a répondu que le héros de *Mystères* était un certain Nagel qui porte un costume jaune. J'ai dit que cela faisait un roman bien maigre, mais Marc Eyraud m'a fourni un autre détail : ce Nagel est un musicien. Il ne quitte jamais son étui à violon et c'est ainsi qu'il séduit les filles.

J'ai objecté : un musicien vêtu de jaune, et alors ? Marc Eyraud a continué : l'étui à violon ne contient que du linge sale, si bien que Nagel, dans son village, passe pour un menteur. Mais Nagel n'a pas dit son dernier mot : sommé au cours d'une fête municipale de jouer d'un violon qu'on lui prête, il se montre éblouissant.

Du coup, j'ai pensé que ce Nagel était un passant considérable. J'ai acheté le livre, je l'ai lu, je le lis encore. J'étais entré, à l'insu de moi-même, dans la société secrète, bien étroite à l'époque, des amoureux de Hamsun, ce qui n'était pas rigolo.

Certes, la plupart de ses romans avaient été publiés avant la guerre mais chez de drôles d'éditeurs et on ne les republiait pas car Hamsun s'était conduit honteusement en soutenant les nazis. J'étais donc condamné à fréquenter les bouquinistes. Je me fabriquai une petite bibliothèque Hamsun. Je capturai *Rosa* et *Benoni,* l'admirable *Pan* et aussi *Victoria, Un vagabond joue en sourdine* et *Sous l'étoile d'automne,* sans oublier *La Faim* qu'on trouvait facilement et *Vagabonds* qui allait bientôt paraître en poche.

Quelques années plus tard, je cognai à la porte d'un très noble éditeur qui avait une collection de monographies littéraires et je lui proposai d'écrire un Knut Hamsun. On me demanda qui était ce Hamsun et on me dit que Virginia Woolf était un écrivain merveilleux mais moi j'aimais Hamsun.

Ma petite bibliothèque Hamsun subissait quelques pertes. Elle s'éparpillait car je prêtais mes livres et on ne me les rendait jamais. Cela me flattait. Je n'étais donc pas si bête. Le dernier survivant de mon stock, *Mystères* justement, connut une fortune bizarre. L'histoire vaut d'être dite car elle semble prélevée à l'un des romans de Hamsun lui-même.

Un jour, dans les années cinquante, je devais interviewer un académicien, quelque chose comme un André Maurois, je crois. Comme j'avais un peu d'avance, je m'assis sur un banc, je sortis mon *Mystères* de ma besace, j'en lus trois paragraphes et je l'oubliai dans le joli square Conti sur le banc public. Tristesse et même désespoir. Le lendemain, je me précipitai dans une excellente librairie du quartier. On me regarda avec compassion : *Mystères* était un livre introuvable mais enfin, si d'aventure un exemplaire passait par là, on me préviendrait.

On me prévint le lendemain. C'était comme un miracle et j'accourus. On exhiba avec respect le livre introuvable. D'un coup d'œil, à son aspect dépenaillé, je compris que ce livre était le mien, celui que j'avais perdu la veille square Conti. Il était assez cher. Je l'achetai.

Depuis ces temps lointains je n'ai jamais cessé de lire et de relire Hamsun. Mais, c'est bizarre, plus je le lis et moins je le connais. Je dois m'y prendre assez mal.

Je choisis un Hamsun au hasard, quelques pages m'enchantent et je saute dans un autre Hamsun. Je me faufile d'histoire en histoire. Je me bricole un Hamsun avec quelques brindilles de *Vagabonds,* l'admirable dernière page de *La Faim,* les tristesses lumineuses du chasseur Glahn dans *Pan,* le violon et le costume jaune de Nagel dans *Mystères,* les mensonges désespérés d'August le marin, les larmes aux yeux de Madame Edvarda.

Hamsun, au fil des ans, est devenu un embrouillis. Je n'y comprends plus rien. Benoni sort de son livre pour aller jouer en sourdine avec le vagabond August. Nagel et son violon claquent la porte de *Mystères* pour aller faire l'amour avec Eva dans un autre livre. Chaque créature hamsunienne va faire un petit tour chez un voisin.

Au surplus, tous ces gens sont indisciplinés. De temps à autre, je pousse un coup de gueule. Je prie ces messieurs et ces dames de revenir à la raison, de rentrer chacun dans sa maison, de cesser de s'emmêler, de ne plus se fréquenter mais rien n'y fait. Ils sont insupportables. Ils se moquent de moi. Ils me narguent. Ils n'ont d'autre plaisir que de pousser des portes secrètes, de descendre des escaliers dérobés et d'aller prendre l'air dans un autre roman, de sorte que l'œuvre de Hamsun est une pelote de laine dans les griffes d'un chat. A force d'aimer Hamsun, je l'ai défiguré et presque aboli. J'ai produit sans le vouloir un écrivain qui n'existe pas. Une fois, j'ai accepté follement de faire une conférence sur l'œuvre de Hamsun. Un désastre. J'avais tout faux. Le public m'a contredit tout le temps.

Je m'obstine. C'est ma manière de lire Hamsun, elle me comble et je ne la crois pas indigne. (Et Dickens, donc ! Il y a longtemps que Pickwick a planté son bivouac chez la tante de Copperfield, la chère Betsey.) Les histoires que raconte Hamsun, je ne les connais plus du tout, aucune idée, et ses personnages ont pris la poudre d'escampette, ils se sont égarés, mais quelle importance ?

Hamsun aussi est un égaré et un homme presque invisible. Et puis, une fois détruites les intrigues, une fois évaporés les personnages, que reste-t-il, si ce n'est la pure beauté ? Un tremblement de la voix, de belles amours « qui suivent des chemins parsemés de fleurs et de sang », des lumières étincelantes, blanches et qui tournent, avec des odeurs de printemps glacé, des silhouettes disparues et qui s'appellent, affreusement, de livre en livre, et qui disent le bonheur des choses, le deuil des choses.

Il me reste un peu de poussière, un peu de cendres au bout des doigts. Il me reste la trace fugitive, plus frêle que des pattes d'oiseau sur la neige, de ces hommes et de ces femmes qui ont vécu, qui ont aimé, qui sont morts et qui ont dit la ferveur et l'horreur du monde avec si peu de mots. C'est sans doute là ce que je retiens de mes interminables lectures de Hamsun : une œuvre faite de peu de mots. Des mots qui murmurent comme s'ils étaient en train de mourir et qui font entendre l'infini silence qui repose en dessous de toute littérature.

Je dois ajouter que Knut Hamsun, de son côté, a évolué depuis notre rencontre. Dans les années récentes, les vieilles traductions de l'avant-guerre ont été corrigées et remplacées par de nouvelles traductions, de Régis Boyer le plus souvent.

Cette restauration s'imposait car les premiers traducteurs n'étaient pas au point. Au contraire, le tact littéraire de Régis Boyer, sa science font merveille, de sorte qu'aujourd'hui on dispose enfin de l'œuvre complète de Hamsun dans des versions irréprochables.

Eh bien, quitte à passer pour maniaque, pour vieux jeu, je ne me corrige pas de mes habitudes. Pour moi, Knut Hamsun restera à jamais celui des traductions maladroites, bourrées de « norvégianismes » dans lesquelles je l'ai d'abord lu. Par exemple, dans mes vieilles éditions, lorsqu'un personnage voulait dire son admiration ou son étonnement, il s'écriait : « Non pareil ! » J'adorais ce « non pareil ! ». Et si, pour conclure ce petit essai de « nouvelle critique », plus subjectif, hélas, que structuraliste, on me demandait de résumer ce que je pense de Hamsun, je me bornerais à dire, de la voix enrouée et lointaine du chasseur Glahn : « Knut Hamsun ? Non pareil ! »

La fin des Empires

Je déteste les Empires mais pas trop tout de même. C'est que je pense aux cancres. Les Empires leur mâchent la besogne : comme ils sont très gros et très lents, ils simplifient l'étude de l'Histoire. N'est-il pas plus expéditif de survoler d'un seul coup d'aile tout le règne des Ottomans, cinq cents ans peut-être, que d'apprendre par cœur la litanie des princes kurdes, algériens, tunisiens, koweïtiens, rouméliens, albanais, thraces, tripolitains ou yéménites ?

Et Rome, donc ? Son Empire permet de dédaigner les tribulations de l'Illyrie, de la Pannonie, de la Bithynie, de la Pamphilie, de la Bétique et de dix autres contrées très saugrenues. L'Histoire est centralisée : on interroge le Capitole et la moitié du monde répond. Plus délectable encore : ces provinces de l'Empire ne sont pas jetées au néant. Elles poursuivent une existence brumeuse. En marge de la Grande Histoire, elles passent comme des fantômes, elles balbutient dans leur sommeil, elles font des gestes de somnambules et quoi de plus intéressant qu'une histoire de somnambules ?

L'Histoire, quand elle n'est pas prise en charge par

un Empire, est un salmigondis. Elle grouille de dates, de noms imprononçables, de frontières tordues, de royaumes de zigs et de puces, de guerres de Pichrocoles, et c'est un dur labeur, pour l'écolier, que d'attraper une Ariane dans ce labyrinthe. Les Empires sont cette Ariane. Ils ordonnent l'embrouillamini, ils calment les impatiences, ils remplacent les années par les siècles, les principautés par des continents entiers. Au lieu de débiter l'aventure humaine en minces rondelles, comme s'y emploient les royaumes, les républiques ou les duchés, les Empires nous la livrent en gros, de sorte que, pour les cancres, les seuls moments de détente et de rêverie sont procurés par Gengis Khan ou Tamerlan, les Achéménides, les Ming, les Mongols et les Mogols : plus de frontières, un seul souverain au lieu de vingt rois incompatibles, une poignée de dates, et le tour est joué, quelques heures de cours vous ont permis d'avaler deux ou trois siècles ensemble et de digérer une moitié du monde, une mer Méditerranée, une Mitteleuropa ou un Extrême-Orient.

L'Empire assoupit l'Histoire. C'est une bonne chose, non seulement pour la cervelle des cancres mais pour chacun de nous, s'il est vrai, comme je commence à le soupçonner depuis six mille ans déjà, que l'Histoire est une calamité et une mégère, qu'elle excite chacun contre chacun et cela pour du beurre puisque, la guerre finie, les ennemis ne se souviennent même pas qu'ils se haïssent et qu'ils se disent : « Bonjour, mon vieux, comment ça va ? Bien dormi ? » L'Empire ralentit le temps. Il nous emmène dans les dimanches de l'Histoire – enfin, dans ses samedis.

Les Empires ont un autre mérite : ils fatiguent les

nationalismes. Ils n'y mettent pas fin mais ils les camouflent. Ils en suspendent les fièvres. Dans l'Empire austro-hongrois, les Slovaques ou les Magyars peuvent bien s'agiter, c'est le monarque de Vienne qui gagne une migraine. L'Empereur nous épargne de nous en occuper et nous pouvons fouetter d'autres chats.

La preuve : dans les Empires, on se mélange beaucoup. Au lieu que, dans les nations, chaque ethnie est bien rangée dans sa boîte, avec une étiquette et des fusils (ou des Charles Pasqua) pour chasser les ethnies étrangères, dans l'Empire toutes les peuplades se coudoient : on y parle dix langues, on y partage cent folklores, mille religions et dix mille légendes.

Rome fut le caravansérail de l'humanité : dans ses venelles, on croisait des Nubiens tout nus, des Peaux-Rouges, des lamas du Tibet, des Sicambres fiers, des Zoulous, des Varègues et des Transoxians, des anciens élèves d'Oxford et des Tupinambas. Les costumes de tous ces gens étaient une fête. On voyait des parkas du fleuve Amour et des vestes de peaux de phoque, des costumes croisés, des gandouras d'Azerbaïdjan et des filets de rétiaire, des pantalons de zouave et des chéchias du Maghreb. Les rues étaient jolies, pleines de couleurs. Des Celtes y faisaient l'amour à des Libyennes, des Ibères à des Slaves.

Convenons cependant que les Empires commettent parfois des vilenies. Par exemple, ils finissent par mourir. Leur chute n'est pas belle. Elle fait un bruit du diable car le désordre, si longtemps écrabouillé, se met en tête de rattraper le temps perdu. L'Histoire, qui avait été comprimée ou intimidée par l'Empire, se réveille en sursaut. Comme elle a beaucoup dormi, elle est en pleine forme, fraîche comme un gardon et affamée d'exploits. En quelques années, elle accomplit les forfaits qu'elle n'avait pu commettre durant les siècles de la servitude impériale. L'Empire espagnol n'était pas tendre mais ce qui lui a succédé, depuis les Indépendances, est sordide. Et la fin de l'Empire anglais des Indes !

Le spectacle que nous présente aujourd'hui l'Europe invite à la réflexion. C'est une grande merveille que de voir défaillir l'Empire des steppes de Staline mais cette débâcle est un tohu-bohu : depuis que Boris Eltsine a sifflé la fin de l'Empire, on voit pulluler des Etats que l'on croyait engloutis. Comme un vieillard gâteux, l'Europe de l'Est remonte le temps, s'attendrit sur ses enfances. Le monde file à reculons, retrouve des figures mortes depuis un demi-siècle. Nos journaux copient les journaux d'avant 1914. On lit *L'Excelsior* ou *L'Intransigeant* et l'on n'y comprend goutte. On se met à chercher dans les greniers les manuels scolaires de ses grands-oncles. Les cancres recommencent toutes leurs révisions.

Des royaumes embaumés arrachent leurs bandelettes, des cadavres de grands-duchés soulèvent leurs pierres tombales, des spectres dansent la gigue ou la valse. Des souvenirs d'Etat gesticulent, se dressent comme des charognes de Jugement dernier, déchirent leurs linceuls, tracent des frontières comme on gribouille, de manière à pouvoir haïr à toute allure, ainsi que la chose se pratiquait au bon vieux temps des Nations, tout ce qui bouge de l'autre côté de ces frontières.

La Bessarabie s'éveille d'une syncope sans rêves, la Transylvanie quitte son bois dormant et chaque jour une nouvelle peuplade défie ses voisines : Sudètes et Moraves, Philarètes et Macédoniens, Croates, citoyens de Garabagne et de Thulé, Caréliens, Paphlagones et Valaches, Dalmates, Loups-Garous, Draculas et Hibernati, Opsikioniens, Tchémérides et chevaliers Porte-Glaive, Kirghiz, Polruves et Grand-Boutiens, vingt peuplades cadavériques réclament leur portion d'histoire, de sang et d'identité, jouent les gros bras, poussent des cris de coq, se drapent dans des bannières. L'Europe de l'Est devient une foire aux vanités historiques. A la gloire de l'Empire, qui est déplorable mais qui a l'excuse d'être unique, succèdent des centaines de gloires de Lilliput.

Chacun de ces Lilliput dégaine ses anciens souverains : on voit se radiner, avec leurs têtes d'Orient-Express, des rois Zog et Leka Ier, des princes Siméon, Alexandre ou Michel, des archiducs sardanapalais, des prolégomènes et des parenthèses, des comtes palatins, des évêques électeurs et des princesses douairières, toute une compagnie de vieilles démangeaisons, des naphtalines tombées de la galerie des ancêtres, des collections de timbres-poste, des excellences sanglées dans des uniformes d'outre-tombe, mordorées et radoteuses, plus ahuries que des hiboux en plein midi et portant dans leurs bras des monceaux de généalogies. Toutes ces altesses de cimetière rugissent, tapent du pied, exigent de reconquérir leurs trônes évaporés, leurs pouvoirs de contes et de mères l'Oye, tandis que, du fond des montagnes, surgissent avec leurs pétoires des bandes d'irrédentistes égarés depuis la fin de la guerre de Trente Ans.

Au commandement d'Eltsine, la géographie elle-même s'est mise en mouvement : des rivières taries depuis 1914 refont leur métier de rivière, redessinent des frontières empoussiérées. Des montagnes rayées de la carte en 1917 recommencent à culminer à trois mille mètres, entre deux Etats ennemis. Ce tumulte géographique nous indique au passage une autre vertu des Empires : ceux-ci ne se contentent pas d'alléger les cours d'histoire. Ils désencombrent, de surcroît, les livres de géographie.

Si j'osais, je décernerais une autre médaille aux Empires mais je craindrais des représailles car je m'attaquerais au « sacré » de notre temps. Mon idée concerne la Coupe du monde de football, le Mondiale comme on dit. Supposons que la planète soit divisée entre quatre Empires. Eh bien, le Mondiale, au lieu de nous empoisonner l'existence, avec ses vulgarités, ses hystéries, son répugnant patriotisme, durant un mois entier, on lui réglerait son compte en vingt-quatre heures, bon débarras !

Il est curieux de constater à ce propos que l'art de la bicyclette évolue à rebours de celui du football. En effet, l'Empire, en même temps qu'il raccourcirait le Mondiale, allongerait au contraire les courses de vélo. En place du Tour de France, nous aurions droit à un Tour de l'Empire. Ce tour serait très long. Il couvrirait une année peut-être, ce qui revient à dire qu'il ne s'interromprait jamais. Il serait infini et j'avoue que rien ne me ferait plus plaisir qu'une course de vélo infinie.

Ce détour par le football et le vélo m'encourage à proposer une petite loi très simple permettant d'élucider avec une rigueur scientifique assez précise les mérites respectifs de la Nation et de l'Empire. Voici cette loi : les amateurs de football sont partisans de la Nation au lieu que les sectateurs de la petite reine préfèrent l'Empire.

Encore un effort et j'aurai épousé mon temps

Tout s'est déglingué à partir de 1966. Un ami m'avait prêté *Les Mots et les Choses,* de Michel Foucault, et j'ai eu l'étourderie de l'ouvrir. Par malheur, les deux premières pages sont très rigolotes, l'histoire de l'encyclopédie chinoise, si bien que je n'ai pas réussi à m'arrêter dans l'espoir du reste déçu de rire encore.

Je trouvais le style de Foucault agréable mais, comme je n'entendais rien à son discours, j'étais vexé et je n'ai pas voulu me rendre. J'ai abandonné d'un seul coup Stendhal, Mandelstam et Rimbaud, comme on cesse un beau jour de fumer des Gitanes, pour consommer des gens dont Foucault nous entretenait, Freud, Saussure et Ricardo.

J'avais attrapé la peste. La fièvre ne me lâchait pas et j'aimais cette peste. Je me gardais de me soigner. De ma nouvelle science, j'étais fier comme un pou sur la tête du pape. Je discutais philosophie. Je me nommais structuraliste mais je ne le criais pas sur les toits car mon savoir était tendre et friable, un doigt de vent l'eût dispersé. J'usais mes nuits à apprendre, tout seul, en tapinois, les principes de la linguistique.

Je me bourrais de syntagmes et de morphèmes.

J'attaquais Jakobson. A peine avais-je fini de n'y comprendre rien que Chomsky débarquait, je l'avalais en m'étranglant un peu. Je gobais Deleuze et Guattari ensemble, je les digérais médiocrement. Je ne fis qu'une bouchée de *Glas,* de Derrida (enfin, je suis presque sûr d'avoir lu Derrida bien que je ne puisse en fournir la moindre preuve). J'étais gorgé de savoir. Je devenais enfin ce fort en thème dont j'avais tellement rêvé au lycée et que j'avais toujours échoué à être.

Je déchiffrais les *Ecrits* de Lacan et j'admirais qu'un livre aussi mystérieux pût être beau. Lacan fut une fête. Je m'en pourléchais, comme j'avais naguère aimé Mallarmé. Il me servait d'oasis. Je me désaltérais à ses sources, je somnolais sous les ombrages chatoyants de ses phrases. Malheureusement, le devoir m'appelait. J'avais encore un programme immense à réviser et je dus délaisser ce point d'eau pour retourner « au charbon ».

Si je sacrifiais encore à mes anciennes marottes littéraires, il me fallait des romans qui ne racontent rien du tout et que ces romans n'aient point de style. Je m'ennuyais à mort mais je progressais. Je portais des jugements terribles. Je citais tout le temps Stephen Nordahl Lund. Dans les débats, je regardais mes contradicteurs d'un air intertextuel et, s'il était question de critique littéraire, je tournais à ridicule ces universitaires périmés qui osent raconter des anecdotes sur Baudelaire ou sur Flaubert. Je les trouvais vulgaires. Je leur volais dans les plumes. Au besoin, je leur retirais le bonjour.

Je fréquentais la revue *Poétique.* L'étrange est que je faisais illusion. Personne ne soupçonna mes fragilités. Si je débattais avec un humaniste, je l'écrabouillais d'un coup d'épistémé. Au contraire, en présence d'un structuraliste de bonne souche, nous nous reconnaissions à demi-mot, comme de vieux copains. Je lâchais une formule au petit bonheur, je parlais d'hypotaxe ou d'herméneutique, l'autre faisait une figure complice et mettait en marche tous ses petits moteurs.

Pendant deux semaines, je me suis même initié, par précaution, aux mathématiques modernes. Je crois me souvenir qu'il était question de la théorie des « ensembles ». Puis, à cause de Lacan, je poussais mes légions sur le front de la psychanalyse. Je me mis à voir des phallus partout, je ne savais plus qu'en faire. « Le Petit Poucet », « La cigale et la fourmi » grouillaient d'Œdipes, je les ramassais à la pelle et je disais à tout instant : « Lapsus révélateur, mon cher ! »

Pourtant, par un reste de dignité, je me suis toujours interdit d'aimer Lyotard, Paul Guth ou Guyotat. Il ne faut pas exagérer tout de même ! Je suis plutôt gentil mais il y a des limites. Je butais également sur le problème des jeux de mots. Lacan en était friand. J'aurais adoré en produire un, même malingre, même minuscule, pour le rapporter, encore chaud, à mes nouveaux camarades lacaniens mais je n'en trouvais jamais. Pour me consoler, je manufacturais quelques zeugmes.

Aujourd'hui j'aime bien ces souvenirs. Les vieux soldats pensent avec nostalgie à leurs guerres, même si ces guerres furent des déroutes dans la boue. Ils contemplent leurs médailles, une vareuse déchirée d'un éclat d'obus, la photo d'un ami mort dans la tranchée. C'est ainsi qu'il m'arrive de prononcer, d'une voix émue, presque tremblante et de préférence dans les soirs d'automne, les noms de Derrida ou de Propp, comme un ancien poilu caresse les drapeaux pris à l'ennemi ou la cicatrice d'une blessure gagnée au chemin des Dames.

Mes études me réservaient des joies inattendues. Si la lecture avait cessé, depuis Foucault, d'être un plaisir, elle prenait la forme d'un exploit. La souffrance, les épreuves traversées, l'ennui de mes insomnies, les chutes et les rechutes me procuraient des joies sombres, celles que connaissent les Conquérants de l'inutile. A présent, si je me rappelle ces mois consacrés à Chomsky ou à Bakhtine, j'en parle comme un alpiniste raconte à ses enfants la face nord du Matterhorn ou la première de l'Annapurna.

Il y a plus saugrenu : ces thèses dont je me gavais ont trouvé, après vingt ans, un usage inattendu. Elles fonctionnent comme calendriers. Je ne dis plus : « C'était quelques mois avant Mai 68 », ou bien : « C'était à la fin des années de Gaulle », mais plus simplement : « Je gravissais alors cet article de Bouveresse, dans *Critique,* sur la théologie rationnelle et l'analyse logique du langage », ou bien : « A cette époque, je me mesurais aux problèmes de la communication. »

Le temps a passé. Ces sciences, à mesure qu'elles s'éloignent, se parent des charmes équivoques de l'exotisme. Jakobson est mon tropique et mon équateur, Emile Benveniste ma Guadeloupe, et le code Proaïrétique mon club Med. Je vois Hjelmslev comme une steppe et l'on connaît la tactique des steppes : sur le moment, elles sont assommantes, on a une soif du diable, leurs couleurs sont atroces mais laissez que passe un peu de temps et elles se nimbent d'un éclat de miel, elles scintillent, vous les prenez pour le jardin de l'Eden.

Il me semble que je ne suis pas le seul à m'être fourvoyé dans de pareils écarts. Beaucoup de jeunes gens ont cédé à ces maigres magies mais, comme moi, ils ont fini par se sauver à toutes jambes. Je les ai vus revenir du front, couturés de blessures et soulagés de s'être tirés de ce coupe-gorge. Du moins est-ce le sentiment que me procurent les écrivains les plus récents : les romans que je me suis remis à lire, après mes années de disette, sont purgés de psychanalyse. Ils racontent des histoires. Ils font bouger des personnages et on entend des cris du cœur.

L'histoire aussi me paraît rentrer dans son caractère. Je constate que se raréfient ces abominables études sur le prix du blé en Champagne du XIe au XIIIe siècle ou sur les avatars de la structure du Carnaval dans l'Italie méridionale. Les historiens revisitent les rois de France, Saint-Denis et Vézelay, les sacres et les fureurs des batailles. Ils placent dans leurs livres des gonfalons, des chevaux, des petits individus chipés à Jérôme Bosch ou à Meissonier, des pluies du Moyen Age, des canicules du XVIIe, du XIXe siècle. On a le droit de lire sans déshonneur la vie de Saint Louis ou bien celle de François Ier, de Caligula, quelle chance !

Ces nouveaux livres de la vieille histoire embaument. Ils sentent l'encre violette, la cour de récréation, les feuillages d'automne, le tableau noir et la craie. Nous sommes revenus sur la bonne voie. Nos grands universitaires redeviennent ce qu'ils sont, des instituteurs perfectionnés. Le temps défile à l'envers. Au pas où nous allons, nous en serons sous peu à réciter les chefs-lieux des départements et *rosa, la rose.* Je m'exerce en secret à résoudre le problème des robinets, si rêveur, ou celui du croisement en gare de

Encore un effort et j'aurai épousé mon temps

Nevers de deux trains partis de Marseille et de Paris, mais comme je suis un homme moderne et même post-moderne, j'ai remplacé les tortillards de nos enfances par le TGV. Encore un effort et j'aurai épousé mon temps.

Le livre et la cendre

La race des incendiaires n'a pas attendu Alexandrie pour allumer les livres. Elle existait bien avant que Jules César ne mette en cendres la Très Grande Bibliothèque des Ptolémée. Les brûleurs de livres sont nombreux comme les vagues de la mer, comme les poux. Ils sont monotones, ils sont bêtes, ils sont indestructibles, ils grouillent. Ils naissent en même temps que les premières tablettes d'argile. En 1995, ils poursuivent leurs forfaits.

Aux quatre coins du monde, à chaque moment du temps, ils sont là, les démolisseurs, avec leurs torches, leurs marteaux, leurs fronts de bœuf et leurs têtes de pioche. Ils calcinent ou ils cassent tout ce qui porte écriture, tout ce qui assure mémoire et avenir : les papyrus et les parchemins, les coquilles ou les lamelles de plomb des Grecs, les tablettes de cuir, les argiles cuites, les *membranae* des Latins, les polyptyques de bois ou d'ivoire, les vélins et les in-folio.

Les mêmes guerriers qui profanent les temples ou qui assassinent les enfants jettent le feu aux incunables. Les mêmes soldats qui égorgent les peuples aztèques lancent leurs brandons dans les dépôts de codex. Quel est-il donc, cet acharnement des princes et des prêtres, des juges et des ministres, des savants et des crétins, contre ces chétifs monuments de cuir ou de papier, contre ces sépulcres de pacotille dans lesquels les défunts disent qu'ils ont vécu et aimé, souffert ou espéré ?

Dans les dédales du temps, la lueur des livres en flammes clignote. On pourrait écrire l'histoire universelle en suivant le chemin des braises, depuis les pirates qui s'attaquent aux argiles de la Crète, douze siècles avant Jésus-Christ, jusqu'aux militaires brésiliens de 1964 qui rôtissent *Le Rouge et le Noir* parce que c'est un ouvrage marxiste.

Les mêmes dates scandent le calendrier des sociétés et celui des bibliothèques : 1453, 1492, 1517... ces nombres célèbrent-ils la prise de Constantinople, le débarquement de Christophe Colomb à Saint-Domingue, la révolte de Luther – ou bien des bûchers et des équarrissoirs de livres ?

Naissance du palimpseste

Deux siècles avant le Christ, les villes d'Alexandrie (Egypte) et de Pergame (actuelle Turquie) se disputent beaucoup. Attale Ier Sôter, roi de Pergame (– 269/–197), est jaloux de la bibliothèque d'Alexandrie de laquelle Callimaque a dressé le catalogue (les cent vingt volumes des pinakés) et que consultent Théocrite ou Euclide. Attale Ier entend posséder sa propre bibliothèque. Il accumule des livres mais ses scribes ne valent pas cher. Ils manquent de façon. Aussi le fils d'Attale Ier, Eumène II, use-t-il des grands moyens : il chipe aux Ptolémée le bibliothécaire du Mouseion d'Alexandrie, un peu comme aujourd'hui le Milan AC achète un joueur du Paris S.G.

Alexandrie fulmine. Les Egyptiens montent une opération de commando pour récupérer ce scribe si savant. Eumène II en est informé par les espions qu'il entretient à Alexandrie. Il ne fait ni une ni deux : il fourre le bibliothécaire en prison. (Quoi d'étonnant ? Catherine de Russie, inquiète à l'idée que ses peuples apprennent qu'elle porte une perruque, incarcère son coiffeur pendant trois ans.)

La bibliothèque de Pergame se développe. Les rois d'Egypte s'énervent. La collection de Pergame – qui comptera jusqu'à quatre cent mille volumes – porte ombrage à celle d'Alexandrie (même si celle-ci reste plus fastueuse puisqu'elle contient sept cent mille rouleaux, dont les livres que lisait Aristote, mais les Alexandrins étaient comme ça, ils voulaient tout pour eux, des goinfres, des égoïstes). Au début du IIe siècle, l'Egypte prend un arrêté pour interdire l'exportation des papyrus à destination de Pergame.

Les gens de Pergame répliquent : puisque la source du papyrus est tarie, ils décident de faire une invention technologique. Ils créent un nouveau support pour les écritures : la peau des bêtes. Celle-ci, convenablement traitée, devient le « parchemin » (du grec *pergamênê*). Les moutons, les vaches, les chèvres, les chevaux, les veaux sont égorgés. Leurs peaux sont converties en discours. C'est une grande date dans l'histoire des bovins, des idées, des ovins, des mathématiques, des équidés et du livre.

Le parchemin a beaucoup de mérites : il permet de passer du rouleau primitif à la forme du cahier, appelé le « codex ». Il a un autre avantage : il supporte sans dommage le grattoir. On peut donc réemployer une peau déjà gribouillée. Le texte primitif est effacé. Un autre texte est calligraphié à sa place. C'est ainsi qu'on prétend que naquit le palimpseste. Est-il sûr cependant qu'il fallut attendre le parchemin pour donner sa chance au palimpseste ?

Je croirais plutôt qu'il existe de nombreux palimpsestes inaperçus et que peut-être tout manuscrit camoufle un autre manuscrit. On peut même se demander si ce papyrus, que le parchemin va remplacer, n'avait pas déjà manufacturé spontanément et sans faire d'esbroufe de très nombreux et très jolis palimpsestes.

Les rouleaux de papyrus sont délicats. Leur longévité est petite car l'humidité et les insectes en font du lambeau. Après quelques siècles, le papyrus est déchiqueté. Il donne naissance à un palimpseste sauvage, ou plutôt à un palimpseste mort-né : la première partie de la fabrication du palimpseste a été menée à son terme par les bestioles puisque l'original est devenu illisible, non la deuxième partie car aucun scribe n'eût pu calligraphier de nouveaux textes dans la poussière produite par la vermine. Du moins le lecteur, à contempler ce petit tas de poudre soyeuse qu'est devenu le papyrus, est-il libre d'imaginer le discours aboli, et d'écouter, dans les déchirures des rouleaux, les rumeurs tombées au néant, les rumeurs mortes.

Le papyrus se trouve ainsi associé à la mort par sa fragilité. C'est pourquoi il s'accorde à la littérature : les parfums funéraires conviennent au génie de la lettre. Quelle est-elle, en effet, la vocation de l'écrivain ou du scribe si ce n'est de forcer la frontière qui sépare la vie de la mort, de communiquer à ceux qui viendront demain le chuchotement, la plainte et l'allégresse en allés de ceux qui furent ?

Les Egyptiens avaient reconnu ces accointances de l'écriture et de la tombe. Ils façonnaient des cercueils avec des feuilles de papyrus découpées, collées ensemble et enduites de plâtre. Ici, c'est le cadavre qui devient le support, la partie effacée mais murmurante encore, du palimpseste : dans la charogne humaine rendue illisible par le grouillement des vers, par la corruption ou par l'embaumement, se mire un autre texte, celui des papyrus de la mort.

Les Assyriens produisent d'autres variétés de palimpsestes. Comme ils possèdent de gigantesques stocks de tablettes d'argile et que l'argile se brise, ils en utilisent les éclats pour assurer la fondation de leurs routes ou même pour bâtir le plancher de leurs maisons. La route, la demeure forment un monumental et chaotique palimpseste sur lequel subsistent les bribes de ce qui fut un jour gravé. Peut-on lire des chemins ? Peut-on déchiffrer des plafonds ?

Au Moyen Age, chez les féodaux de l'Europe du Nord, beaucoup de livres sont découpés, lavés et ressuscités comme livres de comptes. Les registres de la Ligue hanséatique portent en filigrane des poèmes engloutis.

A Copenhague, d'après Svend Dahl, lors d'un mariage princier en 1634, des manuscrits de parchemin sont détruits. On en fait des cartouches pour les feux d'artifice.

Au Brésil, dans l'Etat du Minas Gerais, au XVIIIe siècle, on façonnait les fusées des fêtes populaires à l'aide de vieux livres. Il y a une quinzaine d'années, un chercheur a fouillé un stock de ces fusées demi-calcinées. Il s'agissait de partitions de musiques baroques dont le souvenir était perdu. Les vestiges ont été déchiffrés par des spécialistes. Ceux qui ont entendu ces mélodies ont pleuré. Les parties mangées par les flammes faisaient de beaux silences.

Une histoire pareille est arrivée à Franz Schubert. C'est Raymond Prunier qui nous la raconte dans son beau livre : *Traces de pas*. Il la connaît bien puisque c'est lui qui l'a inventée.

Schubert doit déchiffrer sa dernière œuvre avec ses musiciens. Il traverse la ville sous une grosse neige. Dès que Schubert est là, on se met au travail.

« Au début tout va bien mais voici que fusent des cris : " Bémol ! La clé ! Bécarre ! " C'est la neige. Les flocons ont effacé des notes et les musiciens improvisent dans les trous, jouent ce qui leur vient. On rit tellement que tout s'arrête... Encore quelques notes de rappel au piano, mais rien à faire, ils ont baissé les bras.

« On ne rit plus. Ils ont compris que Schubert n'ose plus se retourner. Dans le silence, on se dit que la musique n'existe pas tant qu'elle n'a pas été entendue. Aussi longtemps que l'atmosphère n'aura pas vibré à ses accents, on ne pourra affirmer qu'elle est au monde. Elle a beau être écrite, si la trace est trouble, le chant va l'être aussi... »

Un pamphlet très misogyne du XIXe siècle reproche aux femmes de déchirer les livres pour en faire des papillotes.

Au XVIIIe siècle, en Angleterre, on bâtissait des chaises percées dont le champ offrait au regard la tranche en trompe l'œil de volumes reliés. Ce curieux apparentement entre l'écrit et l'excrément nous conduit, comme les cercueils de l'Egypte, dans les entours de la mort.

Comment ne pas déceler, dans ces chaises percées, des variétés embaumées de palimpsestes dont le texte premier est inlassablement recouvert par de nouveaux, incompréhensibles, odorants et éphémères gribouillages ? Ce qui lève une autre question : le livre n'est-il pas un reste, tout simplement, une déjection, un fossile, une relique, un déchet, en quelque sorte un indice presque policier du passé, au même titre que ces excréments auxquels le voilà associé.

« Combien de conspirations terribles, écrit Swift dans *Le Grand Mystère ou l'art de méditer sur la garde-robe,* ont été découvertes en examinant à temps les latrines ! » Le livre, les bibliothèques s'apparenteraient à de gigantesques dépotoirs ou poubelles dans lesquels la mort inlassablement macère.

Certains généraux de l'Antiquité utilisaient le crâne de leurs esclaves en guise de papyrus ou de parchemin. Ils faisaient incruster leurs instructions dans le cuir chevelu du messager préalablement rasé et ils expédiaient cet homme vers une ville assiégée, vers un autre général ou vers un poste isolé. A son arrivée, l'esclave était tondu car la chevelure avait repoussé. On lui lisait le crâne. Plus tard, la même tête était réutilisée, comme un vieux parchemin, car le premier message était réduit à une cicatrice à demi estompée. Un nouveau texte, tout frais, était gravé et le messager reprenait la route. Un messager-palimpseste. Certains crânes racontaient probablement, comme Thucydide, la guerre du Péloponnèse. Les archéologues, s'ils étaient plus dégourdis et moins paresseux, pourraient mettre au jour de profonds secrets en déterrant ces crânes.

Pareils exemples suggèrent une leçon : l'écrit, même dévoyé de son destin, même torturé et blessé, poursuit une carrière sourde : il enveloppe les cadavres, il confère à la fonction excrémentielle une dignité culturelle inespérée, il devient brique pour la maison des hommes, il consolide les chemins et les routes, il participe à la conduite des guerres. Cependant, même frappé à mort et pulvérisé, anéanti, mâché, concassé ou grillé, même tué, le livre ne meurt pas. Il a beau avoir été estompé et nié, masqué sous de nouvelles écritures ou des chevelures repoussées, mélangé à la terre ou à l'excrément, le texte original demeure. Il est toujours là, il est indélébile, un peu comme les ecchymoses de nos enfances continuent de nous hanter et de nous guider, quand même nous les avons oubliées.

Les freudiens comparent l'inconscient à la partie effacée, lavée du palimpseste. L'image est correcte mais elle fonctionne dans les deux sens : elle éclaire la mécanique de la psyché humaine ; elle éclaire aussi, à l'envers, le statut et le rôle du livre. Sous le texte apparent continue de marmonner un autre texte, l'inconscient de ce texte, une parole d'abîme. Tout livre est habité par le fantôme d'un autre livre, par le fantôme de tous les livres écrits et disparus, écrits et tombés au néant, un peu comme, dans la vie des hommes, chaque événement se nourrit du cadavre des événements déjà échus, un peu comme l'Histoire n'est que la consommation, la digestion et la défécation de l'Histoire. Chaque événement est un revenant, le retour d'un événement fantôme. Une Histoire fantôme...

L'Histoire calligraphie ses infamies toujours sur les mêmes feuilles. A peine sa page d'écriture est sèche qu'elle trempe sa plume dans de nouveaux vases de sang et elle dépose ses jambages dans les lambeaux de la précédente empoignade, dans les déchirures et les cicatrices qu'ont recouvertes l'herbe et les arbres de Dieu.

De cette bibliothèque des massacres, quelques contrées détiennent les inlassables vestiges et c'est ce qui confère par exemple à la plaine des Flandres (où Bouvines est enveloppée dans Fontenoy, où Jemmapes offusque Rocroy) sa grandeur, sa misère. Sous chaque bataille donnée rôdent les batailles ensevelies – à la façon d'une partie d'échecs dans laquelle chaque dispositif de pions, de rois, de dames, de cavaliers, de fous et de tours recouvre des milliers de parties inabouties, de parties jamais jouées mais rêvées par les joueurs, mais écrites dans les têtes des deux joueurs, et raturées.

Il est banal de le dire après tant d'autres gloses : le livre est écrit par son lecteur. Shakespeare s'est contenté de griffonner à la diable un texte qui ne cessera plus d'être réécrit, troublé, complété, révisé, développé, lustré, malmené, massacré, amélioré par ses lecteurs. Hamlet ne connaîtra sa forme définitive qu'au jour du Jugement dernier, une fois que le dernier œil humain aura parcouru ses lignes.

Etrange variété de palimpseste, celle-là ! Chaque lecteur abolit le texte de Shakespeare pour le remplacer par un autre texte, identique et sans comparaison cependant. De nouveaux rayons l'illuminent. Des ombres.

Même les proses qui ne furent pas rédigées peuvent servir de supports aux palimpsestes. Jésus-Christ n'a rien écrit. Une fois, il a eu envie de le faire mais le vent de Dieu veillait au grain. Voilà une étrangeté ! Jésus trace quelques lettres dans la poussière du désert de Samarie. Avant même que les Apôtres aient eu le temps de déchiffrer le message, une brise se lève et disperse les lettres.

Demeure, dans la solitude du sable, le plus perdu des palimpsestes : le manuscrit est supprimé au moment qu'il est écrit mais nulle autre écriture ne vient recouvrir le texte dispersé et comment en eût-il été différemment ? Comment la parole de Dieu se fût-elle ratatinée au point d'être enfermée dans des lettres de l'alphabet, aussi nombreuses que fussent ces lettres et leurs combinaisons ?

La parole divine est illimitée, elle excède tout alphabet, tout langage et toute grammaire, toute imprimerie et toute bibliothèque. Seule, la surface de sable vierge sur laquelle gît la trace de rien peut enfermer l'infini de la pensée de Dieu. Le néant forme le seul alphabet vraiment complet, vraiment infini, et digne de la parole divine, comme il est le seul élément capable de refléter l'indescriptible figure de Dieu (« Dieu est indicible, dit saint Augustin, et nous disons plus facilement ce qu'il n'est pas que ce qu'il est »).

Cet épisode a l'avantage d'attester de l'existence de Dieu, de sa vigilance et de sa vivacité d'esprit puisqu'il a réagi aussitôt, par une procédure d'« urgence extrême », à l'étourderie du Christ en envoyant un peu de vent pour estomper le message que celui-ci avait rédigé. En revanche, il ferait presque douter de la divinité de Jésus car enfin, celui-ci, s'il est le Fils de Dieu, comment lui a-t-il échappé qu'aucun alphabet humain ne peut embrasser l'illimité (le néant) de la pensée divine ?

Ce problème – je veux dire, la divinité du Christ contestée par sa vocation d'écrivain – est irritant et l'on aimerait bien en dire la solution. Certes, on peut être assuré qu'un prêtre, un évêque, un Père de l'Eglise, un cardinal ou un pape a parcouru ce dédale théologique et fourni des réponses pertinentes, puisqu'ils sont faits pour ça, les prêtres, mais comment exhumer ce témoignage dans la bibliothèque inextricable au fond de laquelle reposent aujourd'hui, comme les lettres démantelées d'un alphabet, toutes les paroles proférées depuis deux mille ans par les théologiens ?

Voilà un beau casse-tête : ou bien Jésus n'était point le Fils de Dieu et il était donc légitime qu'il écrivît. Ou bien Jésus était le Fils de Dieu mais il a eu ce jour-là une distraction, un « trou », un accès de lyrisme ou d'enthousiasme, et rien n'est plus embêtant, nous semble-t-il, qu'un Dieu rêveur ou exalté.

(A vrai dire, on comprend que Jésus ait été un peu déboussolé quand il a découvert qu'il était le Fils de Dieu. La chose lui serait un peu montée à la tête et il aurait voulu tout de suite divulguer son message aux hommes, par écrit, sur le premier parchemin venu, en l'occurrence le sable de la Samarie. Mettons-nous à sa place : comment garder son sang-froid en telle circonstance ?)

Cet épisode et l'interprétation que nous y ajoutons entraînent aussitôt une objection presque insurmontable. Mais cette objection permettra d'aller plus avant, et de poser, de manière nette et vigoureuse, que la nature de la parole orale et celle de la parole écrite, leurs vocations, leurs statuts et leurs usages, sont sans comparaison. Même, elles sont contraires.

Le Christ était très fort à l'oral. C'était un orateur d'exception. Il ne pouvait pas s'interdire de fournir son opinion, toujours belle, géniale et lumineuse, sur toutes choses – sur les femmes adultères, sur les fils prodigues, sur le péché, sur la conversion des païens, sur les lis des champs, etc. Or, à aucun moment, l'Eternel, son Père, ne le censure, ne lui ferme la bouche d'un bâillon.

Cet Eternel, qui prend la peine de mettre en route une brise quand le Christ griffonne quelques lettres dans le sable, ne marque pas la moindre irritation quand ce même Christ parle. C'est que Dieu connaît que la parole orale est futile, révocable et volatile – en somme, profane. Il laissait donc la bride sur le cou de son fils quand celui-ci avait envie de parler. Il considérait que ces conversations, même sublimes, appartenaient à la sphère de l'humain, du contingent et qu'il n'y avait aucune raison de se gendarmer. Au contraire, quand le Christ, dans un accès bien pardonnable d'éréthisme, s'enhardit à rédiger un texte sur le sable de la Samarie, alors, la contre-offensive est fulgurante : le néant, c'est-à-dire l'infini, vient recouvrir les lettres tracées par le Christ.

Osera-t-on aller plus avant ? Osera-t-on proposer que cet épisode si obscur, si troublant, de la carrière du Christ n'a d'autre objet que d'illustrer le mystère de l'Incarnation ? La parole orale appartient à la sphère humaine, au temps, à l'Histoire, alors que la parole écrite procède de l'intemporel, de l'éternité. Le drame de Samarie se bornerait alors à confirmer que Dieu, le Verbe, s'est fait chair en la personne du

Christ. Et que cette chair avait le droit de parler mais en aucun cas celui de se prendre pour le Verbe.

La confrontation sur les routes d'Israël de la parole orale et de la parole écrite revêt alors un sens profond et tragique à la fois. Elle donne à entendre le formidable fracas qui accompagne la rencontre entre l'Eternité et le temps, Dieu et le Christ, le Ciel et la Terre, l'absolu et le relatif, l'absence et l'Histoire. Elle réitère que le néant n'est que l'autre nom de l'être.

Cette histoire cependant n'est rapportée que par un Evangile apocryphe et les Evangiles apocryphes...

Tolstoï va mourir. Il était fatigué de sa femme, de ses enfants, de ses chevaux, de tout enfin. Il se disait qu'à quatre-vingt-deux ans, il est temps de vivre un peu. C'est pourquoi le 28 octobre 1910 il quitte Iasnaïa Poliana. Il fait une fugue mais il a mal choisi sa saison. C'est l'hiver. Le temps est glacial.

Le vieil écrivain a une fièvre de cheval. Il est contraint d'interrompre son équipée à la gare d'Astapovo. Le chef de gare lui cède sa propre chambre. La famille Tolstoï accourt. Tolstoï s'en serait bien passé. Tant qu'à mourir il eût aimé un petit répit, d'autant plus que sa femme l'assomme. La minuscule gare grouille d'officiels et de journalistes. Le monde entier s'abat sur Astapovo. On improvise un bivouac dans la cour.

Tolstoï ne s'occupe pas de ces gens. Il a d'autres devoirs, il lui faut expirer. Dans la gare envahie et folle, il entend le fracas des wagons, le chuintement des pistons tandis qu'Anna Karénine, qui est désespérée, hurle sous les roues de la locomotive dans la neige de Moscou. Tolstoï note ses dernières pensées.

Du matin au soir il rédige, mais il n'a pas de porte-plume, il n'a pas de cahier et il écrit sur son drap, avec sa main, et tant pis si ses doigts caressent deux fois le même bout de tissu. Les textes s'empilent les uns sur les autres, quelle importance, ils sont invisibles, ils n'existent pas, ils sont au ciel.

L'œuvre de Tolstoï ne sera jamais complète. Y manquent, pour toujours, les calligraphies balbutiées par l'agonisant sur la blancheur des linges. Nul écrivain, jamais, n'écrira son œuvre complète et Borges, s'il fait mine de croire le contraire, sait bien que la plus belle bibliothèque n'est que la ruine ou la promesse foudroyée d'une bibliothèque. Tout livre est en même temps inexistant et indestructible, tout livre est en attente de sa naissance et infracassable pourtant. La vraie bibliothèque de Babel, comme la pensée de Dieu, n'est infinie que de ne contenir que du vide.

Ni Pythagore, ni Socrate, ni Bouddha, ni Milarepa, ni Catherine de Gênes n'ont laissé la moindre trace écrite. Mais sur leurs tablettes désertées, sur leurs parchemins muets, des monceaux de gloses ont été entreposés, des millions et des millions de phrases, de sorte que les lettres absentes de Pythagore, de Bouddha ou de Socrate ont engendré un monstrueux entrelacs de lettres, un palimpseste monumental, illimité et labyrinthique, une merveilleuse germination du vide, du silence, de l'absence.

Les conquérants, les prêtres, les furieux qui incendient les bibliothèques sont des nigauds : ils brûlent un matériau ignifuge, ils défont un tricot indémaillable, ils brisent de l'incassable. Le roi Boabdil, dernier prince arabe de Grenade, reçoit l'avis que sa capitale vient de tomber. Il met le feu au message qui le lui dit. Par précaution, il enflamme aussi le messager mais Grenade est tombée.

En plusieurs occasions, la rage des destructeurs a obtenu des effets inattendus. Elle a pérennisé les écrits qu'elle s'efforçait de supprimer.

Douze siècles avant Jésus-Christ, des brigands débarquent en Crète. Ils s'en prennent aux temples et, comme ils détestent les bibliothèques, ils y jettent le feu pour purger la terre de toutes ces fadaises.

Les brigands avaient fait un mauvais calcul : le feu est un renégat. Il travaille au rebours de son programme. Il construit au lieu de dissiper. Il imprime au lieu de gommer. C'est que les tablettes rangées dans les temples crétois sont faites d'une argile molle. Les flammes des pirates durcissent ces argiles et confèrent une immortalité aux signes qui les constellent. De cette collection d'éphémères, elles font des empreintes indestructibles et qui traversent le temps, la mort.

Les grandes bibliothèques ont des noblesses de nécropoles. La Bibliothèque nationale est le plus doux des cimetières. Tout apparente les deux institutions. Sur les interminables étagères de la B.N. reposent, dans le recueillement, les ouvrages d'hier, semblables à de dérisoires cénotaphes et, si les chrysanthèmes ne fleurissent que rarement les pupitres, les lecteurs se déplacent pourtant avec des mouvements feutrés, effarouchés et tremblants presque. Ils ne parlent pas. Les petites lampes verdâtres les enveloppent d'une lueur d'église ou de vingt mille lieues sous les mers. Ils chuchotent, on dirait qu'ils sont à confesse, ils feuillettent leurs in-octavo avec des mièvreries de fleuriste, ils ne font pas plus de tumulte qu'une famille de souris, un jour de Toussaint, sur la tombe des souris mortes.

On dira que ces timidités s'expliquent. Il convient de préserver la solitude des voisins mais pareille interprétation est triviale. Pour moi, je préfère lire les discrétions des lecteurs dans les lumières d'une mort par miracle suspendue, tenue en respect précisément par ces gribouillages qui font entendre la parole des bouches en allées.

La bibliothèque est un édifice sacré au même titre qu'une chapelle ou une catacombe, un lieu où la mort et la vie communiquent, s'informent, se fécondent et s'engrossent, s'emmêlent et se déclarent interchangeables, identiques même, loin des gens qui passent sur les saisons. En entrant dans une bibliothèque, n'ai-je pas franchi une barricade mystérieuse ? N'ai-je pas déserté les territoires inexistants du profane pour me baigner dans les eaux impassibles du sacré ?

C'est pourquoi tous les familiers d'une grande bibliothèque portent un regard à la fois tendre, méfiant et extasié sur les hommes chargés de prélever, dans des réserves si vastes, si compliquées, si enfouies, si poussiéreuses qu'elles en deviennent imaginaires, le livre convoité. Chaque fois que je vois l'appariteur disparaître en serrant dans la main ma fiche, j'ai conscience que cet homme, qui pour quelques instants a fait mine de respirer le même air que le nôtre, va en réalité se balader dans une autre géographie, dans un espace parallèle où le théorème d'Euclide ne s'applique pas, où la force de gravité et la vitesse de la lumière obéissent à d'autres règlements.

Cet hymne à la gloire et à la sagesse des appariteurs, cet aveu de leur transcendance et de leur position d'intermédiaire, de passeur entre l'humble lecteur que je suis et le trésor intemporel des livres ne doivent pas être lus comme symboles mais comme vérités.

J'oserais même comparer les gardiens de la B.N. aux personnages que j'ai toujours considérés, quand j'étais enfant, comme les plus importants du monde (et je continue peut-être à le penser), je veux dire les employés de cirque, non pas ceux qui font des pirouettes dans leurs agrès ou qui mettent assez sottement la tête dans la gueule des lions, mais, plus noblement, les manieurs de marteaux et les tendeurs de câbles qui, la veille, ont en apparence dressé la formidable tente du cirque, alors qu'ils ont en réalité tracé la frontière ronde à l'abri de laquelle, pour quelques heures, le sacré, enfin le cirque, a décidé de faire halte dans la ville.

Ernst Jünger dit : « Nos bibliothèques font penser au monde géologique décrit par Cuvier : gîtes fossiles, souvenir d'un déploiement d'activités que l'irruption catastrophique du génie a frappés. De là vient aussi que l'âme vivante, dans ces ossuaires de l'esprit humain, éprouve quelque chose de l'angoisse qui survient aux approches de la mort. »

L'encre de Chine

La destruction des livres, leur incendie ont des effets inattendus. Il advient qu'ils favorisent le progrès technique et qu'ils bouleversent l'art littéraire. En 391, Théodose Ier, empereur d'Orient puis romain, ordonne que tous les temples païens et leurs librairies soient fermés. L'écriture hiéroglyphique, encore vivante jusque-là, cesse d'être comprise du jour au lendemain. Une nouvelle littérature s'épanouit.

Dans la Chine du IIIe siècle avant Jésus-Christ, l'empereur Che Houang-ti (ou Ch'in Shih Huang-ti) prend les livres en grippe. Il les élimine. Quand son règne est achevé et qu'on recommence à écrire, on a recours à des supports inédits. Les nouveaux savants utilisent la soie sur laquelle ils écrivent à l'aide d'un bambou ou d'un pinceau en poils de chameau qu'ils trempent dans une encre composée de noir de fumée et de gommes mélangées, l'encre de Chine. La littérature change. Elle devient une caresse : on ne rédige pas les mêmes poèmes sur la soie ou sur une carapace de tortue, avec un pinceau de poil de chameau ou avec un marteau et un burin.

Seulement, si les ouvrages sur soie sont très beaux, ils sont ruineux. Conséquence : un siècle plus tard, un certain T'sai Louen se dévoue à inventer le papier.

(Les Chinois sont malins comme tout. Ils ne veulent pas que l'Occident connaisse le papier. Ils en conservent l'exclusivité pendant quelques siècles. Par chance, au VIIIe siècle, une bande de fabricants de papier chinois est capturée par des Arabes. Le mystère est levé. Les Arabes voudraient bien, eux aussi, protéger le secret mais ils sont moins rusés que les Chinois, très bavards, et leurs voix sont sonores, gutturales. Aussi, le papier débarque en Europe aux alentours de l'an mille.)

Jorge Luis Borges a parlé de cet empereur Che houang-ti (259 ? – 210 av. J.-C.) qui supprime tous les livres en – 213, édifie la Grande Muraille et se flatte que, sous son règne, chaque chose a son juste nom.

« Peut-être, dit Borges, l'Empereur et ses mages crurent-ils que l'immortalité nous est intrinsèque et que la corruption ne peut pas entrer dans un monde fermé. »

Le texte de Borges est bref et lumineux mais avare en détails. Au surplus, il est approximatif. Pour l'Argentin la Grande Muraille a été bâtie par le seul Che houang-ti. Or, Che houang-ti s'est borné à compléter l'entreprise de ses prédécesseurs qui, à l'époque des Royaumes combattants, vers – 300, avaient érigé aux confins de la Chine des fortifications destinées à contenir les nomades du Nord-Ouest, les Hsiung-nu (les Huns). Che houang-ti, qui crée l'éphémère dynastie des Ts'in (Ch'in), avait unifié la Chine. Il était raisonnable qu'il raccordât les différents moignons de la Muraille.

Pour Borges, de telles informations sont dénuées d'intérêt. L'Argentin veut à peine extraire de l'histoire positive les anecdotes propres à soutenir sa réflexion sur le temps et l'éternité. C'est pourquoi il utilise volontiers la Chine dont le passé mirobolant contient des mines de paraboles. Pourtant, un coup d'œil, même rêveur, sur les circonstances qui ont entouré le grand autodafé de – 213, loin de renverser les thèses de Borges, les enrichit.

Che houang-ti, qui fut d'abord connu sous le nom de Tcheng, le roi des Ts'in, succède à la dynastie des Tcheou (Chou) qui remplace elle-même la dynastie des Chang (Shang) vers – 1100 et va durer 886 ans. Or, les rois de cette dynastie Tcheou se méfiaient déjà des livres. Bien avant Che houang-ti, les souverains Tcheou tenaient les écrivains à l'œil. Ils mettaient au four ceux qui modifiaient les caractères d'écriture ou les instruments de cuisine.

La haine que la dynastie Tcheou portait au livre s'explique. Avant les Tcheou, avant les Chang même, avaient régné des souverains si anciens, si ténébreux que leur carrière historique est comme un songe. Les annales de ces songes avaient de quoi effrayer. Entre toutes, la dynastie des Hia qui n'exista jamais avait laissé des archives angoissantes (ce qui confirme qu'il n'est pas indispensable d'être pour que l'on se souvienne de vous – en d'autres termes, l'être n'a pas besoin d'avoir été pour être, ce que Maître Eizenbach traduit, à sa manière cocasse de maître de « l'humour mystique » : « Dieu n'a pas la nécessité d'être pour être »).

Ces Hia, dont le fondateur fut le spectral roi Yü Huang, aimaient le désordre, les plaies et les bosses, le changement, disons le temps. On les range dans la famille d'Héraclite alors que les Tcheou et davantage encore les Ts'in (Che houang-ti) sont plutôt en quête de l'immobilité chère à Parménide.

Les Hia, eux, étaient insupportables. Ils avaient la manie d'organiser l'anarchie. Ils fomentaient rigoureusement le chaos. Le calme de leur Empire les horripilait. Ils rêvaient de malheurs (comme Caligula, qui se lamente à fendre l'âme parce que son règne ne connaît ni de grandes guerres ni d'affreuses défaites). Ils se consacraient à bousculer les coutumes, les mœurs et même l'ordonnance de la Création. Le partage régulier et fatal des journées entre lumière et nuit les exaspérait au point que la femme du roi Koei, une certaine Mei-hin, avait fait creuser un souterrain si profond qu'elle pouvait y célébrer des fêtes nocturnes en plein midi, de sorte que le Créateur était bien attrapé. Un autre roi, Chao-Hao, intitula l'hymne de son règne *L'abîme.*

Peut-être Che houang-ti, quand il prend le pouvoir, a-t-il le souvenir des débordements de la brumeuse, sacrilège et imprudente dynastie des Hia et veut-il aveugler toutes les voies par où le temps peut s'infiltrer. En outre, il avait pour conseiller un utopiste carabiné, un homme résolu à gérer l'Empire de manière que l'avenir ne se distinguât jamais du passé et que chaque jour fût à la fois sa veille et son lendemain.

Cet homme, Li Sseu (Li Szu), Premier ministre de −214 à −208 uniformise la Chine. Il standardise les poids, les monnaies, les écritures de tout le continent. Il unifie la largeur des essieux pour faciliter le trafic sur les routes. Il représente à son maître que l'anarchie prospère grâce aux livres, ce qui, Dieu merci, n'est pas mal jugé et fait la vertu des bibliothèques. Selon Li Sseu, les écrivains sont des pervers. Sous prétexte de célébrer le passé, ils font le contraire : ils modèlent le présent, le malmènent. Par leurs ruses, ils désencombrent les voies le long desquelles se glisse l'abominable avenir.

« Votre Majesté, écrit Li Sseu, possède un Empire unifié. Elle a distingué le noir du blanc et fermement assuré sa suprématie. Pourtant, des écoles indépendantes se liguent pour critiquer les codes de lois et les ordonnances... Votre serviteur suggère que tous les livres, dans les Archives impériales, excepté les *Mémoires de Ts'in,* soient brûlés.

« Tous ceux qui, excepté les membres de l'Académie des lettrés, sont en possession du *Canon des poèmes,* du *Canon de l'Histoire* et des discours des cent philosophes, les porteront chez les gouverneurs locaux et les feront brûler sans discrimination. Ceux qui oseront parler entre eux du *Canon des poèmes* ou du *Canon de l'Histoire* seront exécutés et leurs corps exposés sur la place du marché. Quiconque, en se référant au passé, critiquera le présent, sera mis à mort avec tous les membres de sa famille...

« Ceux qui trente jours après la promulgation du décret n'auront pas détruit leurs livres seront marqués au fer rouge et désignés pour construire la Muraille. Les livres qu'on ne doit pas détruire sont ceux qui traitent de la médecine, de la pharmacie, de la divination par l'écaille de tortue et l'achillée, de l'agriculture et de l'arboriculture. Les personnes désireuses de poursuivre leurs études prendront pour professeurs des fonctionnaires... »

On commence à distinguer le délirant projet de Li Sseu et de son maître Che houang-ti : la Chine, incarcérée dans sa Grande Muraille qui verrouille l'Espace, délivrée de ses livres et donc du Temps, peut s'adonner à sa seule jouissance : elle contemple sa propre immobilité.

Une autre initiative de Che houang-ti complète l'arsenal dont il s'est doté pour bloquer le temps, fatiguer l'Histoire et garantir le repos des choses : il recommande de célébrer des sacrifices aux montagnes, aux plaines, aux fleuves, à la mer, à la terre et aux étoiles, en somme à toutes les permanences, à toutes les effigies de la constance, de la copie, de la reproduction, de la monotonie, à tout ce qui échappe à ces métamorphoses, ces surprises et ces ruptures qui ourdissent le supplice et l'extase des humains.

Le rêve de Che houang-ti peut se dire ainsi : passer du règne de l'Histoire, qui bouge tout le temps, qui meurt et ressuscite, à celui de la Géographie qui est inerte et sur laquelle glissent les changements et la mort même – surtout quand cette Géographie est divisée de l'Histoire par une Grande Muraille.

Che houang-ti prend une ultime précaution : il envoie trois mille jeunes gens et jeunes filles en mer à la recherche des îles des Immortels. Sans doute caressait-il l'espoir que la Chine elle-même fût cette île des Immortels et qu'en définitive les membres de l'expédition découvrent, au terme de leur périple, leur propre empereur Che houang-ti.

Roger Caillois s'est intéressé à ce souverain. Il prétend que, durant des années, des ordres infâmes, visant à détruire les livres, sortirent de la résidence impériale de Hien-Yang (Hsiang-Yang) mais il est incertain si ces instructions émanaient de l'Empereur en personne. Che houang-ti en effet avait si grande terreur de la mort, si grande terreur de la vie que nul jamais ne sut où il était, ne sut s'il « était ». Et comme sa résidence comptait deux cent soixante-dix palais tous reliés entre eux, bien malin le conseiller qui eût vérifié l'origine des messages. D'ailleurs le fonctionnaire qui eût dévoilé la présence de l'Empereur eût été exécuté *illico presto.* Mais rien ne calmait la peur de Che houang-ti. Il finit par se déguiser en l'un de ses propres serviteurs, si l'on en croit le chercheur norvégien A.T. Bringsvaerd. Sans doute Che houang-ti espérait-il qu'en cas de malheur, ce fût le serviteur dont il avait pris l'apparence, et non lui-même, qui trépasserait.

Une autre chronique dit que nul n'avait le droit de dire à Che houang-ti qu'il était malade (quand Maxime Gorki est à l'agonie, les maîtres du Kremlin font imprimer chaque jour une édition spéciale de la *Pravda,* destinée au seul Gorki, et dans laquelle aucune information sur la santé de l'écrivain n'est fournie – délicatesse rare et d'autant plus touchante que Maxime Gorki fut empoisonné par ceux-là mêmes qui prenaient si grand soin de ne pas lui faire de la peine).

Revenons à Che houang-ti. Si nul n'osait lui dire qu'il était malade, à plus forte raison eût-il été imprudent de lui annoncer qu'il était mort. On peut donc se demander si Che houang-ti ne fut pas immortel. Comment serait-il mort, en effet, si lui-même qui était malgré tout bien placé pour en connaître était tenu dans l'ignorance de son trépas ? La mort de Che houang-ti se nimbait de teintes irréelles. Elle tremblait comme une moire sur l'éternité.

Le jour où Che houang-ti fut, en dépit de tant de sûretés, frappé par une mort apparente, l'entourage ne divulgua pas la nouvelle. Dans la voiture qui transportait la dépouille impériale vers son tombeau, on continuait à lui servir des repas. Che houang-ti ne devait se douter de rien. Il ne fallait pas lui mettre la puce à l'oreille !

Le tombeau avait été préparé à Lin-t'ong dans le Chensi. Il témoigne de la même soif d'éternité. Il formait sous la terre un royaume semblable au royaume réel mais plus perfectionné car il était indemne des désastres du temps. Le sol en était recouvert de plaques de bronze. Des rivières de mercure représentaient le fleuve Jaune, le fleuve Bleu... La mer était pareillement de mercure. Des lampes éclairaient d'une lumière égale le royaume en miroir et ces lampes étaient nourries d'une huile spéciale qui jamais ne s'épuisait. Les végétaux étaient taillés dans le jade, qui est matière immarcescible, les animaux dans l'or et l'argent qui ne souffrent pas du temps.

L'Empereur de l'immuable reposait au minuit de son désir.

Che houang-ti, comme tous les destructeurs de bibliothèques, prend les livres au sérieux. Il les honore, les exalte. Il a mesuré que les livres, bien plus que les batailles et les révolutions, sont les grands manitous du temps, ordonnent les métamorphoses. Il les voyait comme le seul ennemi digne de sa propre grandeur, le seul capable de tenir en éveil ce temps qu'il se vouait à étouffer.

Pareille révérence devant le pouvoir effrayant des livres est constante dans ce pays de vieille culture écrite qu'est l'Empire du Milieu. Sous certains empereurs, quand une épidémie ou une calamité ravage le pays, les ministres connaissent un moyen épatant de décourager le fléau. Ils fulminent un décret pour modifier le système de notations musicales et la hauteur des notes. Aussitôt, les fleuves rentrent dans leur lit. Ces ministres-là et l'empereur Che houang-ti sont de même fabrique.

Le zoo d'Oaxtepec

A dix-huit siècles de là, un autre empereur va reprendre l'ouvrage inauguré par Che houang-ti. Cinquante ans avant que les Espagnols ne débarquent au Mexique, l'empereur Itzcoatl, sur le conseil de son ministre Tlacalal, décide de brûler les Annales des Aztèques et de supprimer toutes les traces du passé : vérité, mythes, légendes ou traditions.

Cette profanation intrigue. Les historiens opinent qu'Itzcoatl entendait éradiquer le souvenir des époques où le Mexique était un pays de pauvres nomades. Il entendait affronter l'avenir sans être embarrassé par la glu du passé. L'incendie des livres aztèques obéirait alors à un projet exactement contraire à celui de l'incendiaire chinois. Alors que le Chinois immobilisait le temps, l'Aztèque voulait abolir la mémoire du monde, et même le passé du monde, de manière à précipiter le temps, à favoriser le changement, la novation, la surprise. Tous les révolutionnaires cèdent à de telles tentations. Pierre le Grand annule le vieux calendrier russe. En France, les hommes de 89 décrètent un nouveau découpage de l'année. Ces sacrifices sont banals et comme obligés : pour qu'une ère nouvelle advienne, il convient d'abord de balayer le temps, de jeter à la décharge toutes les miettes abandonnées par le passé.

Pourtant, la conduite de l'empereur aztèque est plus compliquée et l'on doit consentir que, sur certains points, il procède de la même façon que Che houang-ti. On se souvient que le Chinois, en même temps qu'il incendie les livres, incarcère son pays derrière la Grande Muraille. Les deux actions se combinent. L'une ne s'accomplit pas sans l'autre. Dans son ardent désir d'éternité, la Grande Muraille remplace le temps par l'espace, fait de l'Empire une propriété, ou un avatar, de l'Espace, non du Temps.

Itzcoatl, lui aussi, associe la destruction des Annales à une autre initiative, plus curieuse, et qui rappelle la folie de Che houang-ti : l'Aztèque, plutôt que d'encercler son pays d'une Grande Muraille, construit au centre de la cité de Mexico, à Oaxtepec, un vaste jardin zoologique, une arche de Noé immobile, avec la prétention encyclopédique d'y rassembler toutes les formes de la vie animale. Cette idée montre que l'Aztèque, comme le Chinois, est à la recherche de la permanence. Mais, les voies de l'un et de l'autre sont dissemblables : Che houang-ti supprime le Temps en le convertissant en Espace. Il remplace l'Histoire par la Géographie. Itzcoatl, lui, fait succéder à l'Histoire la Zoologie.

On propose que l'Aztèque arpente les mêmes chemins que le Chinois : pour élire le simultané à la place du successif, pour aveugler les brèches où bouillonne le temps, il complète la suppression des livres, du passé et de l'Histoire (et, serait-on tenté d'ajouter, la suppression des hommes eux-mêmes, les hommes, ces producteurs de l'Histoire, donc du Temps, donc du livre) par la contemplation de ce qui ne change point : les animaux, qui n'ont pas d'histoire puisqu'ils ne savent pas lire (des animaux d'avant Darwin, bien entendu, car si Itzcoatl avait lu *De l'origine des espèces* et compris que le vivant évolue, se métamorphose sans relâche, il est bien évident qu'il n'eût pas perdu son temps à confectionner un zoo universel et absolu au centre de Mexico).

Grâce à son jardin zoologique, à la fois infini et limité, Itzcoatl fait de l'informe et turbulente Création un catalogue, une taxinomie intangible et vidée de l'Histoire, comme on vide le cadavre de ses viscères avant de le momifier.

Au XIXe siècle, un Anglais va à la Chine. Il prend froid, il éternue. Un apothicaire lui prescrit des infusions de plastrons de tortue et d'omoplates de cerf, connues sous le nom d'« os de dragon ». Ces os et ces écailles sont bizarres. Ils montrent des entailles, des géométries emmêlées : ce sont les traces des griffes du dragon.

L'Anglais avale la potion. Il n'éternue plus. Mais, comme il lui reste quelques médicaments, il les examine. Et il a l'impression que les dessins dont les os et les écailles sont armoriés n'ont pas été tracés par les dieux ou par les dragons mais par des hommes très anciens dont le souvenir a disparu. Il vient de découvrir ensemble l'écriture primitive de la Chine et une fabuleuse bibliothèque.

Les autorités comprennent qu'un trésor vient d'être repéré. Elles font saisir le stock d'écailles et d'omoplates de tous les apothicaires, ce qui entraîne une détérioration de la santé des paysans. Toute la Chine tousse et mouche mais le jeu en vaut la chandelle et des érudits se mettent en tête de décrypter l'écriture par hasard revenue et de collationner les stocks qui ne sont pas encore partis en tisanes. Monte une civilisation engloutie, celle des Chang-Yi (ou des Shang) dans la région de Anyang (aujourd'hui Nganyang) dans le nord-est du Henan.

La bibliothèque des dragons est malheureusement incomplète car une grande partie de ces archives a été pulvérisée et consommée par des paysans au nez enchifrené, et cela depuis belle lurette puisque c'est à l'époque des Song (960-1279) que les vertus médicamenteuses des « os de dragon » ont commencé d'être exploitées. La Chine durant des siècles s'est soignée avec sa mémoire, avec ses plus vénérables livres. Elle a bu sa propre littérature. Des textes peut-être aussi beaux que l'*Iliade* ou que *La Divine Comédie* ont guéri les coryzas et les coliques de paysans illettrés.

Il faut convenir que cette bibliothèque est la plus précieuse du monde. Elle a connu trois avatars : dans les âges primitifs, elle collige les prescriptions des devins. A partir des Song, vers l'an mille, elle attaque les fièvres. Aujourd'hui elle repose, pour une large part, dans les dépouilles qui emplissent les cimetières de l'Empire. Les Egyptiens ont trouvé leurs maîtres. Ils se contentaient sommairement de tapisser leurs cercueils avec des livres. Les Chinois, eux, rangent leurs textes les plus nobles dans les corps putréfiés qui jadis retardèrent l'heure de leur mort en buvant des poèmes.

Quand le communisme s'est effondré, les paysans russes sont allés dans les granges de leurs fermes. Ils en ont sorti les Bibles et les Livres saints que leurs parents y avaient dissimulés après les troubles de 1917. En Chine, on voit ressurgir depuis quelques années les classiques érotiques ou pornographiques que les lettrés avaient enfouis après la victoire de Mao Tsé-toung. Ces deux anecdotes sont semblables. Elles disent que le livre, la Bible et la pornographie sont des objets sacrés et c'est pourquoi ils sont indélébiles, hors de portée des soldats profanes. En ce qui concerne la Chine, la réapparition des estampes laisse entendre que le régime communiste est entré dans sa phase terminale.

L'Islande ne boit pas sa mémoire. Elle en fait des habits.

En 865, des Vikings aperçoivent une île neigeuse, mélancolique et solitaire. Une bande de Norvégiens s'établit sur cette terre inconnue (sauf de quelques anachorètes irlandais nichés dans les falaises, comme des eiders ou des macareux) et la civilisent. La poésie suit. Les descendants des aventuriers composent, entre le XIIe et le XIIIe siècle, un monument littéraire qui n'a point d'équivalent dans l'histoire ou bien il faudrait évoquer la Grèce de Périclès, l'Allemagne du romantisme. Ces incomparables romans que sont les Sagas, ces poèmes bouleversants que sont les *Eddas,* les Islandais les consignent sur des parchemins assez grossiers, de couleur sombre, qu'ils taillent dans les peaux de bœufs ou de veaux.

Le temps s'en va. L'Islande souffre. Des volcans explosent tout le temps. Les animaux boulottent le peu de pâturages que l'île portait. Un peu plus tard, quand se déchaîne le « petit âge glaciaire », l'Islande ne sait plus du tout comment se chauffer. Les forêts malingres qui s'étaient égarées sur ce sol de basalte ont été dévastées par les habitants frigorifiés. Les Islandais ont mangé tous les veaux, tous les bœufs, les moutons aussi, et ils n'ont plus de laine pour s'habiller. Les survivants s'enfoncent dans la terre, comme des vers. Même ainsi, le froid assassine. Au XVIIe siècle, on ne compte plus que cinquante mille habitants.

Copenhague a le projet de fermer l'Islande et de rapatrier au Danemark les cinquante mille spectres qui subsistent. Mais les spectres ne sont pas accommodants. Ils préfèrent mourir au fond de leurs trous, et de froid s'il le faut. Ils brûlent leurs derniers fagots et le peu de bois flotté qui leur arrive de Sibérie ou des Caraïbes.

Un jour, un homme dont l'histoire n'a pas retenu le nom a une idée : pourquoi ne pas utiliser les bibliothèques comme vêtements ? Une friperie fantasmagorique s'organise dans le pays de neige. On confectionne des manteaux, des vestes, des chaussures, des culottes avec les parchemins et les vélins. La collection des Sagas s'égare sur le dos des vieilles dames, dans le berceau des enfants, sur des fesses de Vikings racornis. Pour une fois, le livre, au lieu d'être voué aux flammes, comme à Alexandrie, réchauffe.

Un haut fonctionnaire danois, d'origine islandaise, Arni Magnusson, professeur d'antiquités danoises qu'on surnomme « l'Érudit », alerte le souverain de Copenhague, Frédérik IV. C'est une époque de rois éclairés. Frédérik entre en courroux. Il confie à Arni Magnusson la mission de sauvegarder les livres. Arni débarque en Islande en juillet 1702. Il va passer dix années dans la grande île. Chaque ferme recevra sa visite.

Les Islandais n'entendent pas se laisser déshabiller par ce renégat. Ils se rebiffent : les Sagas feront leurs suaires après leur avoir servi de culottes. Ecorche-t-on un sauvage de la côte des Cafres pour exposer sa peau garnie de tatouages dans la vitrine d'un musée ? Le cher Arni Magnusson va patrouiller dix ans dans l'île. Les clochards revêtus de poèmes lui feront pis que pendre : ils parviennent même à l'impliquer dans un procès d'adultère, pauvre Arni qui jamais ne s'intéressa aux choses de l'amour, pauvre Arni qui n'aima jamais que les paperasses !

Magnusson récolte malgré tout quelques vestiges de la bibliothèque. Il regagne Copenhague. Il a sauvé l'un des plus glorieux monuments de l'humanité. Sans doute la collection est-elle en piteux état : peu de vélins ont survécu à l'épreuve. D'autres sont mutilés ou maculés par la sueur et les déjections des paysans. Il n'empêche : la bibliothèque rassemblée à Copenhague par Arni Magnusson témoigne de l'ancienne splendeur.

Quelques années plus tard, en 1728, un incendie

ravage Copenhague. Le musée Arni Magnusson est en cendres.

La bibliothèque des dieux

Les dieux, surtout quand ils sont uniques, brûlent les livres. Leurs adeptes, ceux que le Coran appelle les « gens du Livre », mettent le feu à toutes les librairies qui ne leur plaisent pas. Ainsi procèdent les amours exagérées : c'est parce qu'ils respectent infiniment les écrits que les « gens du Livre » brûlent infiniment les livres.

Les païens sont moins exaltés. Edward Gibbon, qui n'aimait pas trop le Christ, admire que les barbares, quand ils prennent Rome, respectent les sanctuaires et les manuscrits.

Gibbon a raison (« Plus on est de dieux, plus on lit ») mais un peu seulement, car les païens ne se gênent pas pour saccager les bibliothèques quand une autre religion menace leurs Empires, leurs croyances ou leurs mystères. En Afrique du Nord, à la fin du IIIe siècle, le curateur de la colonie de Cirta détruit les Ecritures saintes. Dioclétien, pendant les persécutions de 303, ordonne de jeter les livres sacrés au bûcher. Constantin, après sa conversion, offre aux basiliques qu'il bâtit à Rome, Constantinople et Trèves des bibles enluminées qui remplaceront les textes canoniques incendiés par les païens.

La violence des religions révélées ne surprend pas. Aux yeux des juifs, des musulmans et des chrétiens, les livres ne sont pas l'œuvre des hommes. Ils émanent de Dieu.

Le livre de l'Exode dit que l'Eternel interpelle Moïse sur le Sinaï. « Il lui donne les deux Tables du témoignage, deux tables de pierre écrites du doigt de Dieu. » Un peu plus tard, Moïse, que l'affaire du Veau d'or a énervé, s'emporte. Il brise les Tables au pied de la montagne. Ensuite il regrette son geste et gravit de nouveau le Sinaï. Il se sent penaud mais l'Eternel est conciliant. Il ordonne à Moïse de tailler deux Tables à la ressemblance des deux précédentes et il commente : « J'y écrirai les paroles qui étaient sur les premières Tables que tu as brisées. » Le récit de l'exode est donc clair : c'est l'Eternel en personne qui grave les Tables.

Pourtant, dans le même récit de l'Exode, un peu plus avant, une autre leçon est avancée : « L'Eternel dit à Moïse : " Ecris ces paroles " », et Moïse calligraphie les Tables.

Malheureusement, le scribe de l'Exode se contredit encore quelques paragraphes plus loin. Il revient à la première version et prétend que l'Eternel est le véritable calligraphe des Tables : « Et l'Eternel écrivit sur les Tables les paroles de l'Alliance, les dix paroles... »

Nous voilà perplexes : les dix paroles ont-elles été écrites par le doigt de l'Eternel ou par celui de Moïse ? A peine peut-on affirmer que, dans une hypothèse ou dans l'autre, le scribe était illustre.

Les rabbins ont tranché. Ils enseignent que la Torah, qui est en somme le développement ou l'accomplissement ou l'avatar de ce Livre que sont les Tables de la Loi, ils enseignent que la Torah préexistait à son écriture. La Torah est « le modèle exemplaire de la Création ». La Création fut d'abord un texte. Ce texte fut ensuite traduit sous la forme de rochers, de nuages, de lapins, d'hommes et de femmes.

L'Islam revendique, avec une énergie égale, la source divine de l'écriture. En stricte doctrine musulmane, le Coran, bien que révélé par le Prophète comme doctrine divine, n'a même pas été créé par Dieu. Le texte terrestre se borne à reproduire un original éternel, « incréé », qui est conservé à l'abri dans un coin du ciel.

Cette conviction confère une haute noblesse non seulement au Coran mais même à la langue arabe. « Les peuples, précise le Prophète, aiment les Arabes pour trois raisons : je suis arabe. Le Coran est écrit en arabe et la langue du Paradis est l'arabe. »

Au jardin d'Eden, Adam s'exprimait en arabe. Après qu'il a péché avec Eve, il se rabat sur le syriaque. Autre preuve du caractère divin de la langue arabe : les tourterelles, aujourd'hui encore, font leurs cinq prières quotidiennes en arabe (les tourterelles arabes).

La religion chrétienne ne dispose pas d'un texte calligraphié par Jésus, par Dieu moins encore. Pourtant, si l'on s'en rapporte aux Evangiles, la parole du Christ est parole divine, même si Jésus n'a pas tenu le calame. Erasme est sans ambiguïté. Parlant à propos de saint Jérôme de l'art de la traduction, il dit : « Personne ne peut correctement interpréter les Ecritures sans l'inspiration de l'Esprit, qui est l'auteur des Ecritures. »

Une tradition confirme l'origine divine de la Bible : jadis, dans les hôpitaux de la Chrétienté, on éventait les malades avec la Bible.

Francis Bacon, dans *Advancement of learning*, enseigne que Dieu nous a offert deux livres : le Livre des Ecritures et le Livre des créatures (soit le monde).

Les trois religions révélées s'accordent ainsi sur l'origine divine des Livres saints. La sacralité du Livre originel (que celui-ci soit calligraphié par Dieu ou bien dicté par Dieu ou même incréé et rangé dans les cieux) illumine les textes sacrés (Torah, Evangiles ou Coran) mais aussi, bien qu'avec moins de faste et comme par ricochet, n'importe quel autre livre.

Les juifs en concluent qu'il est sacrilège de négliger les vieux livres. En terre hébraïque, quand un ouvrage est devenu vieux, on l'enterre près de la synagogue, dans un emplacement nommé la Ghenizas, terme que l'on peut traduire, selon Yvonne Johannot, par « cachette » ou par « trésor ».

En Chine, lorsque les religions étrangères, y compris le bouddhisme, furent placées hors la loi en 845, quatre mille deux cents monastères bouddhistes furent saccagés avec leurs bibliothèques. En Inde, à Nalanda, les Arabes anéantissent la plus grande bibliothèque bouddhique du monde en 1199.

Les Arabes commettent d'autres forfaits. En 905, ils frappent le monastère de Novalesa, qui contenait six mille cinq cents volumes. La bibliothèque de Césarée, que saint Jérôme avait tellement aimée, est supprimée en 637, après la conquête de la Palestine.

En 642, Amr ibn al-As entre à Alexandrie. Il demande au calife 'Umar s'il doit brûler les livres. 'Umar ne manque pas de bon sens. Il dit : « Si le contenu des livres est en accord avec le Livre sacré, ils sont redondants, inutiles. S'il est en désaccord avec lui, ils sont indésirables. Allez ! Hop ! Brûlez-moi tout ça ! »

La bibliothèque d'Alexandrie flambe. Elle en avait l'habitude. En 47 avant J.-C., elle avait rôti sous la torche des soldats de César (mais peut-être que César a seulement commis une bourde. Peut-être il voulait détruire des docks, des entrepôts). Plus tard, en 391, la bibliothèque grille encore à l'instigation du patriarche Théophile d'Antioche qui veut éradiquer le paganisme, de sorte qu'Alexandrie détient un record du monde : ses livres ont été trois fois anéantis, par les païens, les chrétiens et les musulmans.

Dieu merci, la fureur des ennemis du livre est souvent balancée par le zèle de ceux qui le révèrent. Il n'est pas rare que les mêmes guerriers abîment les bibliothèques et les restaurent. Le cas de César est remarquable. Cet homme qui a enflammé la plus grande bibliothèque du monde à Alexandrie prétendra plus tard construire la plus belle à Rome. Il inaugure les travaux et meurt. Asinius Pollion continue son projet.

La première bibliothèque publique est érigée à Rome en 39 avant J.-C. Auguste ajoute deux autres monuments, la Palatine et l'Octavienne. Elles disparaissent l'une et l'autre en 80 et en 191. Domitien fait rebâtir la Palatine. Il installe une bibliothèque sur le

Capitole. Trajan en 100 érige l'Ulpia. Au IVe siècle, Rome abrite vingt-huit bibliothèques publiques.

Les grandes invasions ne favorisent pas la lecture. Les bûchers de livres illuminent l'Occident. Quelques chrétiens déraisonnables risquent leur vie pour faire échec à la destruction. Le poète latin Sidoine Apollinaire parle des collections qui ont échappé aux Barbares au temps d'Attila dans le sud de l'Europe. Dans la région de Nîmes, le préfet des Gaules, Tonantius Ferreolus, entasse des livres dans sa villa Prusania. L'évêque Isidore de Séville, qui défend le christianisme contre la philosophie païenne, possède une vaste bibliothèque.

Les collections musulmanes, qui sont remarquables, payent aussi tribut à l'amour et à la haine des livres. La bibliothèque des Fatimides, au Caire, contenait cent mille ouvrages. Elle est dévastée par les Turcs en 1086. A Cordoue, quand les 'Umayyades déclinent, au XIe siècle, l'énorme collection qu'avait rassemblée Al-Hakam II sera outragée.

Les Turcs sont de grands brûleurs. A Byzance, au IVe siècle, Constantin le Grand demande à des savants grecs de constituer un fonds comprenant littératures profane et chrétienne. Le bâtiment brûle en 475, on le restaure. Mille ans plus tard, en 1453, les Turcs prennent Constantinople. Ils détruisent tous les livres qui avaient traversé l'histoire morbide, poisseuse et sublime de Byzance. Cent ans plus tard, en 1526, la Grande Librairie qu'avait constituée Mathias Corvin, en Hongrie, la Corvina, est incendiée par les Turcs. Cinquante mille livres disparaissent.

Les grandes religions ne s'en prennent pas aux seuls livres des dieux rivaux. Elles défont aussi les librairies de leurs propres frères, pour peu qu'un schisme ou une hérésie se déclare.

En 1140, le concile de Sens ne se borne pas à fourrer Abélard en prison. Encore il le voue à une mort symbolique par la destruction de ses livres car l'homme et ses écrits ne font qu'un. Le concile de Sens ne s'était pas trompé : Abélard confessera qu'il a plus souffert de la fin de ses livres que de la fin de son organe sexuel que l'oncle d'Héloïse, le chanoine Fulbert, avait jugé utile de couper, quelques années plus tôt.

A Florence, Girolamo Savonarola offre à ses contemporains un carnaval de sa façon. Il fait dresser au cœur de la ville un « bûcher des vanités ». Les dames sont ravies. Elles vouent au feu leurs toilettes, leurs attifements, leurs bijoux, leurs parfums. Les peintres sacrifient leurs tableaux impudiques. Les proses mal élevées sont exterminées. Un an plus tard, le 23 mai 1498, Savonarola est pendu sur cette même place où fumèrent les manuscrits. Son corps devient un livre, un peu de braise sur les eaux de l'Arno.

L'Eglise est ainsi : elle brûle beaucoup. La preuve : nous possédons la totalité des textes officiels de l'Eglise et l'essentiel des écrits patristiques alors que la littérature des sectes hérétiques, qui fut riche, s'est dissipée. Les livres des gnostiques ont mérité la flamme.

Après que le protestantisme a cassé en deux la Chrétienté, les guerres de Religion enchantent les pyromanes. En 1550, la bibliothèque d'Oxford est pillée par les envoyés d'Edouard VI qui est un réformé résolu. En 1525, en Allemagne, la guerre des Paysans tue cent mille personnes et ravage les librairies.

Soixante monastères de la Thuringe partent en fumée avec leurs livres.

Jean de Léry, calviniste et explorateur (son livre, *Voyage fait en la terre du Brésil*, est l'un des premiers documents ethnologiques français), rapporte qu'au siège de Paris par Henri IV, en 1590, on se nourrissait d'un pain composé des ossements du cimetière des Innocents. Les délicats préféraient manger le crottin des chevaux, dont le goût était meilleur. D'autres déchiquetaient et absorbaient de vieux parchemins (un des grands érudits du Moyen Age s'appelait Pierre le Mangeur).

Le 10 décembre 1621, un arrêt du Parlement condamne Jean Fontanier :

« Vu par la Cour le procès criminel fait par le prévôt de Paris ou son lieutenant à la requête du procureur général du roi demandeur contre Jean Fontanier natif de Montpellier, prisonnier en la Conciergerie du Palais appelant de la sentence contre lui donnée le 6 novembre dernier par laquelle pour réparation d'avoir écrit et composé un livre intitulé Trésor inestimable et rempli d'impiété, blasphèmes et injures contre Dieu, la Vierge Marie et toute la chrétienté, même tenu leçon publique pour enseigner ledit livre et pour y parvenir fait mettre une affiche imprimée intitulée Trésor inestimable. Ledit Fontanier aurait été condamné à faire amende honorable en chemise et tête et pieds nus au devant de l'Eglise Notre-Dame, la corde au col et à genoux tenant en ses mains une torche ardente du poids de deux livres, dire et déclarer à haute et intelligible voix que méchamment et exécrablement, il aurait écrit, fait, composé, enseigné, dicté ledit livre intitulé : Trésor inestimable... Ce fait être brûlé vif à un poteau qui pour ce serait dressé en la place de Grève, son corps réduit en cendre avec le livre et grosse dudit procès et ses biens acquis et confisqués au roi. »

En terre musulmane, en Perse, une secte abominable se forme au XIe siècle, la secte ismaélienne des Assassins (les Assosiyoum, ceux qui sont fidèles aux fondements de la foi, ou *assas*). Hasan ibn al-Sabbah installe en Perse son quartier général, dans une imprenable citadelle à six mille pieds de hauteur, Alamut, qui veut dire « la leçon des aigles ». Hasan a pour projet de purger la terre des ennemis de la Vérité. Il crée un couvent de la mort, de l'assassinat. Les frénétiques d'Alamut descendent dans la plaine, pénètrent dans une mosquée au moment de la prière du vendredi, extraient un long poignard de leurs vêtements, égorgent la victime que leur a désignée le chef des Assassins et attendent d'être dépecés par la foule, un sourire d'extase aux lèvres.

La secte sévit cent soixante-six ans. Les Assassins, quand ils n'assassinent pas, font des prières ou bien se cultivent. Aussi disposent-ils d'une vaste bibliothèque. En 1256, Alamut est réduite par le khan mongol Hulagu. Les soldats qui envahissent la citadelle brûlent tous les volumes de la bibliothèque. Il y avait là une masse de textes hérétiques ou magiques, des exemplaires uniques, que nous ne feuilletterons jamais, des pensées inconnues et pour toujours naufragées.

Les bibliothèques de poussière

Toutes les bibliothèques ne périssent pas de mort violente. Certaines meurent de leur belle mort ou de l'incurie de leurs gardiens.

Au Moyen Age, dans tout l'Occident chrétien, des fourmilières de moines recopient incessamment les livres mais ils ne portent guère attention au texte qu'ils calligraphient. On doute si les splendides ouvrages médiévaux étaient voués à être lus. Charlemagne même qui fit tant pour l'instruction publique, avec le soutien d'Alcuin et des maîtres d'école, n'hésite pas à vendre ses livres pour distribuer des aumônes aux pauvres.

L'art des copistes s'apparente à la prière plus qu'à l'érudition. Ce qui ravit les moines, c'est la somme de douleurs qu'ils endurent. La copie est une pénitence, une épreuve : s'ils souffrent beaucoup et s'ils ne mélangent pas trop leurs pinceaux ou leurs plumes, le Ciel leur fera une bonne manière. S'ils sont tête en l'air au contraire et s'ils font des impairs, Dieu les gronde : un mot égaré, une lettre déplacée, un pataquès, et leur temps de Purgatoire sera allongé de quelques millénaires. La nuit, dans leurs insomnies, ils s'adonnent à des calculs épuisants et toujours recommencés pour déterminer le nombre de pages ou de lettres qu'ils doivent calligraphier s'ils veulent s'ouvrir le Paradis.

On comprend que les scribes soient souvent déprimés. Leur vie n'est pas drôle : assis devant leurs deux encriers, l'un d'encre noire (noix de galle), l'autre d'encre rouge (cinabre), ils grelottent dès que la bise est venue. Ils n'ont même pas le droit d'allumer une bougie, dans la crainte des incendies, et les lumières sont si rares qu'ils finissent souvent aveugles. Voilà le destin du scribe : voir les lettres s'effacer lentement devant leurs yeux rougis, et disparaître enfin ! Fichu métier ! Et pour la moindre des peccadilles, l'Eternel prend la mouche, les secoue et fulmine des pénitences.

Les moines ont cherché une parade. Ils ont inventé un diablotin épatant, un certain Titivellus, qui s'épuise à les distraire quand ils sont à leur pupitre de manière qu'ils fassent des pâtés sur leur feuille. Ce Titivellus est une bénédiction : quand un moine est surpris en flagrant délit de balourdise, il se prosterne et dénonce Titivellus. « C'est pas moi, Seigneur, c'est Titivellus ! »

Titivellus a un autre usage. Il met un peu d'animation, presque de la gaieté au sein des monastères. Agité comme tout, espiègle et enfantin, il s'embusque sous le pupitre des copistes. Il est muni d'un grand sac dans lequel il fourre les doublons, les oublis, les inversions ou les coquilles, les *lapsus calami*. Si la cueillette est fructueuse, Titivellus dénonce le maladroit à la colère de Dieu.

Titivellus a beaucoup de pain sur la planche car les copistes ne sont pas de forts savants. Du moins les copistes tardifs. Dès le XIIIe siècle, à Murbach, les moines ne savent même plus lire. Ils ne comprennent pas ce qu'ils écrivent. Quand Boccace visite la bibliothèque du Mont-Cassin, il y constate un tel abandon qu'il ne retient pas ses larmes. Titivellus fait des pêches miraculeuses. Les années de Purgatoire s'amoncellent.

(Ces copistes analphabètes sont émouvants. Peut-être, ils nous enseignent des vérités. Peut-être tous les écrivains procèdent-ils de la même sorte : ils ne savent pas lire. Comme le temps les fatigue, les ennuie, est interminable, ils se distraient en dessinant des lettres sur une feuille de papier, n'importe comment, un peu comme des idiots ou des enfants font des collections de cailloux, et plus tard, des lecteurs qui ne savent pas lire davantage, vont déchiffrer ces mélis-mélos, pour se persuader qu'ils lisent.)

Les copistes habiles, eux, sont récompensés du bon Dieu. Certains ont connu des carrières superbes. Un moine anglais travaille avec un tel zèle et tant de réussite que, vingt ans après sa mort, sa main droite, celle qui calligraphiait, a le droit de rester fraîche au point que les fidèles lui font de petites visites sous l'autel du monastère.

Pourtant, ces athlètes de la copie sont rares. Avec le temps, la négligence gagne dans les couvents. Au XIIIe siècle, le cardinal Humbert de Romans se lamente : « Tout comme les os qui sont les reliques des saints sont conservés avec tant de révérence qu'on les enveloppe dans la soie ou qu'on les enferme dans l'or et l'argent, il est condamnable de voir les livres qui renferment tant de sainteté conservés avec si peu de soin. »

Les *scriptoria* ressemblent à des greniers, à des capharnaüms, à des poulaillers. Ils contiennent autant de poussière que de livres. Les bibliothèques laïques ne sont pas mieux loties que celles des couvents. En 1662, la cour de Vienne veut restaurer la bibliothèque du Palais. On déniche un historien d'une haute érudition, Peter Lambach, et le souverain le nomme bibliothécaire. Peter Lambach arrive à Vienne. Il ne pénètre pas dans une bibliothèque mais dans une couche de poussière sous laquelle gisent peut-être des manuscrits, des parchemins, des codex ou des livres. Il devra travailler une année entière pour renflouer la librairie engloutie.

La bibliothèque désespérée de Recife

Il y a une vingtaine d'années, j'ai passé quelques journées à la bibliothèque municipale de Recife, au Brésil, car je faisais une recherche sur la forêt du Nordeste. Un étudiant américain était, avec quelques gardiens découragés, mon unique comparse. Malgré son jeune âge, cet Américain paraissait aussi vieux, aussi triste et aussi inutile que les bâtiments et les livres poudreux qu'il consultait. Moi aussi du reste.

Il était clair que nous étions les deux derniers lecteurs de la planète. Une fois que nous aurions refermé nos vieux volumes, l'Univers n'aurait plus qu'à plier bagage. Les gardiens agiteraient leurs trousseaux de clefs en criant : « On ferme ! On ferme ! » Ce serait la fin du monde car enfin, que serait une Terre sans lecteurs ? J'aimais assez cette apocalypse lente et érudite. J'étais sans mélancolie. Même, je me sentais fier. Ces choses-là n'arrivent pas au premier venu : être le dernier homme.

Je menais ma recherche tambour battant. Je m'étais fait apporter une énorme pile de livres. Je les ai lus tant bien que mal, dans les lumières d'un crépuscule tropical et ininterrompu, malgré l'odeur de nécropole qui déjà envahissait la grande salle.

Il y avait un peu de bruit car des insectes grignotaient les reliures ou les feuilles de papier des rayonnages. Certaines vermines, plus arrogantes que les autres, plus impertinentes, continuaient à mâchonner mes ouvrages sous mon nez, elles ne se gênaient pas, celles-là ! Une chenille me fixait avec insolence de ses petits yeux dorés, elle semblait attendre que je décède pour me grignoter à mon tour. Je pensais à un vautour, un urubu, que j'avais vu quelques jours plus tôt dans le désert du Nordeste. Cet urubu était une sale bête. Il était assis grossièrement sur son derrière face à une vache occupée à agoniser. Il avait le même regard impatient, vorace, obscène que ma chenille.

Les termites, les coléoptères, les fourmis, les vers, les charançons ou je ne sais quoi accomplissaient la même besogne que le jeune Américain si vieux et moi. Ils consultaient les livres. Ils les avalaient lentement, laborieusement, systématiquement. Parfois, le volume que le gardien déposait sur ma table était à moitié rongé. Quand je l'ouvrais, un nuage de poussière s'élevait, j'assistais à la fin d'un livre, un peu de poudre d'argent, une soie bleuâtre et des reflets de ciel.

Je tentais d'imaginer un univers sans livre. Je ne voyais rien. Ou bien la fin du monde.

Le capitaine Nemo se rappelle le jour où le *Nautilus* l'a emporté sous les eaux : « Ce jour-là, j'ai acheté mes derniers volumes, mes dernières brochures, mes derniers journaux et depuis lors, je veux croire que l'humanité n'a plus pensé ni écrit. »

Ce n'est pas le tout de lire. Encore faut-il savoir où on lit, dans la neige ou dans une tornade de simoun, dans un bidonville ou chez un maharadjah.

A Pâques 1843, un jeune homme très brun, maigre avec un peu de barbe, était assis dans un jardin, près de Chichiliane dans les Alpes, à l'ombre des roses trémières. C'est Jean Giono qui nous en informe au début d'*Un roi sans divertissement.* « [Ce jeune homme] lit, il lisait Gérard de Nerval... Et dans cet endroit-là, lire *Sylvie* c'est assez drôle. »

Ces rencontres entre un livre, un lecteur et un pays saugrenu, lointain ou improbable, fascinent. J'ai connu un professeur de philosophie, à Belém, en Amazonie. Il s'appelait Benedito Nunes. Sa spécialité était Heidegger. Quand je l'ai visité, il y a quinze ans, il m'a reçu dans une petite maison que la forêt équatoriale s'efforçait d'avaler. Le professeur Nunes, sa maison et les œuvres complètes de Heidegger étaient en proie à un aloès enthousiaste qui avait déjà emmitouflé les murs et s'attaquait au toit. Cet aloès abritait au surplus toute une population composée d'orchidées, d'oiseaux, de souris tropicales, de fleurs gluantes. Je me suis faufilé tant bien que mal jusqu'à la porte. M. Nunes, comme toujours, était en train de lire *L'Etre et le Temps.* Il adorait le temps, M. Nunes. Il n'était pas pressé mais la forêt ne se laissait pas intimider. Quinze jours plus tard, lors d'une deuxième visite, j'ai vu que l'aloès avait aveuglé une fenêtre.

J'ai appris depuis que M. Nunes était mort. J'ai beaucoup pensé à ce professeur lointain qui avait consacré sa vie, au milieu des orchidées et des araignées, à tout connaître de Heidegger. J'ai fugitivement pensé qu'il était mort de distraction : trop requis par sa lecture, il n'avait pas remarqué que son aloès, avec ses parasites, avait fini par digérer sa proie.

Je me suis dis que M. Nunes avait réuni les conditions les plus propices à la lecture de Heidegger et je fus tenté de suivre son exemple. Oui, mais combien de temps m'eût-il fallu pour acheter un lopin en Amazonie, planter un aloès et attendre que ma maison et tout son barda soient digérés par la forêt ? Tant pis. Je n'ai jamais lu Heidegger.

En 1859, un bateau anglais parti à la recherche du passage du Nord-Ouest se laisse attraper par la banquise. Il reste planté deux mois. Il s'ennuie. Heureusement, il contient la collection complète des œuvres de Shakespeare. Jusqu'au dégel, les officiers et les hommes d'équipage lisent *Macbeth, Le Marchand de Venise, La Tempête.*

En 1974, j'ai fait un grand voyage dans le nord du Brésil. Je me déplaçais dans des autobus de pacotille dont les horaires étaient une aventure. Une fois, je suis arrivé dans une ville nouvelle appelée Imperatriz. Il était minuit et la correspondance pour Recife était prévue pour quatre heures du matin. Je me suis assis sur ma valise, dans un rond de lumière. J'ai lu *Les Cahiers de Malte Laurids Bridge.* Je connaissais déjà ce texte. Je l'aimais. Cette nuit-là, il était magique.

La bibliothèque imaginaire d'Iguaçu

Je crois qu'on m'a raconté cette histoire mais je n'en suis pas sûr. Dans les années cinquante, vivait au Brésil, à Iguaçu, tout près de chutes épaisses et hautes comme des Niagara, un homme épris des Belles-Lettres. Comme le tonnerre des cataractes est assez monotone, cet homme s'ennuyait. Aussi lisait-il tous les livres.

Un des auteurs qu'il aimait était Michel Butor dont il possédait tous les ouvrages, reliés avec art et disposés sous une vitrine de son salon. Comme Butor est un écrivain généreux, la collection s'étoffait avec une rapidité merveilleuse. La vitrine recevait deux ouvrages en année normale, trois quand Butor était en crue.

Malheureusement, les grands collectionneurs sont des forcenés. Michel Butor avait beau s'évertuer à écrire à toute allure, il était pourtant semé par l'homme d'Iguaçu. Il perdait du terrain et l'alphabète du bord des chutes était décontenancé. Il manquait de munitions et de nourriture. Sa vie devint un calvaire. Il guettait les courriers de France et point de livres de Butor ! Il tournait en rond dans sa bibliothèque. Il dut se rendre à l'évidence : il y avait pénurie de Butor.

Une décision s'imposait. Puisque l'écrivain français était un gros paresseux, l'homme d'Iguaçu résolut d'assurer le relais. Il acheta un lot de livres tout blancs, leur attribua des titres à sonorité butorienne et les fit relier. Avec un peu de tristesse, il avouait que ces livres n'avaient pas encore été écrits par Butor mais, ajoutait-il : « Sait-on jamais ? », et il réclamait un peu de patience.

La bibliothèque d'Iguaçu retrouva la vie. Elle prit de l'embonpoint. Les livres à venir de Michel Butor se multipliaient, c'était comme un miracle. Ils grimpaient le long des murs à la manière des plantes tropicales. Ils envahissaient la maison, les caves, les greniers.

Le système inventé par cet homme passionné est ingénieux, élégant et de beaucoup d'avenir. Il comble la demande d'un esprit inassouvi. Il économise la force de l'écrivain qui n'a plus besoin de passer des nuits blanches à son bureau pour que croisse sa bibliographie.

Il murmure une autre leçon que nous avons effleurée déjà à l'occasion de la mort de Tolstoï et des écrits de Jésus-Christ : l'auteur a beau s'escrimer, il n'écrira jamais son œuvre complète. Celle-ci existe mais à un seul exemplaire, là-haut, dans un coin du ciel, comme le Coran, ou dans le salon délirant d'Iguaçu, comme les œuvres de Butor. Les objets un peu vulgaires que nous nommons livres ne sont en vérité que l'avatar, l'écho, le reflet ridicule et incomplet du livre qui n'existe pas. Un peu ce que le Coran est au livre incréé dissimulé dans les coulisses du ciel.

C'est pourquoi, de l'œuvre complète d'un auteur, nous ne connaîtrons jamais que la part superficielle, illusoire et presque dérisoire, consternante et grotesque même, par exemple les ouvrages que Michel Butor (ou Stendhal, ou Rimbaud) en effet a écrits, mais il lui manquera éternellement cette bibliothèque illimitée, cette bibliothèque des limbes qu'un homme étrange, très exalté et insatiable, a confectionnée à Iguaçu et dont l'auteur lui-même ne sait pas qu'il l'écrivit.

Quand j'ai publié *L'Incendie de Copenhague,* il y a quelques mois, j'ai dressé une liste des auteurs desquels je m'étais inspiré, à en croire les critiques. J'en cite quelques-uns à peine : Halldór Laxness, Victor Hugo, Jean Giono, Franz Kafka, Denis Diderot, Jorge Luis Borges, Shakespeare, Umberto Eco, Buzzati, Cervantès, Breughel, Jacques Callot, Roger Vailland, Paul Morand, Stendhal, Hermann Broch, Aragon ainsi qu'un certain Tynianov.

On comprend que j'ai un peu honte d'avoir emprunté à toutes ces personnes. En même temps cependant, j'étais assez content de moi : j'avais réussi à recruter une jolie équipe de « gros-bras ». Ce qui me gonflait de vanité, principalement, était la variété de ces braves travailleurs et que j'aie su sans jamais élever la voix, atteler à la même charrette Paul Morand et Franz Kafka, qui je crois ne se connaissaient pas, Roger Vailland et Buzzati.

En revanche, j'étais un peu vexé d'avoir laissé filer Tolstoï, Dostoïevski, Sophocle, Dante, Apollinaire et François Villon mais qu'y puis-je ? J'aurais bien voulu les embaucher eux aussi, mais le livre ne comptait que quatre cents pages. La place m'eût manqué.

Ainsi va le livre : brûlé et concassé, oublié ou jeté aux décharges, mangé des vers et voué aux rancunes des cancres, égaré dans les réserves des grandes bibliothèques, détesté des soldats et des tyrans, réemployé dans les sarcophages de l'Egypte, bu par les paysans de la Chine ou réduit en caleçons par les pêcheurs de l'Islande, et rien jamais n'aura raison de lui. C'est un vain combat que mènent les hommes de la haine du livre : les incendies qu'ils allument dans les bibliothèques n'éclairent que des résurrections.

Ainsi va le livre : toujours vaincu et jamais défait. Le plus frêle monument de l'univers et le moins destructible. En lambeaux et intact. Sa mort est sa survie.

Diderot, quand on lui parle de la censure, rigole : « Bordez, Monsieur, toutes vos frontières de soldats, armez-les de baïonnettes pour repousser tous les livres dangereux qui se présenteront, et ces livres, pardonnez-moi l'expression, passeront entre leurs jambes et sauteront par-dessus leurs têtes et nous parviendront.

« Citez-moi, je vous prie, un de ces livres dangereux, proscrits, qui, imprimé clandestinement chez l'étranger ou dans le Royaume, n'ait été, en moins de quatre mois, aussi commun qu'un livre privilégié ?... *Le Contrat social,* imprimé et réimprimé, s'est distribué pour un petit écu sous le vestibule du palais même du souverain [...].

« Combien la condamnation n'a-t-elle pas fait connaître de livres que leur médiocrité condamnait à l'oubli ? Combien de fois le libraire et l'auteur d'un ouvrage privilégié, s'ils l'avaient osé, n'auraient-ils pas dit aux magistrats de la grande police : " Messieurs, de grâce, un petit arrêt qui me condamne à être lacéré et brûlé au bas de votre grand escalier " ? »

Ismaïl Kadaré est triste parce que l'œuvre d'Eschyle nous est arrivée en haillons. Des quatre-vingt-dix pièces que le Grec a écrites, nous n'en connaissons que sept.

On comprend Kadaré : tout le théâtre occidental, et même Shakespeare, était contenu en germe dans les pièces d'Eschyle. Qui sait quels chefs-d'œuvre eussent engendré les pièces perdues d'Eschyle ? Et qui sait quels royaumes de la condition humaine, dont nous n'avons pas la moindre idée, nous eussent été ouverts par les textes disparus d'Eschyle !

Mais peut-être que ces textes défaits ont inspiré, au même titre que *Les Perses* ou *Prométhée enchaîné,* les successeurs d'Eschyle. Peut-être que les feuillets effacés d'Eschyle grommellent sous les drames de Shakespeare, à l'insu de Shakespeare ? Peut-être qu'ils sont aussi féconds, ces mots jamais lus, aussi énergiques que les feuillets préservés.

Le livre et la cendre

Du calligraphe Ibn Muqla, nous ne connaissons aucune page manuscrite. Ses contemporains comparaient son don à « l'inspiration des abeilles construisant leurs alvéoles ». Aussi le khalife lui a fait couper la langue, puis la main droite, avant de le laisser mourir en prison.

Quelques fragments de cet ouvrage ont déjà été publiés : en préfaces, « Guerre et neige » dans *Les Mémoires du sergent Bourgogne* (Arléa), « Stevenson, son style et l'âne » dans *Le Voyage dans les Cévennes avec mon âne* de Stevenson (G. F.), et « Les timbres-poste de l'exotisme » dans *Pour une littérature voyageuse* (Complexe).

Mes remerciements à *La Quinzaine littéraire,* à *Géo* et à *Diogène.*

G. L.

Table

Le bruit de la neige 7
Les timbres-poste de l'exotisme 65
Nous irions à Innsbruck 73
Les géographies de Giono 79
Stevenson, son style et l'âne 87
Du minéral, voilà l'Islande 116
Contre l'écologie 132
La douleur de l'autre 139
Le grain de sel 146
Le patriotisme 152
J'aimais beaucoup la guerre 158
Guerre et neige 167
Les sagas : écrire dans la nuit 183
Knut Hamsun 193
La fin des Empires 198
Encore un effort et j'aurai épousé mon temps 204
Le livre et la cendre 210

Du même auteur

Aux Éditions Albin Michel

UTOPIES ET CIVILISATIONS
Flammarion, 1977; rééd. Albin Michel, 1991.
LES FOLIES KŒNIGSMARK, *1989.*
L'INCENDIE DE COPENHAGUE, *1995.*

Chez d'autres éditeurs

ANARCHISTES D'ESPAGNE
en collaboration avec Jean Bécarud,
Balland, 1970.
LES PIRATES
Balland, 1969; rééd. Phébus, 1987.
LA RÉVOLUTION SANS MODÈLE
en collaboration avec
François Châtelet et Olivier Revault d'Allonnes,
Mouton, 1975.
ÉQUINOXIALES
Flammarion, 1977.
UN SOLDAT EN DÉROUTE
Gallimard, 1981.
LE SINGE DE LA MONTRE
Flammarion, 1982.
LA BATAILLE DE WAGRAM
Flammarion, 1986.

*Cet ouvrage a été composé
et achevé d'imprimer sur Roto-Page
par l'Imprimerie Floch à Mayenne,
pour les Éditions Albin Michel
en octobre 1996.*

*N° d'édition : 15987. N° d'impression : 40387.
Dépôt légal : octobre 1996.*

Imprimé en France